「にゃぁぁぁあああああぁぁぁぁ」

「ご主人さまぁぁぁあああ」

ペルネーテの寝室にあるパレデスの鏡の番号をなぞって、ゲートを起動した。

パレデスの鏡の先には黒猫《ロロ》とヴィーネの顔がドアップで映る。

驚いたが二人の気持ちはよく分かる。会いたかった黒猫《ロロ》とヴィーネ！

「皆のところへ戻りましょう」「おう」

ゲートを潜った。

シュウヤ・カガリ
無双の槍使いで、師・アキレスから
受け継いだ〝風槍流〟の使い手。
キュイズナー、戦獄ウグラをはじめ、
獄界ゴドローンの地底神に
仕える怪物たちを相手に大奮戦！
BLACK CAT

ヘルメ
シュウヤに付き従う、
常闇の水精霊。
主に強い忠誠心を持つが、
少々ぶっとんだ一面も。
水と氷の魔法が得意。
アム・アリザ
地下でシュウヤが出会った、
ノームの貴人。
小柄な少女に見えるが、
実は大教団の指導者。
STRANGER &

「あぁ――」
アムに返事をしながら抱き寄せる。「あぅ」小柄な体を持ち上げた。
朽ち木さながらに軽い体。アムは俺を凝視して目を瞑ると、唇を突き出す。
そのアムの望みに応えよう。アムの小さい唇に唇を重ねた。

槍使いと、黒猫。
STRANGER & BLACK CAT

15

author
健康
illustration
市丸きすけ

口絵・本文イラスト　市丸きすけ

迷宮都市ペルネーテ

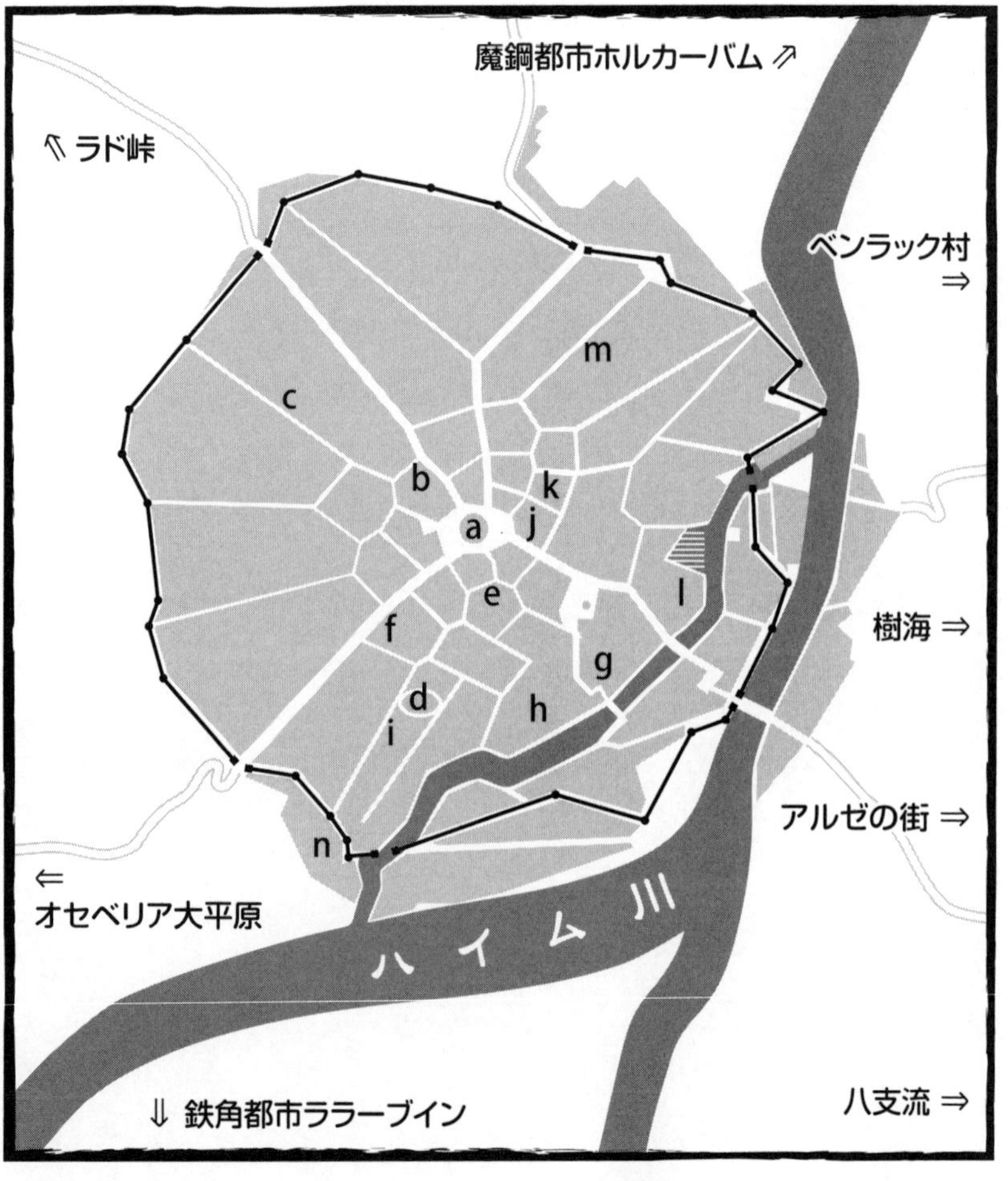

a：第一の円卓通りの迷宮出入り口
b：迷宮の宿り月（宿屋）
c：魔法街
d：闘技場
e：宗教街
f：武術街
g：カザネの占い館
h：歓楽街
i：解放市場街
j：役所
k：白の九大騎士の詰め所
l：倉庫街
m：貴族街
n：墓地

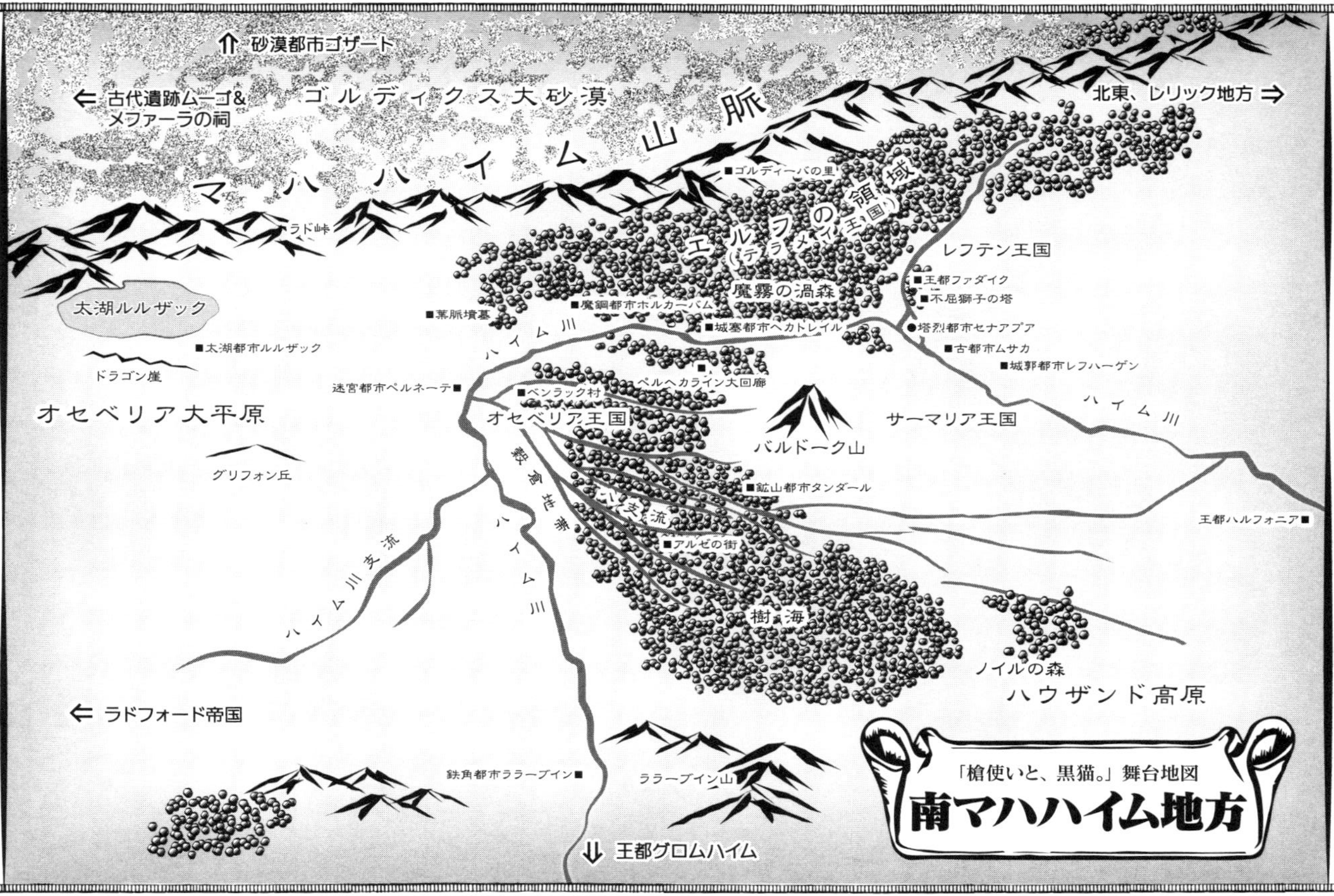

「槍使いと、黒猫。」舞台地図
南マハハイム地方
⇧ 砂漠都市ゴザート
⇦ 古代遺跡ムーゴ&
メファーラの祠
ゴルディクス大砂漠
北東、レリック地方 ⇨
マハハイム山脈
■ゴルディーバの里
エルフの領域
(テラメイ王国)
ラド峠
レフテン王国
■王都ファダイク
■不屈獅子の塔
魔霧の渦森
太湖ルルザック
■魔鋼都市ホルカーバム
■葉脈墳墓
■城塞都市ヘカトレイル
●塔烈都市セナアプア
■古都市ムサカ
■太湖都市ルルザック
■城郭都市レフハーゲン
ドラゴン崖
ハイム川
ペルヘカライン大回廊
迷宮都市ペルネーテ■
■ベンラック村
オセベリア大平原
オセベリア王国
サーマリア王国
ハイム川
バルドーク山
グリフォン丘
穀倉地帯
■鉱山都市タンダール
支流
王都ハルフォニア■
■アルゼの街
ハイム川
ハイム川支流
樹海
ノイルの森
ハウザンド高原
⇦ ラドフォード帝国
鉄角都市ララーブイン■
ララーブイン山
⇩ 王都グロムハイム

第百七十三章「凄腕の冒険者たち」

相棒の勝利の宣言は他《ほか》の冒険者たちからも注目を浴びた。

その冒険者たちは、各自魔煙草《またばこ》を口に咥《くわ》えながら……。

「黒豹《くろひょう》の勝利の鳴き声か、いい声だ」

「あぁ、不思議と活力が漲《みなぎ》る声だ。しかし、肩慣《かたな》らしには。丁度いい運動だったな」

「おう。今回の魔《ま》法《ほう》地図護衛依頼《いらい》も順調な滑《すべ》り出《だ》しだ」

談笑《だんしょう》する冒険者たちに厭戦《えんせん》気運は皆無《かいむ》。

やはり気概《きがい》からして一流だと分かる。すると、その一流の中でも際立《きわだ》って活躍《かつやく》していた二刀を持つ冒険者が、皆《みな》の前に出た。

華麗《かれい》な剣舞《けんぶ》を披露《ひろう》していた青腕宝団《ブルーアームジュエルズ》のリーダーだ。その方が、

「休憩《きゅうけい》だ。各自、モンスター討伐《とうばつ》依頼《らい》の素材回収を自由に行うといい。そして、節度ある行動を取り、魔石の取り合いで喧嘩《けんか》をしないように」

力強く宣言。が周りの冒険者たちはドッと笑う。

青腕宝団のリーダーは冗談《じょうだん》のつもりで話していたらしい。

「青腕の奴《やつ》ら、笑わせてくれる」

「あぁ、魔石の取り合い、乱交って意味か？　アホらしい」

「おうよ」

「がはは、んな、ルーキーみてぇなことを、くっちゃべってるんじゃねぇよ！」

「あはは、節度ある行動か。どんな皮肉だ」

冒険者たちは笑いながら素材の回収を行う。俺《おれ》たちイノセントアームズもモンスターの討伐証拠《とうばつしょうこ》となる素材と魔石を回収。すると【草原の鷲団《プレアリーイーグル》】のドリーさんが、

「シュウヤさんとイノセントアームズの皆さんも、暴走湧き《スタンピード》の対処は見事でした。そして、お疲《つか》れ様《さま》です」

回収を終えて皆で談笑していると、弓持ちのドリーさんが話しかけてきた。

「ありがとう。皆、優秀《ゆうしゅう》ですから」

「はい。モンスターの殲滅《せんめつ》速度が速かった。特にシュウヤさんは槍《やり》使いとしての動きだけでなく、リーダーとしてメンバーのフォローを行う冷静な判断力は見事です」

「はは、そう褒《ほ》められると、照れてしまいますから、そこまでにしてください」

するど、レベッカとユイが、ドリーさんと俺との間にきた。そして、

「ドリーさん。イノセントアームズを褒めてくれてありがとう。でも、シュウヤは美人さんだと口説《くど》こうとするから要注意！　だから近付かないで」

「レベッカ、気持ちは分かるけど、じかに言いすぎ。ドリーさんが面食らうでしょ。でも、わたしもレベッカに大賛成。と言うことでシュウヤ。わたしの新しい剣術技《けんじゅつわざ》を見た？」

ユイはそう言って、ドリーさんに見せつけるように、俺の腕に腕を絡《から》めてきた。

その細い腕を絡めてくれた可愛《かわい》いユイに頷《うなず》いて、

「見た。居合いのような所作。瞬発力《しゅんぱつりょく》と切れ味のある素晴《すば》らしい技《わざ》だと思う」

「ありがとう。ちゃんと見ててくれた」

「勿論《もちろん》だ。白い太腿《ふともも》も綺麗《きれい》だった」

「ご主人様！　わたしの身のこなしは……」

「ちゃんと見ていたさ。蹴《け》りを放って、袈裟《けさ》斬りは見事」

「ふふっ、嬉《うれ》しいです！」

ユイが抱《だ》く反対の腕にヴィーネが抱きついた。肩《かた》を落としていたドリーさんは、

「シュウヤさんは凄く慕われているのですね。では、わたしはこれで、お邪魔《じゃま》しました」

話の腰《こし》を折られたドリーさんは残念そうな表情を浮《う》かべて、微笑《ほほえ》むと、身を翻《ひるがえ》す。

「閣下！　氷槍《アイシクル・ランサー》の連続技《れんぞくわざ》を見てくださいましたか！」

「ん、シュウヤ、後ろから魔法を……」

「にゃ、にゃん、にゃにゃ〜」

「蒼炎弾《そうえんだん》も！　敵をたくさん吹き飛《ふと》ばしたんだから！」

「見てた、見てた、ってか、相棒！　耳を咬《か》むのは止めろぉ」

「にゃお〜」

「はは、ロロちゃん、シュウヤの耳朶《じだ》が好きなのね！」

「ンン」

そうして、元気のいいイノセントアームズと黒い雌猫《めすねこ》のロロディーヌと一緒《いっしょ》にラブラブな会話を行った。数十分後、自然と休憩は終わる。

「休憩は終了《しゅうりょう》だ。皆、進もうか！」

「「おう」」

カシムさんの号令の後、一流の冒険者たちと俺たちは迷宮《めいきゅう》の奥《おく》に向かう。

モンスターの甲殻回虫《ロールキルギン》が湧いたが、冒険者たちは苦戦しない。

モンスターを倒《たお》しつつ樹木が疎《まば》らに生えた場所に到達《とうたつ》。

森のようで森ではない迷宮空間か。

床《ゆか》には窪《くぼ》みが多いから通路より歩きにくい。エヴァの取っ手を押《お》していたレベッカは

「浮かぶ？」と聞いて「ん、大丈夫《だいじょうぶ》」とエヴァの返事の声が響《ひび》く。

そのエヴァは魔導車椅子《まどうくるまいす》に座《すわ》ったまま浮いて先を進む。紫魔力《むらさきまりょく》を体に纏《まと》っているエヴァは周囲を見ると、

「ん、静かな場所」

「あぁ」

上にいるエヴァの言葉に頷いてから見渡《みわた》す。たしかに静寂《せいじゃく》さが空間を支配していた。

それにしても澄《す》んだ空気で風も気持ちがいい。俺たちを浄化《じょうか》するような清々《すがすが》しい風だ。

自然豊かな雑木林を歩いている気分。そんな微風《びふう》を肌《はだ》に感じながら天井《てんじょう》を見た。

天井に隙間《すきま》なく犇《ひし》めいている樹の天井には、迷宮の光源である大きい花袋《かたい》を擁《よう》した植物の蔓《つる》が絡まっている。お陰《かげ》で明るい。前方の視界も抜群《ばつぐん》にいい。モンスターからの不意打ちを受けることなく順調にモンスターを倒しつつ迷宮を進んでいると、青腕宝団のリーダーのカシム・リーラルトさんが、

「皆さま方到着《がたとうちゃく》だ！　魔宝地図をここに置こうと思う。準備は宜《よろ》しいか！」

猛々《たけだけ》しい野太い声で聞いてきた。そのカセムさんは魔宝地図を持つ。

あの魔宝地図を樹の床に置いた瞬間《しゅんかん》宝箱が出現する。

更《さら》にモンスターも大量に湧く。どんな宝箱が出るのやら。

ま、一流の冒険者たちが一緒だ。俺たちの仕事は殆《ほとん》どないかもな。

「隊長、俺たちの準備は完了《かんりょう》だ」

青腕宝団の大柄《おおがら》な魔法絵師が発言すると、魔法の額縁《がくぶち》から、五メートルは超《こ》えている巨《きょ》大《だい》な怪物《かいぶつ》を出現させた。その巨大な怪物は四腕と四足で体が白い光を放つ角灯で構成されている。その体から白い光を放ちつつ、のそのそと樹の床を踏《ふ》みしめて歩く。

すると、青腕宝団のパーティメンバーは白い光を纏った。

魔法絵師は角灯の怪物を利用した防御魔法《ぼうぎょまほう》を皆に展開したようだ。

魔法絵師のパーティ専用の支援魔法《しえんまほう》かな。

すると、熊《くま》の意匠《いしょう》が目立つ鎧《よろい》を着た屈強《くっきょう》な虎獣人《ラゼール》の冒険者が、

「【フジクの誓《ちか》い】のガ・ドロルファス。我らの準備も整った!!」

と叫《さけ》ぶや、体が大きくなった。変身か。

一回り大きくなった獅子《しし》的な体を得た虎獣人《ラゼール》。

が、体が大きくなっても熊の意匠が目立つ鎧は壊《こわ》れていない。

あの熊の意匠が目立つ鎧は、特別な魔法の鎧か。

その魔法の鎧が似合うガ・ドロルファスさんは赤黒いブロードソードを掲《かか》げた。

同時に、大きな口から「ガオォォォ」と衝撃波《しょうげきは》のような雄叫《おたけ》びを放つ。すると、同【フ

ジクの誓い】に所属する虎獣人《ラゼール》たちも体を大きくさせた。

皆ゴツいが一際《ひときわ》体の大きい虎獣人《ラゼール》は最初に叫んだガ・ドロルファスさんだ。彼《かれ》が【フジクの誓い】のリーダーだろう。続いて他のパーティの女性魔術師《まじゅつし》が、

「【砂漠《さばく》の天狼《てんろう》】ウィンです。いつでもどうぞー」

そう叫ぶと細い手を翳《かざ》す。細い手から質の高い魔力《まりょく》を発して、【フジクの誓い】の虎獣人《ラゼール》の冒険者が吼《ほ》えて繰《く》り出していた衝撃波《しょうげきは》を相殺《そうさい》していた。

そのウィンさん、髪《かみ》は白色。細い白髪《はくはつ》は背中に伸《の》びていた。髪は白いが、綺麗でまだ若い女性。ウィンさんは、髪と合わせるように、白を基調とした魔法印字が刻まれた魔術師ローブを着ている。そのウィンさんは大きい白狼《はくろう》系の使い魔を召喚《しょうかん》。

長い白い毛が目立つ手を伸ばす。螺旋状《らせんじょう》に絡む杖《つえ》を天に掲げると、金色の魔法を発動する。その金色の魔法は【砂漠の天狼】のメンバーの魔術師たちも囲う。

その魔術師たちも狼のような姿の使い魔を召喚した。

クランの名は天狼。狼が主力武器か。

手には白い色の毛が生えているから人族と獣人のミックスと分かる。すると、

「【黄色鳥の光《エルシオバード》】のロニーハート。準備はできています」

白鳥、鷹《たか》、鷲などの使い魔を召喚した女性グループか。華麗な印象を抱かせるロニーハ

ートさん。涼《すず》し気《げ》な声は魅力的《みりょくてき》。続いて【蛍が槌《エルガスレッジ》】リーダーが、
「――我々も準備はできている」
気合いの声を発した。紫《むらさき》の槌を掲げている。黒髪《くろかみ》の平たい顔族の男だ。
周りには美人奴隷《どれい》たちもいた。高級な戦闘《せんとう》奴隷かな。皆、強そうだ。
腕に羽を生やした弓を持った兎獣人《うさぎじゅうじん》。
竜鱗《たつうろこ》の肌に、魔力が豊富そうな白色の杖を持った鱗人《カラムニアン》。
犬耳獣人の二剣持ち。人族の剣持ちと盾《たて》持ちが二人。
耳にピアスをしたエルフの槍使いが一人。
目が四つあり、大型の丸盾を持つ背が高い女。
彼女《かのじょ》たちは口々に準備は完了しました。と、口上を述べていた。
「【草原の鷲団】のドリー。準備はできているわ――」
そう叫ぶのは、鷲弓を掲げた美人な女性ドリーだ。草原の鷲団のメンバーたちも動く。
段びらの巨大剣《きょだいけん》を掲げた大柄《おおがら》な戦士。
盾と剣を構える俺が助けた戦士。
杖を掲げた魔法使《まほうつか》いは、火系の支援魔法を円状に展開させる。
盗賊《とうぞく》系の男はマジックアイテムと思われる粉薬を周辺にばら撒《ま》く。

「俺たちもだ」

そう発言したのは、両手の甲《こう》から出た光る糸を操《あやつ》る二人組の冒険者。光る糸は光糸《こうし》か。

無数の光糸の先端《せんたん》には三角の金具があり、その金具から光の刃《やいば》が出ていた。

金具は一種の柄《つか》？　金具には魔印が刻まれている。

二人は長髪《ちょうはつ》で目が横に大きい。衣服はアジア風の軽装だ。

逞《たくま》しい体には、白線が滲《にじ》んだ刺青《いれずみ》が刻まれていた。それらの白線は脈打つ度に魔力が凄《すさ》まじく行《い》き交《か》う。かなりの強者《きょうしゃ》と推測できる。

光の糸を扱《あつか》う特殊《とくしゅ》なマジックウェポンと、その運用の仕方に……。

師匠《ししょう》が扱う無数の枝か、糸のような導魔術《どうまじゅつ》を思い出す。

が、腕輪《うでわ》と一体型の手甲《てっこう》の孔《あな》から、光糸を出しているから、俺の知る導魔術ではない。

そんな光の糸を扱う冒険者に感心しつつ、他の、声を上げず魔力を練っていた冒険者を見た。その冒険者の顔は下半分が黒マスクで隠《かく》れている。

「……」

ブラジャー系の革《かわ》の鎧。胸は女性らしく膨《ふく》らんでいて、素晴らしい。

女性として魅力的な胸の中央には、炎《ほのお》を象《かたど》った魔力が漂《ただよ》うマークがある。

そんな革の鎧を着ている女性の武器は、炎を纏《まと》ったチャクラム系武器だ。

その武器を構えると——人の形の炎を周囲に出していた。炎の精霊《せいれい》？

ヘルメと似たような精霊なんだろうか。近付けば炎に巻き込まれそうだ。

「準備完了——」

そう合図を出したのは、踊《おど》っている女冒険者だ。

人型の炎の精霊を扱える女性とは違《ちが》う。その女性冒険者は、六つの金属球を体の周囲に
浮かしている。エヴァのように念動力系スキルを持つ冒険者か……。

彼女の仲間はオーソドックスな面々だ。彼女だけが異質なグループ。

さて、俺も発言しようか。周囲の強そうな冒険者の姿に圧倒《あっとう》されながら、

「どうぞー　魔宝地図を置いてください！」

と、右手に持つ魔槍杖《まそうづえ》バルドークを掲げて宣言。カシムさんに知らせた。

イノセントアームズの〈筆頭従者長《選ばれし眷属》〉たちも了承《りょうしょう》の声を上げた。カシム氏は周囲を見る。

他の冒険者たちの様子を確認《かくにん》する仕草はベテランの雰囲気《ふんいき》がある。その格好《かっこ》いい青腕宝団
のリーダーは、最後に頷いた。そして、魔宝地図を地面に置いた、瞬間——。

後光を発する白銀《プラチナ》色の宝箱が床に出現。

「白銀だ！　気を付けろっ！」

カシムさんは注意を皆に促《うなが》しながら、バックステップを踏み距離《きより》を取る。

そして、手元で印らしきものを結び、魔力を帯びた全身を覆《おお》う甲冑《かっちゅう》が自動展開されるや、魔力を帯びた二振《ふ》りの魔刀も両手に召喚。

「四層で白銀とは、幸先《さいさき》いいね！」

「おうよっ」

冒険者が警戒《けいかい》の声を上げるたびに、多種多様なモンスターが続々と現れる。

守護者級と思われる四腕四足を持つ巨大赤黒怪物が一体――。

鬼《オーガ》が十体――。

蟷螂鋼獣《マンティスゴルガン》が十数体――。

黒剣を口の先端に生やした巨大鰐《きょだいわに》が十数体――地面を這《は》う黒い手が無数――。

巨大な蛇《へび》も数十体――毒矢頭巾《ヴィゾーム》も十数体。

巨大な蛇に押し潰《つぶ》されている毒矢頭巾《ヴィゾーム》の姿もあった。

「「うぉぉぉぉぉぉ」」

一気に激戦となった。巨大赤黒怪物の守護者級に対抗《たいこう》するのは――。

青腕宝団の魔法絵師が生み出したランタンを体に纏う化け物だ。

怪獣《かいじゅう》対怪獣。ラグビー競技のスクラムのようにがっぷり四つに組み合った怪獣同士。

巨大な蛇を一体踏《ふ》みつぶしながら、右へ転がっていく。カシムさんは叫びながら――。

両手に握《にぎ》る刀を振り下げ巨蛇に止めを刺《さ》す。

近付く蟷螂鋼獣《マンティスゴルガン》たちへ、スキルと推測される緑に煌《きら》めく刀の斬撃を一太刀《ひとたち》、二太刀、三太刀、四太刀と——体が独楽《こま》のように回りつつ魔刀を振り回《まわ》す。煌《きら》めく白刃《しらは》が分裂《ぶんれつ》して見えた。

途轍《とてつ》もない斬撃を繰り出していた——一瞬《いっしゅん》で、蟷螂鋼獣《マンティスゴルガン》は数を減らす。が、面白《おもしろ》い見学はここまで——俺たちのほうにも、巨大な鰐《わに》と毒矢頭巾《ヴィゾーム》の集団が迫《せま》る。

口に巨大な剣を生やす黒鰐は自らの体を回転させていた。

「ん、剣黒鰐《ブラッククロコダイルソード》！　直進攻撃《こうげき》が多い！」

モンスターブックが頭に入っているエヴァの声が響く。

「こいつはもらう——」

「はい！」

「うん！」

ヴィーネとユイは無難に横へ避《さ》けていた。

ユイとヴィーネが左右に避けた間を——一本の槍のように直進。

回転中の剣黒鰐《ブラッククロコダイルソード》が間近に迫る。

——拡《ひろ》げた口から飛び出ている黒剣を貫《つらぬ》いてやろう！

〈闇穿《あんせん》・魔《ま》壊槍《かいそう》〉を発動――。

螺旋《らせん》回転した紅矛《べにほこ》と紅斧刃《べにおのは》の〈闇穿〉が、螺旋中の剣 黒 鰐《ブラッククロコダイルソード》の黒剣の切っ先ごと黒剣を裂《さ》きつつ貫いた。剣 黒 鰐《ブラッククロコダイルソード》の大きな口と頭部を潰しつつ内臓をも突《つ》き進《すす》む。手応《てごた》えを得た。更に壊槍《かいそう》グラドパルスが魔槍杖バルドークの後部の真上に出現。瞬《また》く間《ま》に、魔槍杖バルドークと交替するように直進した壊槍グラドパルスは頭部が潰れた剣 黒 鰐《ブラッククロコダイルソード》の体を突き抜《ぬ》けた。壊槍グラドパルスの螺鈿《らでん》細工に付着していく剣 黒 鰐《ブラッククロコダイルソード》の内臓類が凄まじい。異様な音を発生させる。

地獄《じごく》の喇叭《らっぱ》。そう死の天使が喇叭を吹き鳴《な》らす勢いで壊槍グラドパルスは、背後の毒矢《ヴィ》頭巾《ゾーム》と剣 黒 鰐《ブラッククロコダイルソード》の数体を貫いて破壊《はかい》。尚《なお》も壊槍グラドパルスの直進は止まらないように見えたが突然《とつぜん》、壊槍グラドパルスは虚空《こくう》の中へと消えた。凄い威力《いりょく》の壊槍グラドパルスだ。まさに必殺技《ひっさつわざ》。

が、まだまだモンスターは多い。左の毒矢頭巾《ヴィゾーム》に向け左手首から〈鎖《くさり》〉を射出。その毒矢頭巾《ヴィゾーム》を一匹《ぴき》ずつ、銃《じゅう》で撃《う》ち殺《ころ》すように仕留めたところで、ユイとヴィーネを見た。

剣 黒 鰐《ブラッククロコダイルソード》と対峙《たいじ》中。

ユイは剣 黒 鰐《ブラッククロコダイルソード》の口の黒剣を、斜《なな》めに傾《かたむ》けた魔刀の刃で器用に受けるや、その魔刀の角度を変えながら前進。左側に移動。

そのユイの移動のタイミングでヴィーネが仕掛《しか》けた。

左に移動したユイに気を取られた剣黒鰐《ブラッククロコダイルソード》の右側に移動したヴィーネの蛇剣《じゃけん》が剣黒鰐《ブラッククロコダイルソード》の口を貫いた。

「グガオォッ」

痛みから剣黒鰐《ブラッククロコダイルソード》は咆哮《ほうこう》。

ユイからヴィーネへ口の黒剣を向けようとする。

が、そんな剣黒鰐《ブラッククロコダイルソード》の横から反転したユイが急襲《きゅうしゅう》。魔刀を剣黒鰐《ブラッククロコダイルソード》に向けてエレガントに斬《き》り下げた。

剣黒鰐《ブラッククロコダイルソード》の頭部を見事にスパッと両断して倒す。

ヴィーネは、そのユイのフォロー。他の剣黒鰐《ブラッククロコダイルソード》の黒剣がユイに迫っていたが、蛇剣で黒剣を受けるように弾《はじ》いてから後転——着地。

華麗な着地際《ぎわ》に矢が飛来。〈鎖〉で素早《すばや》くフォロー。

数本の矢を〈鎖〉で払《はら》うことに成功した。

「ヴィーネ、まだ矢が来る！」

「——はいっ」

ヴィーネは毒矢頭巾《ヴィゾーム》が放った矢を華麗に跳躍《ちょうやく》しつつ避けた。

ヴィーネは宙空からラシェーナの腕輪の能力を使う。

ラシェーナの腕輪から迸《ほとばし》る黒い小さい精霊《ハンドマッド》たちは、弓矢を放とうとしている毒矢頭巾《ヴィゾーム》たちへと黒い雨のように降り注いだ。黒い小さい精霊《ハンドマッド》たちが毒矢頭巾《ヴィゾーム》たちの体に絡まると毒矢頭巾《ヴィゾーム》は混乱。ばたついた。そこに、

「にゃごぁぁぁ」

エヴァを乗せた荒《あら》ぶる神獣《しんじゅう》ロロディーヌが突進《とっしん》。

黒い小さい精霊《ハンドマッド》で混乱中の数体の毒矢頭巾《ヴィゾーム》を両前足で派手に踏み潰す。弓を捨て体に纏わり付《つ》いていた黒い小さい精霊《ハンドマッド》を払い吹き飛ばす。

「んっ！　ロロちゃんがんばれ！」

神獣ロロディーヌの頭部に魔導車椅子ごと乗っているエヴァが元気よく発言。

神獣ロロディーヌは「——にゃご！」と鳴いてヴィーネを攻撃していた剣黒鰐《ブラッククロコダイルソード》を吹き飛ばした。

続いて、相棒は触手《しょくしゅ》を斜め前方に繰り出した。逃《に》げる毒矢頭巾《ヴィゾーム》を、その触手から出した骨剣で貫いた。相棒は本当に強い！

エヴァも紫色《むらさきいろ》の魔力を全身から放出させると魔導車椅子の車輪の表面から緑の円系金属の刃を出した。その緑の円系金属の刃は回転しつつ宙を直進。

剣黒鰐《ブラッククロコダイルソード》の背中に衝突《しょうとつ》し刺さった。が、貫通《かんつう》はしない。

剣黒鰐《ブラッククロコダイルソード》の体は結構硬《かた》いようだ。

「ん、まだ！」

エヴァはエクストラスキルの〈念動力〉を強めた。紫色の魔力が一瞬にぼやける。

が、それは一瞬、緑の円系金属の刃を纏う紫の魔力は強まった。

緑の円系金属の刃の縁《ふち》に超能力《ちょうのうりょく》の紫色の刃が付いているようにも見えた。

同時に剣黒鰐《ブラッククロコダイルソード》の背中に刺さっていた、その緑の円系金属の刃が強い紫色の魔力を発しつつ急回転——。

そのまま剣黒鰐《ブラッククロコダイルソード》の鰐の皮の表面を削《けず》りつつ胴体《どうたい》の中に沈《しず》み込むと内臓をも斬り刻む。

一瞬で剣黒鰐《ブラッククロコダイルソード》の体はバラバラとなった。緑の円系金属の刃は剣黒鰐《ブラッククロコダイルソード》の血飛沫《ちしぶき》を吸収しつつ魔導車椅子の車輪の中にシュパッと戻《もど》った。カッコいい。

「エヴァ、すごい金属の攻撃！」

「んっ、ミスティのお陰で少し改良できた」

レベッカとエヴァはそう語りつつ攻撃の手は緩《ゆる》めない。レベッカは蒼炎弾をエヴァの背後にいた毒矢頭巾《ヴィゾーム》に飛ばして見事に倒す。ナイスなフォロー。

そんなレベッカは、再び、手の上に出現させた蒼炎弾を剣黒鰐《ブラッククロコダイルソード》に向けて〈投擲《とうてき》〉

――その蒼炎弾と衝突した剣黒鰐《ブラッククロコダイルソード》は体が溶《と》けながらひっくり返った。

「蒼炎《そうえん》使いのエルフか？　どっかの貴族様なのか！」

「噂《うわさ》のあったエルフとは思えないぞ」

「あ、え？　そんな噂は聞いた覚えがあったが……」

レベッカの活躍に周囲の冒険者たちがそう発言した。

更に、蒼炎神エアリアルと光魔ルシヴァルの〈筆頭従者長《選ばれし眷属》〉の能力が融合《ゆうごう》したような血色が混じる蒼炎の弾丸《だんがん》が、剣黒鰐《ブラッククロコダイルソード》の体を貫通。その剣黒鰐《ブラッククロコダイルソード》の胴体に蒼《あお》い炎が縁《ふち》取《ど》る大穴を作り出していた。レベッカは凄い。が、そんなレベッカにモンスターが集中。

「レベッカ、屈《かが》んで！」

「――うん！」

レベッカはユイの指示に従いすぐに屈む。レベッカの鼻先を掠《かす》めそうな毒矢頭巾《ヴイゾーム》の矢をユイの振るった魔刀アゼロスが真っ二つ。矢羽根と矢筈《やはず》も二つに分かれた。レベッカはユイの魔刀アゼロスの刃を間近で見て顔が強張《こわば》っていた。

が、そんなレベッカに、まだ突貫《とっかん》中の剣黒鰐《ブラッククロコダイルソード》がいる。〈鎖〉を素早く射出――。〈鎖〉が剣黒鰐《ブラッククロコダイルソード》の後部を貫いた。そのまま釣《つ》り糸《いと》のマグロの一本釣《いっぽんづ》りの如く〈鎖〉を操作して剣黒鰐《ブラッククロコダイルソード》を引っ張ろうとしたが――ユイが、

「ナイス、シュウヤ――」

と言いながら、その〈鎖〉が突き刺さる剣《ブラッククロコダイルソード》黒　鰐の胴《どう》体に向けて魔刀ヴァサージと魔刀アゼロスを振るった。剣《ブラッククロコダイルソード》黒　鰐を分断――。

ユイの魔刀の動きは止まらない。

魔刀アゼロスを振り上げつつ魔塔《まとう》ヴァサージの刃を素早く返す。

一瞬で剣《ブラッククロコダイルソード》黒　鰐の体が細かく切断されていた。

「ありがとう、ユイ！」

「気にしない。前を見て！」

「あ、うん、任せて」

レベッカは、白魚のような手でグーフォン魔杖《まつえ》を腰から引き抜いた。

グーフォン魔杖は、赤黒い魔宝石が長い杖の先端に嵌《は》まっている。

その赤黒い魔宝石に魔力を込めたレベッカ。そのグーフォン魔杖の能力で、炎の柱を、タイミングよく前線に発生させる。炎の柱で炎の壁《かべ》を作ると、モンスターを孤立《こりつ》分散させた。これで各個撃破《げきは》しやすくなった。ヴィーネの姿を確認。

翡翠《ひすい》の蛇弓《バジュラ》の華麗な番《つがい》から光線の矢を連続的に射出――。

孤立中の剣《ブラッククロコダイルソード》黒　鰐を正確に光線の矢で射貫《ぬ》いた。ヴィーネの翡翠の蛇弓《バジュラ》の扱いは渋《しぶ》

くてカッコいい。そこに、

「シャァァァ」

「ブシャァァ」

巨大な蛇が、レベッカが作り出した炎の壁を潰すように前進してきた。

よし、俺も気張るとしよう。〈血道第三・開門〉――。

〈血液加速《ブラッディアクセル》〉を発動――。

両足から血が噴《ふ》き出《で》たと感覚で分かる。魔竜王《まりゅうおう》の甲付きグリーブが血色《ちいろ》に染まっていることだろう。巨大な蛇たちへと直進――。

「速い！」

「ご主人様の足下《あしもと》から血色の煙《けむり》が！」

〈血液加速《ブラッディアクセル》〉の加速中の俺の姿を、皆、光魔ルシヴァルの眷属《けんぞく》たちは把握《はあく》している。動体視力も上がっているんだろう。そう考えつつ穂先《ほさき》の紅斧刃の位置を調整して跳躍――。

視界が埋《う》まるほど大きな蛇だが、この太い喉元《のどもと》をすっぱ抜く！

横斜《なな》めに魔槍杖バルドークを振った。

紅斧刃が巨大な蛇の喉《のど》を斜めに切断。巨大な蛇の頭部は斜め下にずれ落ちつつ、

「グィキョ――」

と、悲鳴を発していた。その頭部を失った巨大な蛇は切断面から血を噴出《ふんしゅつ》させつつ横に倒れた。俺は床に着地。すると、前方で蒼炎弾を放つレベッカを急襲しようとしていた剣黒鰐《ブラッククロコダイルソード》を確認――急ぎ、その剣黒鰐《ブラッククロコダイルソード》に向けて〈鎖〉を射出――。

宙を劈《つんざ》くように直進した〈鎖〉のティアドロップの先端がレベッカを攻撃しようとしていた剣黒鰐《ブラッククロコダイルソード》の体を貫いた。その〈鎖〉を操作――。

剣黒鰐《ブラッククロコダイルソード》の体を〈鎖〉で雁字《がんじ》搦《がら》めに絡めた。

そして、〈鎖〉が絡む剣黒鰐《ブラッククロコダイルソード》を左手首に収斂《しゅうれん》させる――〈鎖〉が絡む剣黒鰐《ブラッククロコダイルソード》が一気に飛来する。迫る剣黒鰐《ブラッククロコダイルソード》目《め》掛《が》けて――。

逆さ持ちの魔槍杖バルドークに魔力を送りつつ振り上げた。

同時に剣黒鰐《ブラッククロコダイルソード》に絡む〈鎖〉を消去――。

石突《いしづき》の竜魔石《りゅうませき》から突出《とっしゅつ》した隠し剣《氷の爪》が、穴だらけの死体の剣黒鰐《ブラッククロコダイルソード》の下腹を捕《と》らえて両断した。二つに分かれた剣黒鰐《ブラッククロコダイルソード》の体から黒色の血が迸った。

「シュウヤ、ありがと！　あとでいっぱいキスしてあげる！」

レベッカの声が響いた。すると、

「見事な槍の扱いだ！」

「イノセントアームズのリーダー格か！」

「我らも負けられんぞ！」

他の冒険者たちの声だ。そして、他の冒険者たちが戦っているように、まだまだモンスターは多い。その一種の巨大な蛇たちが口を開けて、

「シャァァァァ」

「シャァァ」

と鳴き声を発してレベッカが設置した炎の壁を消しながら押し寄《よ》せてきた。

急ぎ、皆に向けて、

「――新しく出た巨大な蛇は、俺が倒す！　他は任せるぞ」

「了解《りょうかい》、蒼炎弾で小さい弓持ちを狙《ねら》う」

「はいっ、皆のフォローへ回ります」

「閣下、お任せします」

「ん、任せて、ユイのフォローに回る」

「了解、このまま剣黒鰐《ブラッククロコダイルソード》を斬《き》る！」

〈筆頭従者長《選ばれし眷属》〉の声に頷いた。

そして、魔槍杖バルドークの柄の握り手を変える。

――投《な》げ槍《やり》の選手になったかのように魔槍杖バルドークを構えた。

――狙いは巨大な蛇の頭部。

――全神経を活性化させるイメージで〈魔闘術〉を纏った。

魔槍杖バルドークの柄を握る指先に力が入った。続いて、樹の床を、グリーブ越《ご》しだが、爪先《つまさき》で抉《えぐ》るイメージで魔力を両足にも浸透《しんとう》させた。

そして、右手を引いてから、フンッと力強い声を発して〈投擲〉を実行――。

投げた魔槍杖バルドークは凄まじい速度で宙を進む。紅矛と紅斧刃が風を裂く。

紅色の流線の軌跡《きせき》ごと巨大な蛇の頭部を紅矛が捕らえた。

〈投擲〉された魔槍杖バルドークは巨大な蛇の頭部をあっさりと破壊し、背後の巨大な蛇の胴体をも突き抜けて、三体目の巨大な蛇の後部に深く突き刺さって止まった魔槍杖バルドークは上下に揺《ゆ》れる。その魔槍杖バルドークが刺さる巨大な蛇は胴体を縮ませて魔槍杖バルドークを外そうともがいていた。あの魔槍杖バルドークを回収しよう。

ついでに巨大な蛇を倒すか。魔闘脚《きゃく》で床を蹴り走った。

最初に〈投擲〉で巨大な蛇の頭部を貫いて倒れていた死体を見つつ――。

その死体の横を走《はし》り抜けた。

まだ魔槍杖バルドークが刺さっている巨大な蛇とは距離がある。

――ショートカットを狙うとしよう。

魔槍杖バルドークが刺さる巨大な蛇に向けて両手首から〈鎖〉を射出した。

直線状に伸びる〈鎖〉の先端が巨大な蛇を捕らえて頭部の中に侵入《しんにゅう》。瞬く間に、〈鎖〉を操作して、巨大な蛇の内臓を〈鎖〉で、かき混ぜると、

「ギャァァ」

と巨大な蛇が悲鳴を発してから豪快《ごうかい》に横に倒れた——。

よし！　続いて〈鎖〉を操作。巨大な蛇の横っ腹を内部からぶち破って出た〈鎖〉のティアドロップの先端が、床に突き刺さったと感覚で理解。

巨大な蛇の骨などにも絡まっている〈鎖〉は外れないと分かるが、その〈鎖〉を引いて強度を確認。迷宮の床に突き刺さった〈鎖〉は外れる気配はない——。

即座《そくざ》に、その〈鎖〉を両手首に収斂させた。

〈鎖〉が両手首に収斂する反動を活《い》かして、ターザン的に宙を低空で前進——。

動かなくなった巨大な蛇へとドロップキックをお見舞《みま》いしつつ巨大な蛇の体に両足でドッと重低音を響かせて着地をした。両手から下に垂れている〈鎖〉を消しつつ、その蛇の体の上を駆《か》けた。

刺さっていた魔槍杖バルドークを掴《つか》んで引き抜いた。

魔槍杖バルドークに付着した血を振り払いつつ周囲を確認。

眷属たちや他の冒険者たちが活躍したようだ。モンスターと守護者級のモンスターも倒れている。無数に湧いていた蟷螂鋼獣《マンティスゴルガン》も山のように死骸《しがい》が重なっていた。が、白銀色の宝箱の付近では、まだ冒険者とモンスターの戦いは続いている。

大柄の鬼《オーガ》の群れと影《かげ》のような魔力の手が集積したモンスターだ。

大柄の鬼たちと小さい影の手と戦う冒険者の中には紫の槌を使う冒険者がいた。

その紫の槌を扱う冒険者も強いが……。

注目したのは、光る糸を巧《たく》みに扱う冒険者の二人組。

その二人組の冒険者はダンスでも踊るように光る糸を宙に放つ。

恐《おそ》ろしい速度で宙を行き交う光糸が、鬼の体を刺し貫き切《き》り裂いて倒していた。

鬼の肉体はバラバラとなった。続いて、宙を薙《な》ぐ光の糸が、地面を這うような影の手を真っ二つ。二つに分かれた影の手は蒸発しながら消えた。

光る糸を扱う冒険者の近くにいたモンスターの数は確実に減る。

「ん、光斬糸《こうざんし》を扱う冒険者《ぼうけんしゃ》は強い」

「エヴァは知っているのか？」

「ん、先生が前に教えてくれた。優秀な冒険者には一流の武芸者がいる。そして、糸を使う強者がいると。鋼糸《こうし》、緑糸《りょくし》、銀糸、金糸、光糸、闇糸《やみし》、色々種類があるらしい」

それを知っているエヴァの先生が気になる。一流の冒険者がエヴァの師匠で、先生か。

「やるじゃねぇか、そこの冒険者！　ゼオンの光糸使いか？　俺も少し本気だすか!!　ぬおおおお、〈邪《じゃ》・紫《し》刃《ば》閃《せん》〉――」

技名を尤《もっと》もらしく叫んだのは、黒髪の平たい顔族。

得物の紫の槌を勢いよく垂直方向へ振り下げて縦に一閃《いっせん》。

紫の衝撃波が疾風迅雷《しっぷうじんらい》の如く体格の大きい鬼へ向かう。

地面を切り裂きつつ向かう紫の衝撃波を、鬼は避けることもできず。

紫の衝撃波を喰《く》らった鬼の全身から噴き出た紫刃。鬼の肉体は爆発《ばくはつ》したように血肉となって四方八方へと弾《はじ》け飛ぶ。

「――ご主人様、紫刃の扱いが上手《うま》くなってますね！　さすがですっ」

「マナブさん、カッコイイ」

「ご主人様こそ、最強なる冒険者、皆《みな》が注目していますよっ」

「素敵《すてき》でしたご主人様……」

「さすがはわたしのご主人様です」

「ふふふ～、じゅんって来ちゃった！」

マナブの美人奴隷たちの言葉だ。確かに、マナブの技は凄い。

あの黒髪、同郷かも知れない。が、俺《おれ》から絡むことはないだろう。

もし、同郷なら、邪神《じゃしん》ヒュリオクスの蟲《むし》に洗脳を受けていないことを望む。

カレウドスコープでのチェックはしなかった。

「ご主人様、どうかされましたか？」

魔石《ませき》の回収を終えていたヴィーネが聞いてきた。

「さすがは一流の冒険者なんだなって思っていた」

そう発言しつつ、炎系のチャクラムを〈投擲〉した存在を凝視《ぎょうし》。

炎系のチャクラムで影の手を蒸発させていた。炎の精霊体のようなモノを扱う女冒険者は強い。そして、金属球を扱って、鬼を手玉に取っている女冒険者の姿を見た。

「あの金属球を扱う冒険者は、エヴァと同じ系統の能力なのでしょうか」

「たぶんな」

「――ん、たぶん、でも〈導魔術〉かも知れない。先生もレアな者はいるところはいると言っていた」

ロロディーヌの上からのエヴァの声だ。

そのエヴァを乗せているロロディーヌはエヴァが座っている魔導車椅子を固定している複数の触手を動かして、エヴァを比《ひ》較的《かくてき》平らな床へと丁寧《ていねい》に降ろしていた。

「ん、ありがと、ロロちゃん」

「にゃおん」

「――あう」

神獣ロロディーヌは、エヴァの顔を大きい舌で舐《な》めてから、駆けるや――。

「にゃごぉぉぉ」

と気合いの声を発して螺旋状の細い炎を吐《は》く。

その螺旋状の炎は一直線に進んで前方の影の手のモンスターを貫いて消し飛ばす。

影の手のモンスターの群れの一部を倒しきった。まだ影の手のモンスターはいるが、その神獣の炎が通った床の痕《あと》は凄まじい。

床は燃えて溶けて抉られていた。溶けた痕は炎の道標《みちしるべ》的だ。

そんな威力がある神獣の炎を吐いた黒馬の姿に変えたロロディーヌは両前足を上げた。

ウィリー的なポーズから馬と似た頭部を揺らし、

「ガルルルルゥ」

と荒ぶる声を発して首下から無数の触手を前方に展開させた。

それらの触手から出た骨剣が影の手のモンスターを次々と捕らえ貫いて倒《たお》しまくる。

更に触手を振るっては叩《たた》いた。そのまま影の手のモンスターの群れを、モグラ叩きゲームでも行うように倒した。「にゃごぉ〜」と誇《ほこ》らし気な黒馬ロロディーヌの声が響いた。

その漆黒《しっこく》の鬣《たてがみ》が映《は》える黒馬ロロディーヌの姿は勇ましくてカッコいい。

一瞬、魔界《まかい》セブドラの神々が好みそうな漆黒の魔馬にも見えた。

「素晴《すば》らしい！　真っすぐ飛来する螺旋状の炎！　そして、ロロ様の漆黒の馬の姿がとても凛々《りり》しい！」

「ロロちゃん！　わたしより炎の扱いが上手！　ショック！」

「神獣ロロ様は頼《たの》もしい！　しかし怖《こわ》い！　わたしは逃げます」

ヘルメは液体となって、俺の左目に避難《ひなん》してきた。

「ロロちゃんのカッコいい螺旋状の炎だった！　ところで影の手のモンスターの名前はなんていうの？」

「ん、虚影沼手《シャドーマシュハンド》が名前」

「そんな名前なんだ。さすがはモンスター博士のエヴァ」

「──ん、本に載《の》っていたから覚えた」

エヴァは魔導車椅子《まどうくるまいす》を変形させつつ、俺の顔を見て話す。

紫の瞳《ひとみ》は力強いが、頬には少し赤みがさしていた。

「見て、最後の鬼が倒れた」

レベッカが指を差す。モンスターを退治した宝箱の周辺で戦っていた冒険者が集まってくる。青腕宝団のカシムさんが、

「諸君、これで護衛依頼《いらい》は終了《しゅうりょう》だ。倒したモンスターの素材と魔石は自由に回収してくれたまえ。宝の回収が済んだら帰還《きかん》しよう。そして、護衛依頼の合同パーティは地上に付き次第《しだい》自由解散とする」

「おう」

「魔石にお宝の回収だ！」

「了解」

「分かった！」

青腕宝団のメンバーに続いて、各冒険者のクランたちからも安堵《あんど》の声が響《ひび》く。

「これで、一先《ひとま》ずお仕舞《しま》いか。コレクター絡《がら》みは、楽な依頼が多い」

「おうよ。皆が一流だから〈咆哮打《ほうこうだ》〉も少なく済んだし、これほど楽なもんはない」

「そうですねぇ。楽な依頼を提供してくれるコレクターはいいパトロンです。これからも仲良くしときたいところ」

「黄色鳥の光《エルシオバード》のお嬢《じょう》さん方もやはり個別契約《けいやく》をしているのか」

「ええ、勿論《もちろん》。【フジクの誓《ちか》い】の方々もそうでしょう？」

獣人軍団と美人女集団の話し合いは続く。

「さぁーて、帰ったら豪遊《ごうゆう》かな？」

そこに間の抜けた声も聞こえてきた。あの黒髪の平たい顔族だ。

「マナブ様、駄目《だめ》ですよ！　貯金してお家を買う約束でしょう」

「えぇー、みんなでさ、宿の部屋で酒池肉林パーティをやりたいじゃん」

「もう、また〝あのスケベ〟パーティですか？」

「……いやなのか？　だったら、新しい奴隷でも買いに行こうかなぁ」

平たい顔族の彼は、口《くち》の端《はし》を吊《つ》り上げて風変わりな笑《え》みを浮《う》かべていた。

「ご主人様のエロ顔……」

「カヨ、ここは、ご主人様の顔を見ている場合ではないのです。新しい奴隷を買うのを御《お》止《と》めしなければ……ライバルがまた増えます」

あの黒髪は、俺の上をいくハーレムの主、相当な遊び人らしい。

すると、何かしらの恩寵《おんちょう》を受けていると思われる、その黒髪の魔眼《まがん》と目が合った。

「またも弾かれた……あいつら何者だ？」

マナブの魔眼らしき瞳には、金色の三角系の魔《ま》法陣《ほうじん》があるが、それが激しく回転を繰《く》り返《かえ》していた。

「サチ、フミ、カヨ、ここで待っていろ。他《ほか》もここで待機だ」

「「はい、ご主人様」」

奴隷たちは主人に対して頭を下げていた。黒髪の男は、俺を一瞥《いちべつ》。

紫色の槌を肩《かた》に預けて寄ってきた。その黒髪の男が、

「ようっ、あんた名前は？」

気軽な調子で聞いてくる。

「どうも、名前はシュウヤです」

「へぇ、俺の名前はマナブ。シュウヤか、その響きは、もしかして」

「あぁ……」

やはり、元日本人か。マナブは気軽な調子だし、普通《ふつう》に話すか。

「と、なると……俺が知る転移とは違うようだ……」

転移？　マナブはそんなことを語る。転生ではないようだ。

「ま、色々とあるんだろうよ。それで、マナブの背後にいるのは奴隷《どれい》たちか？」

マナブは何かを考えるように視線を斜めに向けると、顎髭《あごひげ》を触《さわ》り、

「そうだ。仲間に蛇蝎《だかつ》の如く嫌《きら》われてな。この迷宮《めいきゅう》都市ペルネーテに来るまで色々あったのさ。後ろの愛《いと》しい奴隷たちを集めるのには苦労したんだぜ？」

その苦労がどうした？　と、お前の苦労話なんて興味ないと、話そうとしたが、マナブの機嫌《きげん》を損《そこ》なうのは得策ではないと判断。

「彼女《かのじょ》たちは美人だな」

「分かっているじゃねぇか。シュウヤの連れも俺の審美眼《しんびがん》にかなう美人さんばかりだ」

マナブの魔眼の黄金色《こがねいろ》の三角形が、また蠢《うごめ》いた。

『閣下、攻撃の気配はありませんが……双眸《そうぼう》の魔力《まりょく》の質は高いです。魔眼かと』

『あぁ、効果は不明だが……人物を鑑定《かんてい》できる魔眼か？』

「……マナブ、その目で、あまり俺の従者たちを見ないでくれないか」

暗にエロい視線と魔眼は止めろと、意味を込めたつもりだ。

「ほう」

マナブは目を細めて、俺に視線を向け直した。

「なんだ？」

「コレクターの美人さんに、後ろの美人たちも、俺の魔眼を弾いた。だから気になるんだ。シュウヤに神意はあるのか？」

神意か。本音だ。そこに、

「回収は終えたぞー、帰還する」

青腕宝団のリーダーの声だ。

「だ、そうだぞ」

視線で青腕宝団の様子見を促す。

しんねりと首を横に向けるが、すぐに俺に向き直すマナブ。

「……魔眼の力を弾いている理由は教えてくれないのか？」

「そんなこと知るわけがない。では聞くが、お前はどうして魔眼を持っている？」

「それもそうか。今は初対面だしな。いずれまた会うかも知れないが、会わないかも知れない。じゃ」

マナブは語尾《ごび》の最後に笑顔《えがお》を作ると、俺の返事も聞かずに踵《きびす》を返す。

マナブは背後で待っていた美人奴隷たちの下に去った。

「ご主人様、蛍が槌《エルガスレッジ》のリーダーと、ご面識が？」

そう話すヴィーネを先頭に、全員が不思議そうな表情を浮かべて寄ってきた。

「話したのは今が初だ。挨拶《あいさつ》しただけさ」

転移者と話していた……マナブの他にも転移者がいるんだろうか。

マナブの見た目は若い。奔放闊達《ほんぽうかったつ》な印象だった。同時に、魔眼の影響《えいきょう》もあるとは思うが透徹《とうてつ》した知性を感じさせた。マナブは相当な経験を経ているのかも知れない。

「わたしたちを見る目が怪《あや》しかったわ」

「ん、レベッカのことを凝視していた」

「ええ？　エヴァを見ていた！」

「両方でしょ、わたしにも視線を向けていたし」

レベッカ、エヴァ、ユイはそんなどうでもいいことを言い合っている。

ヴィーネは黙《だま》って俺のことを見ていた。

「さ、皆も移動を始めている。俺たちも帰ろう」

「うん」

「「了解」」

「はいっ」

一流どころの冒険者たちを追《お》い掛《か》けるように皆と広い空間から通路に向かった。

すると、通路の左右から影の手のモンスターがにゅるっと出現。すぐに光の糸が、影の手を切断して倒した。天井《てんじょう》から太い糸にぶら下がって降下してきた蜘蛛《くも》と虎《とら》が合わさったようなモンスターも出現。

「蜘蛛と虎のモンスターは俺がもらいます――」

そう宣言すると同時に跳躍――。魔《ま》槍杖《そうづえ》バルドークを下から上へと振《ふ》るう〈豪閃《ごうせん》〉を発動。

豪の力を活かす紅斧刃が蜘蛛と虎のモンスターの頭部を捕らえた――。

そのまま蜘蛛と虎の頭部ごと、蜘蛛と虎のモンスターの胴体を両断して倒した。

「ん！　シュウヤ、こっちにもきた」

「ご主人様――」

「フォローは任せて！　蒼く燃えちゃえ！」

レベッカの蒼炎弾《そうえんだん》が映える。一瞬、ヘルメが繰り出《だ》す《氷槍《アイシクル・ランサー》》の攻撃にも見えた。

レベッカの強烈《きょうれつ》な蒼炎弾を浴びた蜘蛛と虎のモンスターは蒼く燃えて散った。皆も続いてモンスターを狩《か》りまくった。

そうして、水晶《すいしょう》の塊《かたまり》が設置されている場所に到達《とうたつ》。さぁ、地上だ。

「地上に戻ろう」

一流の冒険者たちと俺たちは迷宮都市ペルネーテの地上に戻ってこられた。

「転移完了《かんりょう》～」

「この一瞬《いっしゅん》の転移は何回も体感しているけど、不思議なのよね～」

冒険者の先輩《せんぱい》のレベッカが語る。俺も『たしかに』と頷《うなず》いた。

水晶の塊がある間は筒《つつ》型の建物の中心だ。迷宮の出入り口の建物は混雑している。

他の冒険者たちも、水晶の塊の周りに転移してきた。水晶の塊の色合いは極彩色《ごくさいしき》。

前は蒼色が多かった印象だったが色々と変化するようだ。

皆、転移が可能な水晶の塊から離《はな》れた。その水晶の塊から、次々に冒険者を終えた冒険者たちが出現してくるのは、いつ見ても不思議だ。

「ん、シュウヤ、ここは混《こ》むから行こう」

エヴァはそう言うと出入り口に向かう。

ガヤガヤと混み合う冒険者たちの間を縫《ぬ》うように俺も外に出た。

もう夜か。そして、合同依頼は解散とカシムさんが言っていたように、一流どころの冒険者たちは速《すみ》やかに離れた。夜だが、円卓《えんたく》通りは明るい。そして、松明《たいまつ》の明かりには風情《ふぜい》がある。売り子の声は昼夜問わず煩《うるさ》いな。盲目《もうもく》少女を捜したが、見当たらなかった。

「俺たちもギルドに行こうか」

皆の返事を聞きながら第一の円卓通りを進んだ。

第百七十四章「コレクター」

冒険者ギルドに到着《とうちゃく》。早速《さっそく》、精算を済ませ報酬《ほうしゅう》をゲット！

カードには達成依頼：五十と記された。よし、暴走湧き《スタンピード》で大量に集めた中魔石をアイテムボックスに納めよう。ギルドの待合室の高椅子《いす》に座《すわ》りつつ——。

アイテムボックスの、

◆ここにエレニウムストーンを入れてください。

◆に魔石を入れようとしたが、その◆が肉球だと⁉
「にゃおん、にゃ——」

それは黒猫《ロロ》だった。ウインドウの◆へ魔石を納めようとしたが、その真下から、可愛《かわい》い前足の肉球がウインドウを抜《ぬ》けてきた。

魔石の納入は、もにゅっとした肉球で防がれるが、その感触《かんしょく》は柔《やわ》らかい。

「ロロさんや、邪魔《じゃま》するな」

「ンン」

黒猫《ロロ》は喉声を鳴らしつつ魔石を肉球で押《お》してくる。その瞳は散大中。興奮状態の相棒ちゃん。その気持ちを予想……『まだ相棒は甘《あま》いにゃりお～。魔石はわたしのおもちゃにゃ～』といった気持ちか？　と相棒の気持ちを面白《おもしろ》おかしく考えていると、レベッカが黒猫《ロロ》の両前足を包むように抱《だ》っこ。赤ちゃん持ちされた黒猫《ロロ》は両後ろ脚が伸《の》びて間延びした腹をぐでーんと晒《さら》す。レベッカは、そんな体が伸びたような黒猫《ロロ》を机の上に乗せた。黒猫《ロロ》さんのへそ天の体勢だ。すこぶる可愛い。鼻息の荒《あら》いレベッカが、

「ふふ！　ロロちゃんの！　可愛いお腹《なか》ちゃんは、わたしがもらった！　ふはは」

上ずったレベッカの声が面白い。相棒は、なすがままで腹を晒したまま。

レベッカはそんな黒猫《ロロ》のお腹に顔を埋めた。

レベッカは黒猫《ロロ》のお腹に息を吹《ふ》きかけるキスを繰り返す猫《ねこ》吸いを実行。

そんな黒猫《ロロ》さんからゴロゴロとした喉音が響く。

黒猫《ロロ》も腹を好《す》き放題いじられているが嬉《うれ》しいようだ。

そして、その黒猫《ロロ》さんの顔が、なんとも言えない顔。面白い。

相棒の腹は柔らかくて温《ぬく》もりもあるからなぁ。薄《うす》い毛の感触は気持ちよくて可愛い。

「かわいい！　わたしもする！」

「なんてカワイイらしいおっぱいちゃんなんでしょう！」

「ん、ピンクの蕾《つぼみ》が可愛い」

「指ズボ～！　ははは」

黒猫《ロロ》の腹を楽しむ皆。レベッカさんの発言が少しエロいが、気にしない。

ユイ、ヴィーネ、エヴァ、レベッカ、ヘルメたちの美女軍団に弄《いじ》られまくる。

そんな何とも言えないヤラシイ？

光景を楽しみながらアイテムボックスに魔石を納めた。

◆：エレニウム総蓄量：691

必要なエレニウムストーン大：91：未完了《みかんりょう》
報酬：格納庫＋60：ガトランスフォーム解放
必要なエレニウムストーン大：300：未完了
報酬：格納庫＋70：ムラサメ解放
必要なエレニウムストーン大：1000：未完了

報酬：格納庫＋100：小型オービタル解放
？？？？？？　？？？？？？　？？？？？？

皆でギルドを出た。円卓通りに戻《もど》ると、コレクターの依頼人《いらいにん》を中心として、青腕宝団を含《ふく》めた一流どころの冒険者たちが集まっていた。頭部に一対《いっつい》の角がある女性ゴルディーバ族の召《め》し使《つか》いも一緒《いっしょ》だ。コレクターの傍《そば》に控《ひか》えていた。

「また、依頼でもやるのかしら？」

「もしかしたらまた迷宮に行くのかも知れない」

「ん、青腕宝団はタフなメンバーが多い」

「わたしたちも疲《つか》れていないし、挑戦《ちょうせん》できる！」

そう気合いを見せたのはユイ。腰《こし》の魔刀の柄《つか》巻きを見せていた。

「俺たちも行こう」

すると、コレクターが召し使いを連れて近寄ってくる。

青腕宝団との話を終えたと分かるが……コレクターは、

「こんにちは、槍使いと黒猫さんとイノセントアームズの皆様《みなさま》。私はコレクターです」

「どうも」

コレクターは俺を凝視。召し使いさんも頭を下げてきた。

俺もコレクターを凝視。黒色の肩ケープを羽織っている。

「ふふ」

微笑《びしょう》がまた、なんともいえない美しさ。

そして、巨乳を演出するようなV字ネックの高級ブラウスが似合う。

乳房《ちぶさ》の薄い血管模様は魅惑的《みわくてき》。腰には骨のチェーンベルト。

そのベルトの節々には、小道具のアイテムをぶら下がっていた。

丈《たけ》の長い黒色のロングスカートも似合う。太腿《ふともも》を見せるようにチャイナドレス的な縦長のスリットが入る。網《あみ》タイツも似合う。むちむちな太腿さんだ。

すると、俺がイヤラシイ目線でコレクターを見ていると気付いた〈筆頭従者長《選ばれし眷属》〉と黒猫《ロロ》が俺の前に立《た》ち塞《ふさ》がる。レベッカが、

「……こんにちは」

「コレクターさんですか」

「閣下に何か？」

「ん、こんにちは」

「――にゃお」

と、皆、コレクターに挨拶していた。そのコレクターは、〈筆頭従者長〉たちの行動に少し面喰らったような表情を浮かべていたが、

「そうです。この度《たび》は私の依頼にご参加して頂きありがとうございます」

丁寧な態度だ。俺も礼には礼を――コレクターの彼女に対して頭を下げた。

そして、おっぱい、いや、コレクターの表情を見ながら、

「こちらとしましても、大金の報酬を得ましたから。ハンニバルから紹介《しょうかい》されて参加しましたが、参加を決めてよかったです」

「あら、ハンニバルさんからとは珍《めずら》しい。そうでしたか」

「はい。二枚の魔宝地図を解読してもらいました」

その言葉を聞いたコレクターは、首を縦に振り、納得《なっとく》した様子で、

「そうでしたか。青腕宝団《ブルーアームジュエルズ》、草原の鷲団《プレアリーイーグル》の方々が、貴方《あなた》たちの仕事ぶりを褒《ほ》めていました。『噂《うわさ》があったようだが、ただの噂だった』と。『仕事が素早《すばや》く済んだのはイノセントアームズがいたからもある』と、カシムさんが感心しながら語っていました」

コレクターはそう語ると、包容力がある笑顔を浮かべる。しかし一瞬、コレクターの双眸は魔眼に変化していた。一瞬だったが、俺の全身をしっかりと捉《とら》えていた。

瞳の四角形の魔法陣のようなモノが急回転していた。精神波はなかったような。鑑定眼《かんていがん》的なモノだったのかも知れない。コレクターの隣《となり》にいる召し使いも、俺のことを見つめてきた。アキレス師匠《ししょう》たちのゴルディーバ族と同じ角は気になる。美人な召し使いさんの視線に合わせて、

「コレクターさん、そこの彼女はゴルディーバ族ですか?」

「あら、砂漠《さばく》地方の【アーメフ教主国】出身なのかしら」

コレクターはそんなことを語る。

「違《ちが》います」

「シキ様、ごにょごにょ……」

女召し使いさんはコレクターをシキと呼ぶ。耳元でひそひそと会話中。

「そうね……」

「はい」

アロマと呼ばれた召し使いはコレクターから距離《きょり》を取る。コレクターは俺に視線を向けて、

「皆さん、わたしの店に来てくれませんか?」

「店ですか?」

「ここでは、他のクランの方々との視線もありましょう?」

たしかに、青腕宝団のメンバーとか、黄色鳥の光《エルシオバード》、草原の鷲団《プレアリーイーグル》、蛍が槌《エルガスレッジ》の面々が俺たちとコレクターの会話に聞き耳を立てるように注目をしていた。すると、召し使いのアロマさんが、

「皆さま、シキ様は褒美《ほうび》を用意しています。そして、槍使いに興味があるのです」

コレクターの情報を補足するように語ってくれた。褒美は気になる。

仲間たちとアイコンタクト。ヘルメとヴィーネは黙って頷く。

レベッカは綺麗《きれい》な金髪《きんぱつ》を揺らしながら頭を左右に振る。

エヴァは紫《むらさき》の瞳でじっくりとコレクターの顔を見ていた。

ユイはあまり興味がないようで、膝《ひざ》を折り、黒猫《ロロ》の頭を撫《な》でている。

「……店とはどこですか?」

「此方《こちら》です。第一の円卓通りにある小さい店」

「私が御案内《ごあんない》します」

召し使いのアロマさんは一礼後、踵を返す。円卓通りを歩き出した。

店か。興味ある。行こうと、黒猫《ロロ》もユイと遊びながら付いてきた。

「ちょっと、大丈夫《だいじょうぶ》なの?」

レベッカが小声で聞いてくる。

「大丈夫だろ。この円卓通りにある店だ。ただ、あのコレクターの瞳は長く見つめないほうがいいかも知れない」

「瞳？　分かった。気を付ける」

レベッカは魔眼に気付かなかったようだ。

「俺の後ろにいたほうが無難かもな」

「そんなことというと、怖くなってきたんだけど」

「レベッカ、シュウヤなら大丈夫。わたしも守る」

「うん！　エヴァの顔を見たら安心してきた」

俺では安心できなかったと、地味に傷つきながらコレクターたちの後を追う。

コレクターたちは、スロザの古魔術屋《こまじゅつや》の近くの店の前で止まる。

店はこぢんまりとした印象。コレクターは焦げ茶色《こげちゃいろ》の無垢《むく》な木の扉《とびら》を開けて入る。

召し使いさんは前に出て、その扉を片手で押さえつつ、

「皆さま、こちらです」

と、店に入るように促《うなが》された。

「では」

扉を潜《くぐ》り店の中へ入った。俺の背後から選ばれし眷属たちと黒猫《ロロ》も続いた。

店内は豪華絢爛《ごうかけんらん》。縦に広い空間で奥行《おくゆ》きがある。黄金色に輝《かがや》く床《ゆか》。

天井には無数の硝子《がらす》細工の光源があった。豪華《ごうか》だ。古そうな扉の見た目と違う。

俺たちに近い天井の硝子細工はマンゴー的なハート形が多い。

その硝子の中では、黄色の炎《ほのお》の光と青白い炎が男女を演出するように重なり合って燃えていた。〈筆頭従者長《選ばれし眷属》〉たちは頬を朱《しゅ》に染めていた。

他にも硝子細工と細かい針金アートがある。その針金と硝子細工は放射状に広がって上が窄《すぼ》まった造りで頂点に大きな鷹《たか》が構成されていた。下の方は六つの鷹の脚《あし》を模《かたど》った造りだ。工芸の極《きわ》みといえる魔道具か。クリスタルの中が非常に明るい。

右の奥《おく》にはカウンターバーがある。壁際《かべぎわ》の棚《たな》には高級な酒が飾《かざ》られてあった。

「奥の間《ま》に行きましょう」

アロマさんに誘導《ゆうどう》された。アロマさんは魔力を帯びた指輪を翳《かざ》す。

その魔力を帯びた指輪と連動。魔法陣が宙空に浮かぶとカウンターの机が自動的に左右に開いた。奥の棚も自動的に左右に移動して開く。本当に奥の間が出現。

その奥の間は密室とはまた違う。更《さら》なる驚《おどろ》きの光景が待っていた。

一直線に伸びた赤絨毯《じゅうたん》。謁見《えっけん》の間のような雰囲気《ふんいき》がある。

左右に並ぶ者たちが、皆強そうだ。その中で際立《きわだ》つ存在が骸骨《がいこつ》の魔術師《まじゅつし》。

長い杖《つえ》に黒いマントを羽織る骸骨の魔術師はコレクターよりも強そうに見える。

そんな骸骨の魔術師の背後には骨の剣士《けんし》たちの部隊がズラリと並ぶ。

ヤヴァい質の戦闘《せんとう》部隊か。

骸骨の魔術師の隣には目が血走って顔が青白い吸血鬼《ヴァンパイア》がいた。

吸血鬼《ヴァンパイア》の男の赤絨毯の向かい側には植物の足を生やす女がいた。植物の足を持つ女性の顔はホルカーバムの司祭ペラダスに似ていた。

そして、その植物の足を持つ女の隣がまったくの未知な存在。

白色の煙《けむり》か霧《きり》が人を模っている。その霧の生命体の隣には、妙《みょう》ちきりんな顔を持つ修行《しゅぎょう》僧《そう》さんがいる。修行僧的な方は上半身が裸《はだか》。皮膚《ひふ》には紅《あか》い魔法陣の入《い》れ墨《ずみ》が刻まれてあった。紅い魔法陣と連携《れんけい》していると分かる血が滴《したた》る歪《いびつ》なシックルが宙空に漂《ただよ》っている。強者たちを従えている存在がコレクターか。

そのコレクターは、赤絨毯の奥にある扇《おうぎ》の女帝《じょてい》用にも見える豪華な長椅子《ながいす》に腰掛《こしか》けている。椅子の飾りには魔力を内包した生きた眼球があった。何かの防御型《ぼうぎょがた》マジックウェポンを備えた長椅子かも知れない。そんな骸骨のひじ掛けがある長椅子に腰かけているコレクターは体に魔力を纏《まと》うと一瞬で衣装がチェンジ。

尊大的な魔界の女神《めがみ》を思わせる衣装だ。そんな新衣裳となったコレクターは骸骨の魔術師へと指を伸ばす。骸骨の魔術師は頭《こうべ》を垂れて、コレクターの手を握《にぎ》る。

そのコレクターの手の甲《こう》へ骸骨が口を当ててキスを行うと、ネイルの爪《つめ》が輝いて、手甲《てっこう》に魔法陣が浮かぶ。骸骨の魔術師は頭部を上げてから身を退いた。コレクターは俺たちを見て、

「どうぞ、お入りになってくださいな。何もしませんことよ、アロマ、ハゼス、ロナド、簡易な椅子と机、御飲《おの》み物《もの》をお出しして」

「はい」

「はっ」

「……ハイ」

ハゼスが骸骨の魔術師の名か、ロナドは霧の人型、アロマと一緒に彼《かれ》らは赤絨毯《じゅうたん》の上に人数分の机と椅子を設置してくれた。飲み物も用意された。

「……閣下、この中は、狭間《はざま》が薄い場所となります」

ヘルメが忠告してきた。

「だろうな」

王宮の謁見の間的な雰囲気がある。周囲に控えているコレクターの部下たちは確実に強《きょう》

者《しゃ》だろう。非常に興味が湧いた。

流し目のイケメン的な吸血鬼《ヴァンパイア》の男もかなり強いと分かる。

「行こうか」

「怖いけど、入るのね」

「ご主人様についていきます」

「不気味……周りの人たちは様子見？」

「攻撃《こうげき》するような雰囲気ではないから大丈夫よね？」

レベッカの不安そうな声を聞いたコクレターは頷く。コレクターの部下たちも頭を下げてくる。その頭を下げる礼儀《れいぎ》も女王に仕える重臣の雰囲気がある。

皆《みな》、緊張《きんちょう》しつつ俺の後ろからついてきた。俺たちは背丈《せたけ》の高い椅子に座った。

赤色の絨毯《じゅうたん》の奥に聳《そび》え立つような椅子に座る美人なコレクターと向き合った。

「では信頼《しんらい》の証《あか》しとして、わたしの名前を教えておきます。シキが本当の名前です。そして、今、御飲み物を運び持っているのが、アロマという名前です」

そのアロマさんが、

「皆様どうぞ。これは迷宮産の黒甘露水《かんろすい》と他にあまりないピューリ水を掛け合わせた美味《おい》しい飲み物ですよ」

机に黒甘露水入りの陶器製《とうきせい》のコップを置いてくれた。ピューリ水というのは何だろう。

そして、コレクターはシキが名前なのか。

「にゃおんにゃぁ」

黒猫《ロロ》が喜びの声を発した。相棒用に大きい皿が用意されていた。

早速、相棒は、大きい皿に頭部を突っ込む。

舌を器用に使いながら、ピューリ水を飲んでいった。

「わ〜口の中で液体が弾《はじ》ける⁉　しゅぱっ、ポッ、として〜美味《おい》しい〜」

怪しいのにレベッカも飲んでいた。弾ける⁉　そのフレーズから、まさか……。

俺《おれ》も飲んじゃうか？　ま、毒は効かないはずだ。陶器《とうき》のコップを口に運ぶ。

並々と揺《ゆ》れている黒甘露水を飲み込む。おぉ、炭酸のジュースか。

色合いもコーラだ。ただでさえ、甘露水で喉越《のどご》しすっきりとするのに、この炭酸で更に爽快感《そうかい》が増している。

「ぷはぁ、美味しい」

「ふふ、喜んで頂いて嬉しいわ、アロマ、ハゼス、ロナドご苦労様」

「いえ、シキ様」

女召し使いアロマは頭を軽く下げて、コレクターことシキさんの下に移動。

「はい」

「……ハイ」

骸骨の魔術師ハゼスは元の横にいた位置に戻る。人を模った霧のロナドも、赤絨毯の端《はし》に移動。俺も名乗っておくか。

「シキさん、飲み物をありがとうございます。名前はシュウヤ・カガリと申します」

「ご丁寧《ていねい》に、シュウヤさんですか。では、早速本題に。このお店に来ていただいた理由は、仕事を早く済ませて頂いたお礼と、他にも、理由があるのです」

理由か？　そう疑問に思うと、シキは袋《ふくろ》を持ち上げた。

袋の中身が金貨だと分かる音が響く。腰を屈《かが》めた骸骨の魔術師が仰々《ぎょうぎょう》しく、その金貨袋を受け取った。骸骨の魔術師は腰をあげて金貨袋を持ちつつ傍に来ると赤絨毯に置いた。どっしりとした金貨袋だ。この眼窩《がんか》の奥が赤い骸骨の魔術師は、魔界セブドラの沸騎士《ふっきし》たちとは違う部類なのか？　それとも見知らぬ種族だろうか。

シキさんは微笑を浮かべていた。さて、理由を聞こうか。そのシキさんに、

「その理由とは？」

「魔界《まかい》セブドラに住まう永遠の女王、宵闇《よいやみ》の女王レブラ様をご存じかしら」

宵闇の女王レブラ……魔界セブドラの神絵巻で見たことある。

「知っていますが、その神様が何か?」

「無礼なっ」

隣にいたアロマが怒《おこ》り、

「むむ!」

髪《かみ》の毛《け》が禿《は》げて、妙ちくりんな顔を持つ人物が唸《うな》り声《ごえ》を上げた。

「無礼だぞ!　黒髪《くろかみ》男!」

「生意気な小僧《こぞう》……」

周りのコレクターの部下たちが凄《すご》んできた。

しかし、俺の隣に座る宵闇の水精霊《せいれい》ヘルメが、赤絨毯に降り立つと、

「角娘《つのむすめ》、以下、周りの穀潰《ごくつぶ》し共ォ!　生意気な態度はどちらですか!　閣下に対して、そんな口と目を向けるとは万死《ばんし》に値《あたい》します!　皆を、氷で潰《つぶ》しますよ?」

ヘルメは水飛沫《みずしぶき》を全身から発生させて、怒りながら語っていた。

……尻《しり》は突《つ》き刺《さ》さないらしい。尻のことを言わないということは、怒っていると見せかけて、実は冷静に駆《か》け引《ひ》きをしているのかも?

「ひぃ……精霊!?　精霊様……お許しを……」

アロマはヘルメの怒った顔に怯《おび》えてしまい、シキの背後に隠《かく》れているが、

「何、精霊だと？」

骸骨魔術師《がいこつまじゅつし》はヘルメの正体に気付くと、骸骨の杖を構えた。

「……強烈な殺気」

植物女は全身を茨《いばら》で囲う。すると、妙ちくりんな男は、

「精霊様とて、シキ様とやるならば……」

そう喋《しゃべ》りつつ血塗《まみ》れたシックルから魔法陣のようなモノを宙空に無数に出現させてきた。

「……ブブ、フソン」

煙か霧の人型は、聞き取れない音声を上げる。

「……」

ヴァンパイアのイケメンは、一瞬たじろぐ。

後退し、膝を突こうとするが、その途中《とちゅう》でシキの顔を見て、無言のまま体勢を直した。

目尻《めじり》の皮膚の上に血管を浮き彫《ぼ》りにさせつつ、両手から鋭《するど》い爪も伸ばしていった。

「珍しい。精霊様だったのですね。衣装といい、人族の方だと思っていました」

コレクターのシキさんは、驚いているだけだった。常闇《とこやみ》の水精霊ヘルメは速やかに水の羽衣《はごろも》のような煌《きら》びやかな衣装を纏う。

「コレクター。さっさと用件を閣下に述べなさい――」

そう発言。腕《うで》をクロスさせるポーズ《ヘルメ立ち》で指を差した。腰のくびれが美しい。

「ふふっ、その目と容姿、心が湧き立つ思いを感じる。素晴《すば》らしい。ええ、語らせてもらいますとも……シュウヤさん、女王レブラの使徒になりませんか？」

ヘルメに促されたせいか、シキさんは、ストレートに誘《さそ》ってきた。

「神の使徒になるつもりはない」

「あら、お早い、考えることもしませんのね」

シキさんは残念そうに顔色を変化させた。同時に部下たちの剣呑《けんのん》さが増した。

「貴方たち？　殺気は仕舞《しま》いなさい。彼は本物の強者。わたしの命令なしに動いても、傷付くのは、貴方たちですからね？」

コレクターのシキさんは、部下たちを諌《いさ》めた。

「はいっ、畏《かしこ》まりました」

「静観します」

「……承チ」

すると、シキさんの部下の一人の、植物と人族が融合《ゆうごう》したような女性が、目に魔力を溜《た》めて、双眸《そうぼう》の前に魔法陣《まほうじん》を発生させる。そして、

「わたしの〈魔眼緑芽〉が通じないです。シキ様の言われている通り強者、しかも全員が

尋常《じんじょう》ではない強者。シキ様、このような者たちを本部に招き入れて大丈夫なのですか？」

シキさんは、その植物系種族の女性を見て頷いて、

「ジェヌ、いいのよ。信頼を得るために此方からお誘いしたのですから。それで、シュウヤさん。レブラ様の下僕《げぼく》、眷属、使徒になるつもりはないのですね。力が得られるのですが」

「……断る。そういう話には必ず裏がある。もう経験済みだ」

「強者な上に用心深い。そして、わたしたちを深くは探《さぐ》ろうとしないのですね。もの凄く共感を覚えますわ……その精神性も強者たる所以《ゆえん》と判断しました。わたしの四蜘蛛王審眼《シグーライオガアイズ》が通じない理由もその一環《いっかん》と認識《にんしき》しますわ」

「魔眼《まがん》か」

「はい……レブラ様から授《さず》かった力が通じないのは、シュウヤさんを含めて、イノセントアームズの方々が初めて……ですので」

シキさん。いや、シキは瞳《ひとみ》を変化させながら語る。四蜘蛛王審眼《シグーライオガアイズ》か。

その瞳の模様が、四角系を中心とした幾何学《きかがく》模様が小さい蜘蛛の形に変化。

小さい蜘蛛は泡《あわ》ぶくように瞳の中で増殖《ぞうしょく》する。それらの極彩色豊かな蜘蛛の群れが、時計の秒針を意味するように回り急回転。小さい蜘蛛の動きは多彩《たさい》。

一種の万華鏡《まんげきょう》に見えた。大きな蜘蛛を兼《か》ねたトリックアートにも見える。

カザネのアシュラーの系譜《けいふ》とはまた違う系統。そういえば……似たような名前の魔眼を使っていた魔毒の女神ミセア様を思い出す。あの時はコイン型の形が違う蜘蛛で、八蜘蛛《ヤグーライ》王審眼《オガアイズ》という名の魔眼だった。神遺物《レリクス》だったか。その魔毒の女神ミセア様の鑑定眼を弾いた俺と相棒だ。シキは使徒で、女神ではないから四蜘蛛王審眼《シグーライオガアイズ》が優秀《ゆうしゅう》だろうと限度はある。

だから、尚《なお》のこと、俺たちの鑑定《かんてい》を失敗するのは当然だ。

そして、光魔ルシヴァルの選ばれし眷属たちも、シキの鑑定を寄せ付けていない。そんなシキの額の印も気になったから、

「その額の印も宵闇の女王レブラの恩寵《おんちょう》かな？」

「はい。額も瞳もレブラ様の御寵愛《ごちょうあい》を頂いた結果です」

シキは片手でサークレットをずらして額を晒した。

魔力《まりょく》を帯びた六芒星《ろくぼうせい》のマークをよく見せてくれた。

「独特な魔法陣。レブラの瞳の中にあったのと同じか……」

すると、シキと部下が瞠目《どうもく》していた。

「えっ」

「……」

「何と」

「なにっ」

「レブラ様とご面識があるのですか？」

コレクターは身を乗り出して驚く。

「いや、とある物を使い、見たことがあるだけだ」

「と、とある物を使い見たことがあるだけ、ふふっ、はははは、なんて素晴らしい。素晴らしい神話《ミソロジー》級のマジックアイテムを持っているのかしらァ？」

耳を覆《おお》う叫喚《きようかん》染《じ》みた笑いの途中から、囃《はや》す感じに変化した笑い声か。

「――シキ様？」

「シキ様がここまで興味を……」

傍に仕えているアロマさん、骸骨魔術師ハゼスも、シキの突然《とつぜん》、囃すような笑い声に驚いていた。シキは上唇《うわくちびる》を舌で舐《な》めて、俺自体を、もの欲《ほ》しそうに見つめてきた。

「……どうした？　そんなにオカシイのか？」

「あ、い、いえ。名号《みようごう》たる神々のアイテムをお持ちのようで、興奮し、取り乱してしまいました……」

蒐集家《コレクター》としての血が騒《さわ》いだのか？　と、なると、確実に神絵巻は特殊《とくしゆ》なアイテムだろう。

あれはクナが持っていた物、昔の地下オークションで買った代物《しろもの》なのかも知れない。

しかし、興奮しているシキには悪いが、もう帰ろ。

「それじゃ、俺たちはそろそろ……」

「あ、はい……もう行ってしまわれるのですね。この出会いを、大切にしたい……シュウヤさん……うふ」

シキは魔眼を止めていた。黒曜石のような瞳で俺をまっすぐに見つめてくる。女の熱を帯びた、欲情を感じさせる視線だ。そして、巨乳を強調させるように……。身を乗り出している。

「ええ、はい」

俺は、素直《すなお》におっぱい委員会に所属する研究会を反応させる。

ヘルメが視線を鋭くさせながら、

「ふん、生意気なおっぱいです。おっぱい女賢帝《けんてい》と名付けてみたくなりました」

そんな可笑《おか》しなことを発言。おっぱい研究会が疼《うず》く。

が、同時に〈筆頭従者長《彼女たち》〉からの氷河を起こす視線も同時に感じた。

視線は逸《そ》らしておこう……。シキは俺が視線を少し逸らしたことに、残念そうな表情を作る。

またルージュな上唇を舌で舐《な》めると、

「残念ですが、仕方ありませんね。今度また魔宝地図の依頼《いらい》を受けてください。では、アロマ、お送りして」

「はい、シキ様。では、こちらへ」

アロマさんと移動した先のカウンターと棚が左右に開く。扉を潜った。

視線のやり場に困ったところで無難にヴィーネを見ると、冷然とした表情。初めて会った頃《ころ》に見せていた表情だ。ヴィーネはシキを睨《にら》んでから俺を見つめ直してきた。

「……ご主人様、帰りましょう」

ヴィーネは優《やさ》しい表情に戻っていたが、銀色の瞳には、静かな怒りを感じた。

「あぁ」

俺がそう返事をすると、頬に細い指の感触が、それはレベッカの白魚のような指の群れだった。「ちょっと、わたしも見なさいよ！」レベッカは金色の髪を揺らしつつ、蒼《あお》色の瞳を近づける。俺を間近で凝視《ぎょうし》。綺麗なブルースカイ。

「悪かった。今ちゃんとレベッカの綺麗な瞳を見ている」

「う、うん」

レベッカは嬉しそうに頬を真っ赤に染める。カワイイ。

「ん、わたしもっ」

エヴァがそう言うと、レベッカと同様に、俺の両方の頬を両手で掴《つか》む。と、むりに俺の頭部を振《ふ》り向《む》かせてくる。

「エヴァ」

「シュウヤ、ん」

エヴァは大胆《だいたん》にも、目を瞑《つぶ》ると、キスを求めてきた。

「こらっ——エヴァは真面目《まじめ》だけど、どこか抜けているところがあるのよね」

ユイのツッコミ。刀の鞘《さや》によるツッコミをエヴァではなく、俺の頭部に入れてきた。

そのまま隣に移動したユイは、俺の腕に手を回して胸を当ててくる。

ユイの柔らかいお胸様もいい！

「ん、シュウヤがぶたれた？」

「皆さんは、仲が宜《よろ》しいことで……」

シキさんは笑いながら話している。

部下たちからの視線は、一向に厳しい状態だが、気にはしない。

「それでは、シキ。また」

そう短くコレクターに別れを告げてから、椅子を降りる。

赤絨毯の上にあるコレクターがくれた金貨袋を回収。踵《きびす》を返した。奥の間から明るいカウンター前の空間に出る。左のほうにあった出入り口の扉をアロマさんが開けて待っていてくれた。

「皆さん、どうぞ」

アロマさんのゴルディーバとしての身の上話には興味があったから、

「アロマさん、貴女《あなた》はゴルディーバ出身ですよね？」

「祖先はそうなります」

「祖先ですか？　ラ・ケラーダ」

懐《なつ》かしのポーズを取り確認《かくにん》。

「ラ・ケラーダ……古き言葉を……ゴルディーバ族をよく知っているのですね。南マハハイムにはあまりいない同胞《どうほう》たち。大砂漠《だいさばく》に伝《つて》があるのでしょうか？」

「大砂漠ではないが、知り合いの家族たちがいるんだ」

「……ゴルディクス大砂漠以外にも、同胞がいるのですね」

アロマさんは、高原地帯にいるゴルディーバの里とは無縁《むえん》か。

「そのようだ。ゴルディーバ族のアキレスという名は知っていますか？」

「人族、魔族の方にいたような気がしますが、その方は？」

「あ、ゴルディーバ族のアキレスが師匠の名なんです」

「そうでしたか。だからわたしに興味を」

「はい。似たような名前の方もいるかと思います」

「ふふ。そうですね」

「では、失礼します」

「はい。またのお越《こ》しを……」

「うん、また」

アロマさんに頭を下げてから、コレクターの店から外へ出る。

「ふぅ……少し緊張しちゃった。コレクターには部下も含めて注意が必要ね」

「はい。部下は殺気をもっていました。普通《ふつう》ではないモノたち。ですが、コレクターのシキは、ご主人様を口説こうとしていました。注意が必要かと」

通りを歩きながら、レベッカとヴィーネは頷《うなず》き合う。

「うん。注意どころか、危険。あの舐めるような視線は絶対にシュウヤを落とそうとしている女の視線」

「ん、シュウヤもまんざらではなかった、あの、おっぱいを凝視していた」

ユイとエヴァはそんなことを言いつつ、しっかりと、俺の手を強く握りながら歩いた。

「閣下がモテるのは当たり前ですが、あのコレクターは魔界の神に連なる者、女としてではなく、違った意味で注意が必要かもしれません」

「にゃお」

ヘルメは体を屈めて足下《あしもと》の黒猫《ロロ》と視線を合わせて、

「ロロ様も、同じ考えなのですね」

「ンン、にゃおん」

そう返事をした黒猫《ロロ》はヘルメの肩《かた》に乗る。そして、ヘルメの頬と首をぺろっと舐めていた「きゃ」ヘルメは『くすぐったい』というように肩を上げると、黒猫《ロロ》はヘルメの肩から跳躍《ちょうやく》して着地。トコトコと歩いて俺の足下に戻ってきた。

「ロロ様。可愛《かわい》らしいキスをありがとうございます。今度、お返しに水をいっぱい、あげちゃいます！」

「にゃお」

黒猫《ロロ》は、ただ、ヘルメとコミュニケーションを取っただけだと思うが、指摘《してき》はしなかった。

「さ、家に帰ろう」

「ん、武術街はこっち」

「うん、シュウヤの手をゲット！　行こう！」

レベッカが俺の手を引っ張るように走る。第一の円卓《えんたく》通りの南から武術街へと向かった。寄り道はせず武術街の通りから俺たちの屋敷《やしき》の前に到着《とうちゃく》した。

「一番乗り！」

「レベッカ、早い〜」

「ふふ、うん」

レベッカの笑顔《えがお》を見ると俺も嬉《うれ》しくなった。皆も少し遅《おく》れて到着。

そのまま屋敷の大門を開けて中庭に進んだ。その中庭でイザベル、アンナ、クリチワの美人メイドたちが出迎《でむか》えてくれた。

「ご主人様、お帰りなさいませ、食事に致《いた》しますか？　お風呂《ふろ》に致しますか？」

「食事で」

「畏まりました」

「バルミントはどうしている？」

「肉と野菜を豊富に食べておりました。そして、少し体が大きくなった印象です」

バルミントの体が成長か。ドラゴンだから、どんな風になるのか。

皆とバルミントについて話をしながら母家《おもや》に戻《もど》る。

着替《きが》えを終えてからリビングで食事タイムとなった。

「最近、食事が毎回楽しみなのよねぇ」

「ん、豪勢《ごうせい》」

「はい、この間の魚料理は美味しかった」

「素材が良いのよね。シュウヤが金持ちでよかった。今日はなんだろう」

皆が料理を期待する。暫《しばら》くして、料理が運ばれてきた。

「わぁ」

「ん！」

「いい匂《にお》い」

「今回も料理には期待できそうです」

普段《ふだん》冷静なヴィーネだが、結構上ずった声だった。ここのキッチンメイドが作る料理が好きらしい。キッチンメイドさんたちは優秀だ。名前を聞いてないが、実はかなりの料理人かな。メイドさんが机に配膳《はいぜん》中の料理はチーズが豊富なラザニア風のものと海老《えび》の丸焼き。

エヴァの店でも食べたことのある海苔《のり》の佃煮《つくだに》のプッコもある。蜂蜜《はちみつ》酒とパンも配膳され

た。すると、黒猫《ロロ》が専用の台に載《の》った料理を見て、

「ン、にゃぁ～ん」

甘《あま》い声で鳴いた。専用の台に載った海老の丸焼きは俺たちよりも大きい。

特大な海老をどうやって捕《つか》まえたんだろう。が、そんな些細《ささい》な疑問なんてどうでもいいか。元気にごはんを食べる黒猫《ロロ》さんを見たら幸せな気分となった。

黒猫《ロロ》は頭部を傾けつつ奥歯《おくば》で甲羅《こうら》ごと白身を食べている。その姿は頼《たの》もしい。そして、可愛い。その黒猫《ロロ》に『相棒、いつも元気な姿を見せてくれてありがとう』と感謝しつつ

――俺もラザニア風の料理へとスプーンを向けた。表面の焼けたチーズを裂いては、とろりと柔らかいラザニア風の中身を拝見。ほどよい湯気が漂《ただよ》った。チーズに香草《こうそう》の匂《にお》いが食欲をそそる。舌に自然と唾液《だえき》が溜《た》まる。そのままスプーンでラザニア風の中身を掬《すく》って口へと運んだ。ウマシ！　再びラザニア風の料理をスプーンで掬い食べる。パスタのような食材と肉のバランスがちょうどいい。そうして、美味《おい》しい食事を堪能《たんのう》しながら皆と談笑《だんしょう》。

あーだこーだと、今日の魔宝地図戦の結果、コレクターの勢力などの予想分析《ぶんせき》を行った。

その最中にミスティが帰ってきた。

「今日は遅《おそ》かったな」

「魔法《まほう》学園で行事があるから。これから忙《いそが》しくなる」

学園の行事といえば学園祭と文化祭に運動会を想起する。

イザベルたちが過ごしていた寄宿舎学校同士も色々と競《きそ》い合っていた。

個人戦とチーム戦でサッカーのような試合があるかも知れないが、魔《ま》法使《ほうつか》い、冒険者《ぼうけんしゃ》、武芸者、殺し合いまでは行かない模擬戦《もぎせん》のような戦いが主軸《しゅじく》かな。

そんなことを考えつつ、

「行事は、生徒同士の戦いがある?」

「うん。個人戦とチーム戦がある。この間、パーティを組んだ生徒も戦うから気になってしまって……少し贔屓《ひいき》気味に見てしまうから、まずいことだわ……」

ミスティは先生の顔になっていた。

「……そっか。生徒たちにも言えることだが、ミスティ自身も無理はするなよ」

「うん。だから冒険者のほうにはあまり付き合えない。珍《めずら》しい素材を手に入れたら回収を頼むわ。特に金属」

ミスティは教師風に人差し指を伸ばし、宙空に・の点を二つ作っている。そして、金属の言葉の部分でウィンクをしていた。一気に魅力的《みりょくてき》な先生って印象を抱《いだ》く仕種《しぐさ》だ。

「ん、大丈夫、わたしが金属をチェックする」

「エヴァなら任せられる。金属の仲間同士だし」

「ん、金属を扱《あつか》う眷属《けんぞく》姉妹！」

とエヴァが元気よく発言。するとミスティは驚いたように双眸《そうぼう》が揺らいだ。そして、

「……」

「ん、ミスティ？」

「あ、ううん。皆光魔ルシヴァルの血の家族、眷属なんだと思ったら、少し感動しちゃって……」

ミスティは瞳に少し涙《なみだ》を溜めていた。その気持ちは皆理解している。

皆もすぐに微笑《ほほえ》む。そのミスティは気を取り直すように「美味しそうな料理を食べていたのねぇ～」そう語ると、丸焼きの海老料理を凝視しつつ書類を机に置き、余った海老の白身を一つ摘《つ》まむ。それを口に運んで、パクッと食べていた。

「美味しい海老～。それじゃまだ仕事が残っているから、またね」

ミスティは海老を摘まんでいた指を悩《なや》ましく舐《な》めてから書類を纏めると、俺にウィンクしてから踵を返した。そして、玄関《げんかん》から中庭の工房《こうぼう》に向かう。

「食事はあれだけ？　痩《や》せてしまいそう」

「ん、血があるから大丈夫」

「集中すると食欲も吹き飛《ふと》ぶもんだ」

「そうね」

「うん、昔の父さんもよくそんなことを語ってた」

ユイの父のカルードはママニたちと一緒《いっしょ》でまだ迷宮《めいきゅう》から帰還《きかん》していない。

「んじゃ、皆、食事も食ったし、自由行動ってことで」

「「了解《りょうかい》」」

「「はい」」

「ん」

「ンン」

ヘルメはリビングの端で瞑想《めいそう》タイム。

エヴァとレベッカとユイは買い物のガールズトークをしながら部屋に戻った。

俺は黒猫《ロロ》とヴィーネを連れて自室に向かう。バルミントへと魔力を与《あた》えた。

「きゅっきゅゅぃぃ」

バルミントは嬉しそうに四枚の小さい翼膜《よくまく》を広げつつ抱きついてくれた。が、勢い余って俺の足に衝突《しょうとつ》、こけていた。カワイイ。

「にゃぁ、にゃんお」

その幼く可愛いバルミントを、黒猫《ロロ》が母たる顔を見せて体をぺろぺろと舐めてから、首根っこを優しく咥《くわ》えて木製の家に運んであげている。

一緒に丸まって寝《ね》るらしい。バルミントは、母の黒猫《ロロ》に任せるか。

俺はベッドにダイブ。

「ふふっ、ご主人様」

ベッドでごろごろしていると、銀のワンピースだけを着ているヴィーネが寄ってきた。

太股《ふともも》が露出《ろしゅつ》したワイシャツ一枚のような格好だ。素晴らしい。

「なんだ？」

そのヴィーネの青白い太股に頭部を乗せた。ハーレム至高の七神器の一つ、膝枕《ひざまくら》という女子《おなご》の神秘な溝《みぞ》を活用させてもらうとしよう。

「あっ、ご主人様、太股の膝枕が好きなのですか？」

「ヴィーネなら、なんでも好きだ。が、おっぱい研究会の下部組織には膝枕臨時委員会もあるんだ」

「ふふ、下部組織ですか？」

「おう、それで膝枕の……」

冗談《じょうだん》の蘊蓄《うんちく》の話をヴィーネは真剣《しんけん》に時には微笑んで聞いてくれた。そして、俺の髪の毛を梳《す》きつつ耳の掃除《そうじ》もしてくれた。だが、優しいヴィーネが少し興奮。

「ご主人様の耳は綺麗《きれい》だ！　が、ここを伸《の》ばして――」

ヴィーネは、俺の頭部と耳を指で挟《はさ》んで引っ張るようにマッサージをしてくれた。

「ヴィーネ、気持ちいい。ありがとう」

「当然だ。愛《いと》しいご主人様のためなら、なんでもする」

「分かってる」

感謝の想《おも》いを込めてヴィーネを労《いたわ》ろう。

ヴィーネの太股に耳を当てながら両手で――。

ヴィーネの尻と太股を抱くように尻を揉《も》み拉《しだ》く――。

ヴィーネはすぐに息を乱し始めた。

「アァ……こ、これでは、ご、ご主人様のお耳の掃除とマッサージができない……」

「耳掃除とマッサージはしまいでいい。ヴィーネのお尻さんの感触《かんしょく》がたまらない――」

と言いながらヴィーネの太股の上で横回転。鼻先が熱い。

そう、ヴィーネのあそこは濡《ぬ》れていた。そして、その鼻先に当たる湿《しめ》ったちぢれ毛に構わず――ヴィーネの尻を強く鷲掴《わしづか》み。ヴィーネはビクッと体を震《ふる》わせて、

「アン！」

と、感じた声を発した。そのヴィーネを更《さら》に喜ばせるため――。

尻の肉を左右へと強く引っ張った。またも、両手で尻を揉み揉みしてあげた。

「ひゃぅ、そ、は、激しい。アンッ、アァッ、アァッ、そんな——」

ヴィーネは甲高《かんだか》い声を発して背筋を伸ばした。

同時に、むあっとした熱を目の前の女陰《じょいん》から感じた。

女の匂いも鼻孔《びこう》を突く。その熱さのあるヴィーネの女陰を凝視。

薄《うす》い銀色のちぢれ毛と女陰はぐっしょりと濡れそぼっていた。

「ヴィーネ、アソコがぐっしょりと濡れているぞ?」

と聞いた直後、ヴィーネは腰《こし》をビクッと揺らして背を反《そ》らした。

俺の声だけでイッたか。そのヴィーネの豊かな胸がワンピース越しに揺れる。

ワンピース越しに突起《とっき》した乳首《ちくび》さんを凝視。

それはヴィーネの気持ちを表していて、とても可愛く愛しく思えた。

そんなヴィーネを見ながら、あえて、

「どうして、濡れ濡れになった?」

「ご、ご主人様が尻を揉みまくるからだ……」

「いやだったのか?」

そう聞くと、ヴィーネは慌《あわ》てて頭部を左右に振る。そして、俄《にわか》に頭部を傾《かたむ》けて、

「いやじゃない！」

「ならどうしてほしい」

「わたしのあそこを……」

「なんだ？　聞こえない」

そう言いながら、ヴィーネのアソコに息を吹きかけた。

「アァ、息を……愛しい……」

「ヴィーネ、この息だけで、今日はしまいにするか？」

「いやだ！　ご主人様がほしいのだ。だから、もっと、わたしのアソコをいじって……」

「なら、自分の指で、アソコを拡《ひろ》げて見せろ」

「はい――」

ヴィーネは両足を左右に広げた。そして、薄紅《うすべに》色に火照《ほて》った大陰唇に手を当て、

「んぁ……んぁ」

と自ら感じながら左右の青白い指で小陰唇を拡げる。

青白い陰裂の中心の薄紅色を帯びた膣口《ちつこう》から透明《とうめい》な液体が溢《あふ》れて青白い指が濡れていた。

青白さに薄紅色を合わせた蕾《つぼみ》の陰核《いんかく》はやや膨《ふく》らんで表面がテカっていた。

ヴィーネは甘美《かんび》な喘《あえ》ぎ声を発して、自らの指と小陰唇を震わせつつ、

「ご、ご主人様。こ、これで……」

と切なそうに発言。

「いい子だ――」

ヴィーネの内股《うちまた》に両手を当ててから、そのデルタ地帯に頭部を寄せた。

そして、ヴィーネの指先に口付け。「ヴィーネの指も可愛い」と透明な液体ごとヴィーネの指を舐めた。その指を舌で退《ど》かして、陰核のふちを舌でなぞる。

「アァン……アァ」

喘ぎ声に構わずヴィーネの大事な陰核を舌で突いた「アンッ」そして、陰核の包皮を掃《は》くように激しく陰核を吸った。

「アァァァァ、そこは、吸わないでぇぇ」

ヴィーネは気がふれたように声を上げて腰を震わせる。

そんなヴィーネの腰と尻を両手で押《お》さえてから熱い膣口の中へと舌先を挿入《そうにゅう》した。

舌の表面で膣の上部を舐めて吸いまくる。

「アァァァァ――」

ヴィーネの体が連続して震える。俺《おれ》はそのヴィーネの様子を見て頭部を引いた。

ヴィーネは『俺を逃《に》がさない』と言うように、自らの秘部を俺の頭部に押し付けつつ両手で俺の髪の毛をわしゃわしゃとかき乱す。お望みとあらば——。

再び、ヴィーネの膣を唇《くちびる》で優しく刺激《しげき》。「アァ——」そしてキス——「あぅ」そのまま膣の中へと、舌を挿入させた——「アンッ——」一際甲高《ひときわかんだか》い声だ。

果てたヴィーネは細長い足を左右に伸ばしたままベッドに倒《たお》れた。

そのヴィーネを起こすように膣の内部を、蛇《へび》にでもなったように舌で掻《か》き回《まわ》し続けた。

膣から溢れる液体で顔が濡れまくった。

舌を引っ込め唇だけで膣周りを吸っては陰核を指で刺激。

そのまま陰核を刺激しつつ舌を膣の中に挿入するとヴィーネは「アアァァッ」とおかしくなったように声を上げまくる。少し激しかったかな。ヴィーネのあそこから唇を離《はな》す。

ヴィーネは黙《だま》ったまま。二度三度と体を震わせると動きを止めた。

ワンピースが巨乳の下側までめくれて、女陰が露《あら》わになった姿か。

そのヴィーネの姿は魅力的すぎる……。

暫《しば》し待った。ヴィーネは頭部を少し上げて俺の姿を探すように焦点《しょうてん》の合っていない銀色の瞳で俺を見ると、

「……ご、ご主人様。し、舌の動きが、凄すぎる……」

「ヴィーネは激しいエッチが好きだろう?」

俺がそう聞くと、ヴィーネは体を震わせる。だが、銀色の瞳には力強さが戻っていた。

「そうだ。だが、熱いご主人様を、ここで、感じたいのだ」

「分かった」

と、そそり立った一物を見せつつヴィーネに体を寄せた。

一物の先っぽからカウパーが漏《も》れる。

「ご主人様……待ちきれない」

ヴィーネは俺の一物に手を当てて自らの膣へと誘導《ゆうどう》。

一物はヴィーネの膣にずにゅりと入る。

「アァ、ご主人様の一物が入ったァ……」

とヴィーネの喜ぶ声が愛しい。一物を包む膣の質感がタマラナイ。生温かく気持ちいい
——その想いを腰と一物に乗せて激しく腰をグラインドさせた。

「アァァァ——」

ヴィーネのよがる声も可愛い。正常位でヴィーネの腰に、自らの腰を何十回と——。

瞬時《しゅんじ》に打ちつける。その度にヴィーネは発狂《はっきょう》したように甲高い声を発して連続で果てた。

表情が虚ろのヴィーネ。それもまた美しい。挿入したまま暫く待機……。

ワンピースが首下にまでせり上がって巨乳を晒《さら》していたヴィーネに魅了《みりょう》される。

自然と一物が膨れた感覚を受けた。そのヴィーネの巨乳を揉んでいると、

「ふふ、おっぱいが好きなご主人様？」

と微笑みながら起きたヴィーネが俺の首に両手を回してきた。

「おう。ヴィーネのおっぱいは張りがあって好きだ」

そう言いながら腰を優しくこねくり回す。

ヴィーネの膣と俺の一物から粘着質《ねんちゃくしつ》の音が響《ひび》いた。

「アァ……ご主人……優しく愛しい。どうして、そんなに優しいのだ」

と切なそうに聞いてくるから語気を強めて、

「それはお前を愛しているからだ――」

「アンッ――」

一回だけだが、強く腰をヴィーネの腰に打ちつけた。その一回だけでヴィーネは再度果てた。気を失っている。そのヴィーネの青白い体には、斑《まだら》の紅色模様が生まれていた。

気を失いながらもヴィーネの頑丈《がんじょう》な膣と子宮は別の生き物のように、俺の一物をぎゅうぎゅうに包んでいた。突《つ》きたい衝動《しょうどう》に駆《か》られるが、我慢《がまん》。

愛しいヴィーネが起きるまで待つ。そのヴィーネが気を取り直すと、

「ご、ご主人様、ちゅ、ちゅ……」

「はは、ろれつが回っていないぞ？」

ヴィーネは頭部を左右に振ると、俺の下腹部と自身の腹を見た。そして、自身の腹と俺の腹を青白い指で触《さわ》りつつ、

「ご、ご主人様の……一物が更に大きくなった？」

「あぁ、行くぞ――」

腰をヴィーネの腰に打ちつける。更に巨乳を片手で揉む。続いてヴィーネの腰の両側を両手で持ちつつ強く、強く、連続的にヴィーネの腰へと自らの腰を激しく打ち付けた。

「アゥ、アン、アァン、だ、だめ、アァアン、また、またイク――」

「何度でもイかせてやる――」

「アアァァ――」

ヴィーネは青白い喉《のど》を晒すように首を長くしつつ体が強く震えると気を失った。

ヴィーネの、汗《あせ》で濡れて乱れた髪を指で梳《と》かしつつ起きるのを待った。すぐに起きたヴィーネ。切なそうに俺を凝視して、

「……ご主人様も気持ちよくなっていいのだぞ？」

「分かっている。なら、次でイかせてもらうか――」

と膣に一物を入れたままヴィーネの背中に左手、尻《しり》に右手を回して座位に移動。

「アン、一物が、より深く突き刺《さ》さった……そして、ご主人様の顔が近い……」

「そうだ。ヴィーネの子宮の入り口に一物が当たっている――」

「アァン。凄《すご》い、揺《ゆ》らすだけで――」

そのヴィーネの唇を奪《うば》った。同時に〈血魔力《ちまりよく》〉を送る。

ヴィーネは俺の血を吸ってイッたように体を震わせつつも俺の舌を引っ張る。

そして、俺の唾《つば》を吸いながら自らの〈血魔力〉を唇から送ってくると俺の腰のリズムに合わせて自らの腰を前後させてくる。ベッドがゆったりと揺れる。

キスをしつつ体を密着させ続けて、互《たが》いの腰をグラインドさせた。

俺は目の前のヴィーネと一つになった感覚を受ける。

ヴィーネの唾と血を味わう度にイキそうになった。が、我慢した。

汗を掻いているヴィーネの鼻息は荒《あら》い。歯と歯が衝突。その犬歯が尖《とが》るが構わない。

吸血鬼《ヴァンパイア》のような表情を時折見せて、俺の口を噛《か》んで血を吸う。

すると、血を吸って酔《よ》ったのか。恍惚《こうこつ》とした表情を浮《う》かべて体を震わせていた。

何回もイっているヴィーネだったが、先ほどとは違《ちが》う。気を失わない。

ヴィーネは俺の〈血魔力〉をリアルタイムに吸収し活力を得ている？

その〈血魔力〉を活《い》かしているヴィーネは懸命《けんめい》に細い腰を前後させた。

俺を気持ち良くさせようと必死な腰使いを見て自然と一物が痺《しび》れた――イキそうだ。すると『ご主人様――わたしを滅茶苦茶《めちゃくちゃ》に愛して――』というヴィーネの思念の声が聞こえたような気がした。そのヴィーネは目を見開く。唇を離して、

「〈血魔力〉は凄いぞ！　ご主人様の心臓の鼓動《こどう》と愛を感じた。一つになった！　子宮の感覚が鋭《するど》くなった……アァンッ……ダイレクトにご主人様の一物を感じる！」

「俺もだ。ヴィーネ……」

「アァッ、ふぁ……ご主人様の声を聞いて見るだけで、またイクッ！　アァ、またくる。何か、アァッン、体が、体が変だ……体のすべてが熱い。アァ……」

　ヴィーネの唇からよだれが糸を引く。

「ヴィーネ、大丈夫《だいじょうぶ》か？」

「アァン、大丈夫《だいじょうぶ》だ。ご主人様こそ、イキそうなのだろう？　一物の硬《かた》さが増している……振動《しんどう》が凄い……」

「そうだ。このままヴィーネの子宮に出していいか？」

「アァン、アァア、イイ、いっぱい精液をッ、アァン、出して……」

　ヴィーネは何回も頷いた。すすり泣くように声を漏らしては、俺の耳をねっとりとした舌使いで舐めてくる。耳の裏を舐められたところで、強い煩悩《ぼんのう》が支配した。

「ヴィーネ!」

力強く声をかけると、ヴィーネは俺の耳を舐めるのを止めた。そのヴィーネと目を合わせて頷き合う。互いに〈血魔力《ちまりよく》〉を交換《こうかん》した刹那《せつな》――。

「イク!!」

「きて、きてぇぇ、ご主人様の熱いの、アァァ、子宮にくださいぃ――」

精液をヴィーネの子宮にぶちまけた――。

「アッ、きた! アァァッ、アァァン――精液が、温かいッ、アァンッ、アァ、また!? アァ、そ、アァ、そんなッ、凄い、アンッ、そご、アァァッ――」

子宮に精液を注がれて続けているヴィーネは、何回も体を震わせながら俺の体にしがみ付いて離れない。そのヴィーネは俺の首筋を噛んで血を吸う。

その瞬間《しゅんかん》、また精液がヴィーネの子宮の中に迸《ほとばし》った。

「アァ……また精液が、お腹《なか》が膨れてしまうぞ。ご主人様の熱い精液が……あ、アンッ、不思議と……アァッ一物の形が、アンッ分かる。子宮の中で迸る精液もすべて……」

「あぁ、ヴィーネの子宮が俺の一物ごと精液を食べているように〈血魔力〉も吸収しているんだろう」

ヴィーネは俺の言葉を聞いた刹那、

「――アンッ」

背筋を伸ばすように派手にイッた。首に回していた腕《うで》を弛緩《しかん》させて気を失う。背中を反らせたから片手で支えた。ヴィーネは唇からよだれを盛大に零《こぼ》して白目を見せていた。そのヴィーネは直《す》ぐに気を取《と》り戻すと、

「ふふ、ご主人様、今のは凄かった。スキルを得た……」

「え？」

「アンッ、素敵《すてき》なご主人様。一物がイッても元気で硬いまま……アァンッ」

「ヴィーネ。そのまま腰を動かしたままでいいから教えてくれ。どんなスキルを？」

「アンッ……〈偕老同穴《かいろうどうけつ》〉だッ、アァ……気持ちいぃ――」

ヴィーネは体を押し付《つ》けつつ激しく細い腰を前後させてくる。

「――ダークエルフの夫婦《ふうふ》の儀式《ぎしき》の名か。それがスキルとは――」

「アァンッ、そうだ。ふふ。本当の夫婦だ。アァ、スキル効果で、アンッ、ご主人様をもっと気持ち良くできる！」

ヴィーネはいじらしく腰を前後させて、そう喋《しゃべ》る。俺も応《こた》えようと――。

〈血道第三・開門〉。〈血液加速《ブラッディアクセル》〉を発動――。

対面位で腰をリズミカルに前後に動かした。ヴィーネも腰を前後させるが、

「アァッ、これだめぇ、ご、ご主人様の一物がすっごく硬くて動きが、速いぃ、あそこが擦《こす》れて、イクッ――。アァ、でも、ご主人様――〈偕老同穴〉――」

イったヴィーネはスキルを発動――。

膣と子宮が蠢《うごめ》く。蜜《みつ》のように温かいモノが、〈血魔力〉か？

ヴィーネの子宮と膣の襞《ひだ》が怪《あや》しく律動して、俺の一物を悩ましく圧迫《あっぱく》。すこぶる気持ちいい、脳髄《のうずい》に電気が走ったような快感を得た。

直ぐにイキそうになった。

「ヴィーネ。イキそうだ――」

「アァンッ、アァッ、いい、きてェ――」

「イク――」

また、一物から盛大に精液がヴィーネの子宮の中に迸る。

「アンッ――アァッ、アンッ、アンッ……アァ……何回も、アァン……」

ヴィーネは精液を吸収する度に体を痙攣《けいれん》させると気を失う。

弛緩してしまった体を支えて寝かせてあげた。

そんなヴィーネの女陰に入れたままの一物を抜《ぬ》いた。ヴィーネの膣からパヒュッと空気が抜けたような卑猥《ひわい》な音が響く。その膣から精液が溢れ出《で》る。

小陰唇は白濁《はくだく》に染まるが、その俺の精液は自然と彼女《かのじょ》の体内に浸透《しんとう》して消えた。

「アァンッ」

とヴィーネは感じながら目を覚ました。俺を探すように頭部を振るヴィーネの横顔を見ようと寝台の横に寝そべった。ヴィーネの瞳《ひとみ》に俺が映る。

「あ、そこにいたのですね。ご主人様、気持ち良かったです。素敵でした……」

ヴィーネの笑《え》みが女神《めがみ》に見えた。

「俺もだ」

「嬉しい……あ、また一物が立った……」

「女神のようなヴィーネを見たら自然とな？」

「ふふ。タフなご主人様。あ、また、わたしの体を使ってください」

「ご期待に添《そ》いたいが、ヴィーネは少し休んでいい」

「ご主人様の熱い〈血魔力〉を得ましたし、体力は大丈夫ですが……」

ヴィーネがそう語ると皆《みな》が部屋に入ってきた。

「もう！　ヴィーネは遠慮《えんりょ》しなさい！」

「でも、割り込むタイミングがなかったわ。それほど、熱いえっちだった」

「ん……」

「シュウヤ……」

「……シュウヤ、ううん、マスターのちんちん、おっきい……」

そう語るミスティ。目を充血《じゅうけつ》させていた。額の魔印《まいん》が怪しく光る。

衣装は薄着《うすぎ》一枚で細身の体を良く表していた。陰部《いんぶ》の微《かす》かな鳶色《とびいろ》の毛が見え隠《みかく》れしていて魅力的だ。

「はは、エヴァにユイにミスティ。皆で楽しもうか。あ、ミスティは仕事はどうなんだ?」

「気にしない。マスターに首ったけ……」

「シュウヤのほうこそ大丈夫なの?　この人数よ?」

「レベッカ、その格好でいう言葉か?」

「え……あ……」

レベッカは半裸《はんら》状態だった。透《す》けたネグリジェの衣装で硬そうな突起した乳首とあそこが見え隠れ。レベッカは陰部を細い手で隠しつつ身を屈《かが》めて、俺を睨《にら》む。が、可愛い。

「余裕《よゆう》だ。それに、俺のスタミナは、この間、さんざん体感しただろう?」

「あ、うん……あの時は……」

「はは、太股の動きがやらしいぞ?　さ、二階の陶器風呂《とうきぶろ》で楽しもうか」

期待顔のレベッカ。その細身のレベッカを素早《すばや》く抱き寄《よ》せて両手で持ち上げる。

「あ、シュウヤ……」

「ってことで、皆もついてこい」

「ん」

レベッカを抱っこしつつ、廊下《ろうか》から螺旋《らせん》階段を上り、二階に向かう。

「シュウヤの胸板《むないた》って分厚くて、好き……」

「って、ここで乳首を弄《いじ》るな」

「ふふ、シュウヤの濃厚《のうこう》な匂い……ヴィーネのも……」

恍惚としたレベッカは、俺の鎖骨《さこつ》と乳首を舐《な》めてきた。

「そんなことしていると――」

「ひゃぅ」

片手でレベッカの背中を片手で支えつつ、そのレベッカの首筋を舐めて脇腹《わきばら》をくすぐった。シトラスの香《かお》りと女の濃厚な香りを漂《ただよ》わせるレベッカを抱《かか》えながらバルコニーに到着。

「ん、背後の暖炉《だんろ》の部屋にベッドが増えている」

「メイドたちが俺たちの激しい夜に対応したようだ」

「ん、気が利《き》く」

レベッカを下ろしてからキス。素早く唇を離して、

「ぷはぁ、って、ここでするの？」

「いいから、腕を上げて」

「あ、はい」

レベッカは両手をあげた。スムーズにネグリジェ風の服を上げて脱《ぬ》がす。

「きゃ」

レベッカの美しい裸《はだか》を見ながら、そのまっさらな腋《わき》に唇をつけた。「あぅ――」その腋を吸った。腋と二《に》の腕を舐めては吸う。

「え――ちょ、アァン、アッ、アァ、なん、かいも、アァン」

そのまま喜ぶレベッカの腋から離れて、おっぱいを引っ張るように小さい蕾を指で弾《はじ》いた「アンッ――」と甲高い声を発したレベッカは寝台に倒れ掛《か》かる。が皆で支えていた。

「さ、バルコニーから陶器《とうき》の風呂に向かうぞ」

「うん」

「ん」

「うん」

そのバルコニーでエヴァの手を繋《つな》ぎつつ拱門を潜《もぐ》ってタイルの床《ゆか》の風呂場《ふろば》に入る。

エヴァ、ミスティ、ユイの順番でキスを交換しつつ互いに体をまさぐり合った。

更に〈生活魔法〉の水で丁寧《ていねい》に皆の体を洗ってあげた。

「エヴァ、モジモジさせて、触ってほしいのか？」

「ん……」

「なら、そこの縁《ふち》を跨《また》いで」

「──ん、こう？」

エヴァは巨乳を揺らして、陶器風呂の縁を跨ぐ。

「そうだ、エヴァは腰をそこで前後に動かして、皆もだ──」

エヴァのお尻を右手で揉みつつ左手で柔《やわ》らかい巨乳を揉み拉く。

「ひゃうッ、ン、ン、アッ、アンッ、アンッ、アァッ、アァア、シュ、シュウヤ、あそこが擦れる……」

更にレベッカとミスティ、ユイにも跨いでもらった。

ヴィーネは風呂場の出入り口で見学している。皆に遠慮しているようだ。

「もう、こんなことさせるなんて！　アァンッ、乳首を摘まないで！」

「アァン、マスターの一物……」

「シュウヤの〈血魔力〉効果でアァァッ」

続いて、エヴァのおっぱいさんを入念に洗う。同時にマッサージ。

そのまま〈筆頭従者長《彼女たち》〉の体を〈生活魔法〉で洗い続けた。

「ん、次はわたし！　シュウヤを洗ってシュウヤの体をマッサージする！」

「うん。エヴァにもシュウヤにも負けない！　右腕《みぎうで》はわたしが担当」

「アァン。マスターが大事な部分を吸ってくれたから――お返し♪」

ミスティは俺の一物をほおばると、頭部を素早く前後させてきた。

舌の奥《おく》で一物を包みつつ舌先で一物の根元を突く。くっ、感じた。

更にミスティは頭部を横にずらしつつ、頬と歯と舌で一物を絶妙《ぜつみょう》に刺激してきた。

ミスティは、自身の頬の内側に亀頭《きとう》の形を作るように一物を懸命に吸う。

その顔がエロい……そのままミスティの頭部を持ちながら「イクッ」と、果てた。

「あぁぁ、ずるい！　でも、ミスティって大胆《だいたん》……あ、ミスティにも、ユイとエヴァにも遅《おく》れは取らないから！　ミスティ、交代！」

「アン、今、マスターの味を……うふふ……濃厚……」

「ふふ、皆、ご主人様の体は一つなんですからね。〈血液加速《ブラッディアクセル》〉があるので、軽々とこなせますが……」

「ん、ヴィーネ。さっき、シュウヤの〈血液加速《ブラッディアクセル》〉の腰使いを独《ひと》り占《じ》めしていた」

「ふふ」

「勝《か》ち誇《ほこ》っている！　でも、シュウヤの元気な一物は、今、わたしのモノ！」

レベッカが一物を咥える。サウススター仕込みの技《わざ》か！

その後、皆と色々と濃密《のうみつ》なエッチを楽しんだ。

次の日はエッチはなし。神獣《しんじゅう》ロロディーヌと一緒に空の散歩を実行。

迷宮都市ペルネーテはオセベリア王国領土。白の九大騎士《ホワイトナイン》の竜騎士《りゅうきし》たちもいる。だから素早く空を移動――。

相棒の背中に乗りながら空飛ぶ鯨《くじら》を追《お》い掛けた。空飛ぶクラゲの狩《か》りも楽しむ。

次の日は、中庭でメイドさんと会話を楽しんだ。更に、千年植物《サウザントプラント》の実をバルミントとヘルメにプレゼント。そのままヘルメと植物に水を捲《ま》いた。

しかし、千年の植物が変な言葉を連続で叫《さけ》び出す。

邪神《じゃしん》シテアトップの力の一部を俺が吸収したことの影響《えいきょう》もあるようだったが、ヘルメの水を浴びてもラッパーの口撃は止まらない。仕方がない。千年の植物《サウザントプラント》を叩《たた》いた。すると、千年の植物《サウザントプラント》の音は壊《こわ》れたラジオ程《ほど》に変化した。更に、心地《ここち》いい音を鳴らし始める。周波数でいえば528Hzだろうか。432Hzのような細胞《さいぼう》を癒《い》やす効果もありそう。大地との繋がりも得られたような感覚もある。741Hzの効果もありそうだ。やるな千年の植物《サウザントプラント》。

人を構成する細胞を突き詰《つ》めれば原子と原子が振動したミクロの塊《かたまり》だ。

だから、音楽、周波数の人体に及《およ》ぼす影響は計り知れない。

内臓ごとに周波数があるんだからな。だからこそ電波と電磁波の影響は大きい。

俺の知る日本と世界でも、その電磁波と光の波長を利用した電磁波兵器は重大な軍事機密だった。一般人《いっぱんじん》には知らされないから余計に脅威《きょうい》。

今思えば、あの白装束を着た連中が叫んでいた事件は笑えない。

遠隔《えんかく》地から標的の心臓や脳を狙《ねら》うことが可能な技術は確かに存在する。心臓の鼓動を操作したり、刺激を与え、意識の混濁《こんだく》を狙ったりと尋常《じんじょう》ではない。闇《やみ》は他《ほか》にもあるだろう……。

だからこそ、人の体に帯電してしまった電気を大地に流すことが重要と分かる。

この惑星《わくせい》セラも色々と闇が深いだろうな。魔法《まほう》とスキルがある世界だ。

そんな地球の科学技術の過去を思い出しつつ千年の植物《サウザントプラント》など植物たちの水やりを終えた。

次の日は、槍《やり》と剣《けん》の訓練を兼《か》ねた模擬戦《もぎせん》をユイやヴィーネと行う。その次の日も槍を主軸《しゅじく》とした訓練を中庭で行った。

さて、今日は訓練をしない。Bランク昇進《しょうしん》試験に挑戦《ちょうせん》しよう。試験とやらが楽しみだ。

第百七十五章「Bランク試験と盲目少女」

欅《けやき》が風で揺れる天気。ヘルメを左目に宿して黒猫《ロロ》を肩《かた》に乗せて出発。

ヴィーネ、ユイ、カルードと自宅を出た。エヴァとレベッカは新しい商店が並ぶ商店街にウィンドウショッピングに出かけた。ミスティは学校行事もあって忙《いそが》しい。

今度、魔法学院ロンベルジュに来て欲《ほ》しいとか言っていたが……見に行くのもいいかも知れない。そんなことを考えながら、冒険者《ぼうけんしゃ》たちなど多種多様な人々が行《い》き交《か》う第一の円《えん》卓《たく》通りを進む。冒険者ギルドの建物に皆で入った。

早速《さっそく》、受付でBランク昇進試験を申請《しんせい》。受付嬢《うけつけじょう》はギルドの奥に向かうと帰ってきた。

「お待たせしました。申請は完了《かんりょう》です。冒険者カードは預かります。では、ついてきてください」

ギルドの右側に向かう。カフェのような高い椅子《いす》が並ぶ壁際《かべぎわ》の奥に、なだらかな坂道があり地下へと続く。地下にはオクタゴンの闘技場《とうぎじょう》があった。金網《かなあみ》はない。床は石畳《いしだたみ》。

その闘技場で冒険者たちが木刀と木槍の軽い身なりで戦っている。

総合格闘技《かくとうぎ》の試合を思い出す。

「……地下にこんな場所が」

「はい、ご主人様は知らなかったのですね」

ヴィーネは知っていたか。

「うん、知らなかった」

「わたしも初めて」

「当然、わたしもです、マイロード」

ユイとカルードは冒険者登録したばっかりだからな。

受付嬢は冒険者集結中のオクタゴンの一つに案内してくれた。

「もうすぐ試験が行われます。試験官の指示に従ってくださいね」

「はい、案内ありがとう」

綺麗な受付嬢とはそこで別れた直後、オクタゴンから、

「これからBランク昇進試験を行う！　Cランクの小童《こわっぱ》どもっ、ここにいる試験官たちと五度戦い、勝ち抜けした奴《やつ》が昇進決定だ」

頭部が禿《は》げて渋《しぶ》い方の野太い声だ。筋肉が凄い。

『筋肉が動いています』

ヘルメが禿げた筋肉を分析《ぶんせき》。魔力がどうとか言わず、筋肉だけを指摘《してき》してきた。

すると、冒険者たちが、

「おう」

「準備はいいぜ」

「勝ち抜いてやる」

「五回勝てばいいのねっ」

試験のやる気は十分といったところか。すると、別の試験官の一人が口を開く。

「近接、遠距離《えんきょより》、魔法、得意な物は様々でしょうが、試験で装備して頂く武器は木剣《ぼっけん》、木槍、木杖《ぼくじょう》、弓と鏃《やじり》のない矢となります。身なりは軽装のみ、魔法は殺傷沙汰《ざた》にならないよう、魔法を使うなら使うと予《あらかじ》め述べてください。遠距離型専門は隣《となり》の会場で別の試験を行いますので、移動をしてください。では、試験を開始します」

近接でいいだろう。冒険者たちは木剣、木槍を持ち、弓使い、魔法使《まほうつか》いたちは地続きの別の会場へ向かう。俺も木槍を持ち冒険者たちに続いた。

会場では、木剣を肩に担《かつ》いでいる禿げた筋骨隆々《りゅうりゅう》な試験官がいた。その試験官が、

「で、だれが俺に挑戦する？」

「最初はわたしが挑戦する！」

大柄《おおがら》で騎士のようなハンサムな冒険者か。その方が、試験官に歩み寄った。

試験官とそのハンサムな冒険者は、オクタゴンの中央で向かい合うと両者から剣呑《けんのん》な雰囲気《ふんいき》が伝わってきた。「掛かってこい小童！」試験官は高圧的な言い方だ。

ハンサムな冒険者のほうは「ふんっ」と声を発して眉間《みけん》に皺《しわ》を寄せる。

その瞬間、ハンサムな冒険者は前進。鋭い踏《ふ》み込みから木剣を袈裟《けさ》斬りに振《ふ》るう。

禿げた試験官は体を横にずらして、ハンサムな冒険者が振るった木剣を鼻先一寸《ちょっと》で避《さ》けつつ振るい上げていた木剣の腹でハンサムな冒険者の胴体《どうたい》を叩く。衝撃《しょうげき》で床に転がるハンサムな冒険者。「ぐはぁ」ハンサムな冒険者の服は千切れていた。六つに割れた筋肉の上に赤い打撲《だぼく》の痕《あと》がくっきり見えている。試験官は、

「今週は雑魚《ざこ》ばかりか？」

「メズだけで、俺たちの出番はなさそう」

「確かに、〈魔闘術〉が皆無《かいむ》だ……」

魔察眼が使える試験官もいるようだ。挑戦している冒険者たちを嘲笑《あざわら》っていた。

すると、視界に浮かぶ小さいヘルメが両腕《りょううで》で巨乳をリフトアップするように組みつつ、

『彼《かれ》らは魔力操作も中々ですが、所詮《しょせん》は人の範疇《はんちゅう》。この間のコレクターのような閣下の偉大《いだい》さを見抜《みぬ》いてくる優秀《ゆうしゅう》な者たちではないようです』

そう思念を寄越《よこ》す。

「次はわたし！」

「こい！」

試験官に女性冒険者が挑《いど》む。が、女性冒険者は、あっさりと頭部を木剣で叩かれて、気を失った。冒険者たちが試験官に挑戦するが、誰一人《だれひとり》勝てなかった。

そして、俺の出番となる。

「強そうな試験官だけど、シュウヤがんばって」

「ご主人様なら、一瞬《いっしゅん》です」

「マイロードの槍を、しかと、この目で見届けましょうぞ」

ユイ、ヴィーネ、カルードが、応援《おうえん》してくれる。

その応援を背に受けて、木槍を持ち、頭が禿げた試験官と向き合った。

「部下を持つ冒険者？　俺の嫌《きら》いな貴族のボンボンだな。根回ししてねぇのか。雑魚貴族か？　ふん」

「何を勘違《かんちが》いしているのか分からないが、もう試合は始まっているのか？」

「ああ、いつでもいいぞ」

傲岸《ごうがん》な口ぶりを黙らせるか。

「なら開始だ」

石畳を蹴《け》って前進。頭が禿げた試験官との距離《きょり》を詰めた。

左足の踏み込みから腰《こし》を回し、右腕をも捻《ひね》り木槍を折り曲げる勢いで前方に穂先《ほさき》を突き出《だ》す〈刺突《しとつ》〉を試験官の胴体に向けて繰《く》り出した。

正眼に構えた試験官の木刀を弾いた〈刺突〉の木槍の穂先は鳩尾《みぞおち》にクリーンヒット。試験官は〈刺突〉の衝撃で体をくの字にさせたまま後方へと吹《ふ》き飛《と》ぶ。

「ぐぁぁっ――」

〈刺突〉の手加減はしたが、俺の木槍の穂先は折れた。

「なんだと?」

「メズが反応できずに突き抜かれるなんて」

「何者だ、あの冒険者……」

試験官たちの声を聞きながら木槍を捨てて新しい木槍を拾った。

そして、端《はし》の方で蹲《つくば》って動けない試験官を流し目に見ながら、

「――で、あの試験官は立ち上がれないが、次はどうする?」

違う試験官たちへ語り掛けた。

「俺が出よう……」

長髪《ちょうはつ》で、入《い》れ墨《ずみ》が額にある試験官が出てきた。手には槍を持っている。

彼は槍を習っているか、正眼に構える仕草も中々だ。

「それじゃ、お願いする」

「――ガァァァッ！」

俺が、彼に言葉を投げかけた瞬間、槍を持った試験官が咆哮《ほうこう》を発声。仕掛《しか》けてきた。が、咆哮だけが一流か。普通《ふつう》の生ぬるい突き。神王位《しんおうい》たちが、いかに偉大な武術家か分かる……槍で受ける必要もない。前傾《ぜんけい》姿勢で突貫《とっかん》。

半身を右にずらして、木槍の突きを左の頬にかする程度に避けた。

右にずらした体の位置を、左に戻《もど》すイメージで木槍を振るい上げた。槍持ち試験官の胸《むな》元《もと》と穂先が衝突《しょうとつ》。「げぇ――」と試験官は錐揉《きりも》み回転で吹き飛ぶ。

木槍は穂先が粉砕《ふんさい》――手加減はしたが試験官はカウンター気味に木槍を喰《く》らっていたからな。一斉《いっせい》に静まり返る会場。残りの試験官たちは悟《さと》ったらしい。自分たちの運命を。

こうして、相手をする試験官たちすべてを地面に沈《しず》めた。

全勝で勝ち抜けを決めた。すると、試験官の一人が近寄ってくる。

「素晴《すば》らしい、お見事です。ここまでの実力者なら文句なしのBランクとなります。これを受付嬢にお渡《わた》しください」

試験官の一人が銀色のバッジを渡してきた。

「どうも」

そこに、ユイとヴィーネとカルードが近寄って、

「シュウヤの槍の速度が遅《おそ》く見えたけど」

「マイロードはお優《やさ》しいのだ」

「ご主人様の訓練時によく使われる黄色い槍を用いた突き技よりも、速度を落とした印象を受けました」

眷属たちの目は誤魔化《ごまか》せないか。

「そうだ。試験官には悪いが手加減した」

「うん。試験官も普通の人族だから。でもシュウヤの手加減にも一流っぽさもある」

ユイが指摘。倒《たお》した試験官の一人が介抱《かいほう》されながら起き上がった。ヴィーネも頷《うなず》いて、

「はい。試験官は気を失うだけですから、多少は体に傷があるとは思いますが」

「手加減をしたうえで、硬い木槍を軽々と粉砕してしまう。正に無双《むそう》の如くなり。戦場での槍働きを直《じか》に見たいです。素晴らしき槍の技でした」

戦場を知るカルードの言葉だ。戦国武将風の威厳《いげん》ある忠義顔だ。

恐縮《きょうしゅく》する、身が引《ひ》き締《し》まる思いを感じた。

「戦場か……ま、槍なら自信はある。さ、受付へ向かうぞ」

腕を泳がせつつ歩いた。

「はい」

「うん」

「イエス、マイロード」

坂を上がる。ギルドの内部へ戻ると綺麗《きれい》な受付嬢がいた。早速、冒険者が並ぶ順番を待った。そして、

「試験を終えた。試験官からこれを渡すように言われたんだが」

受け取った銀バッジを受付嬢に渡した。

「はい。おめでとうございます。Bランク昇進決定です。少しお待ちください」

受付嬢はギルドの内部で細かな執筆《しっぴつ》作業を行うと何人かの職員と会話を行っては、階段を上がり姿が見えなくなった。

『閣下、ついにBランクとやらに昇進ですね。おめでとうございます』

『ありがとう。普通に依頼《いらい》をこなしての昇進だからな、嬉《うれ》しい』

ヘルメと念話をしていると、受付嬢が小走りに帰ってきた。

受付嬢は薄着。少しおっぱいが揺れている。

「――お待たせしました。これが、新しい冒険者カードとなります」

受付嬢は銀色に輝《かがや》くカードを渡してくれた。

名前：シュウヤ・カガリ
年齢《ねんれい》：22
称号《しょうごう》：竜《りゅう》の殲滅《せんめつ》者たち
種族：人族
職業：冒険者Bランク
所属：なし
戦闘《せんとう》職業：槍武奏：鎖《くさり》使い
達成依頼：50

「ありがとう。それじゃ」

受付台から離《はな》れた。ギルド内を歩きながら真新しいカードを見てから、

「これで、いっぱしな冒険者の仲間入りか？」

「ご主人様は、元々立派な雄《おす》であります」

ヴィーネが髪を長耳の裏に通しながら、少し違うことを語る。

「初めて会った頃《ころ》は冒険者じゃなかったのに、もうBだし。冒険者は地道な積み重ねが信《しん》頼《らい》を生むと聞いているけど、もう十分信頼を得ていると思う。だから、ランクで喩《たと》えるなら、BよりSランクよ！」

レベッカがそう言ってくれた。

「はい、ランクで推《お》し量《はか》れない強く偉大な雄なのです」

ヴィーネもレベッカに賛同。胸を張る。自分のことのような態度で語る。

「どちらにせよ、素晴らしいこと。ユイと共に、わたしも冒険者ランクを上げてマイロードに近付きたいです」

カルードがユイに目配せしながら語る。

「うん。どうせなら、シュウヤと同じランクになりたい」

「カルードとユイなら楽だろ」

「大草原の狩りと迷宮《めいきゅう》の依頼はありますからね」

「そうだ。だから、冒険者ランクはすぐに上がるんじゃないか？」

「はい。ユイ、がんばるか？」

「いい。今はシュウヤと過ごす方が大切。父さんは一人でがんばって」

娘《むすめ》とは思えない冷たい言葉にカルードは泣きそうな表情を浮かべて俺《おれ》を見る。

助けてやろうにも、どんな言葉をかけてやればいいんだよ。ま、考えるか。

「カルードは、現在唯一《ゆいいつ》の〈従者長〉だ。そして、【月の残骸《ざんがい》】ではメル以上に働ける現場もあるだろう。だから月の残骸の【筆頭顧問《こもん》】に就任してくれ。更《さら》に、戦闘奴隷《せんとうどれい》たちを率いて迷宮に潜ったように指揮能力も磨《みが》けていけるだろう」

メルに何も言っていないが、ま、後で言えばいっか。

「ありがたきお言葉。眷属の〈従者長〉として、【月の残骸】での【筆頭顧問】としての役職をお受けいたします。ペルネーテの闇を仕切ってみせましょうぞ」

「父さん、やる気ね。〈魔闘術〉の魔力と〈血魔力〉が体から出している」

「うむ。わたしの経験が活かせるのだからな。ふふふ」

「でも、わたしと父さんは、闇の仕事のほうが冒険者より楽かも知れない？」

ユイがそう発言すると、カルードは武人のような佇《たたず》まいからユイを厳しく睨む。

「冒険者として対モンスターの経験は貴重だ。対人戦において、相手が人外なことも想定されるのだからな」

「うん、一理ある」

皆と話をしながら円卓通りを歩いた。

「やめてください――」

悲鳴？　なんだ？　悲鳴が聞こえた場所では――。

薬売りの少女、盲目少女が大柄な男に絡《から》まれていた。すぐに駆《か》けた――。

「――やめろ！」

盲目少女を殴《なぐ》ろうと腕を上げた、その大柄な男の腕を掴《つか》む。

「あ？　なんだてめぇはっ」

「ブロス、腕が……」

大柄な男の名はブロスか。そのブロスの腕を強く握《にぎ》っていたから腕が折れていた。

俺の手形がブロスの手首にくっきりと残る。

「げぇあああああ」

「ひぃぃい、なんだそいつはっ」

チンピラどもを睨みながら、

「その少女を襲《おそ》うのは止《よ》せ」

「いやだね。毎日、うれねぇ薬草を売りやがって、うざいんだよ。売れねぇくせに金は少し持っているようだしな……」

「そうであ～る。ここはドライセン様と霊光《れいこう》の主であるアンズ・カロライナ様の縄張《なわば》りなのであ～る。生意気な薬草売りなど、必要ないのであ～る」

チンピラの中心にいた、かん高い声の商人、出目の男が叫ぶ。縄張りだぁ？

裏の奴らなら、裏の名前をだせば大人しく退くか？

「関係ない。今日からここは【月の残骸】の縄張りだ」

縄張り争いは分からないが、まぁメルならなんとかするだろう。

「え、月の残骸だと！　この都市最大の闇ギルドの関係者なのか？」

盲目少女を囲うチンピラたちは、それぞれ驚《おどろ》きの表情を浮《う》かべている。

だんだんと血の気が薄《うす》まったような、青白い顔色に変化していた。

その盲目少女は、真っ白い目を左右に揺《ゆ》らす。戸惑《とまど》う仕草か？

驚かせてしまったか。そして、俺の言葉の音から位置を割り出したらしい。

『閣下、彼らを氷漬《づ》けにして、野に晒《さら》し、尻《しり》に氷の杭《くい》を埋《う》め込みますか？』

『いや、大丈夫《だいじょうぶ》だ』

いつもの定例脳内会議は一瞬で終わらせる。

「ご主人様、今、この場でこいつらを掃除《そうじ》しますか？」

「マイロード、血の海を作るなら先陣《せんじん》をお任せあれ」

脳内会話を終わらせても、ヘルメ以外にも血の気が多い部下がいるとこうなる。

「ちょっと、二人とも今は大丈夫《だいじょうぶ》よ」

ユイが慌《あわ》てて武器を抜こうとしているヴィーネとカルードを止める。

良かった、ユイは冷静な子だ。だが……少し脅《おど》すか。

「……関係者どころの話じゃないんだな、これが――」

そこで右手に魔《ま》槍杖《そうづえ》を召喚《しょうかん》。

「ひぇぇぇ、ま、ましゃかぁぁ」

「や、槍使い……月の残骸……」

「にゃごおあっ」

黒猫《ロロ》が跳躍《ちょうやく》。黒豹《くろひょう》に変化した。その怒《おこ》ったような気合い溢《あふ》れる鳴き声は、『わたしもいるにゃ』的な感じだろう。チンピラたちは、相棒と俺を見て、

「黒猫……間違《まちが》いねぇ、槍使いと黒猫か！」

「に、にげろ、ゼンジ、俺は抜けるぞ――」

「お、おれもだーー、す、すみませんでしたー」

怪しい商人以外は、傷を負った男を含《ふく》めて全員が逃《に》げ出していた。

「幻《まぼろし》のクロユリの販売《はんばい》であ〜る。今なら安売りで売るであ〜る……」

エラのある出目の商人は、現実を見ていないようだ。知らぬ存ぜぬを通すつもりか、頭

部を左右に揺らしつつ誤魔化すように薬を売り出している。

「おい、お前、クロユリの馬鹿《ばか》商人、ここでその商品は売るな」

「ひぃぃ、近づくなっ、霊光の主であるアンズ・カロライナ様とドライセン様に報告してやるのであーる！」

目が異常に大きい商人はそんなことを喋《しゃべ》りつつ逃げた。

もしかしたら、魚人系と人族のハーフかも知れないな。盲目少女は、

「あ、あの、ありがとうございました」

「いや、気にするな。薬草を買いにきただけだから」

「あ、本当に、ありがとう。お優しく強い冒険者の方。今回は商品も無事で売り上げも奪《うば》われずに済みました」

慎《つつ》ましく頭を下げてくる少女。盲目だが、ちゃんと俺たちのほうに頭を下げていた。

「にゃおん」

そこに黒猫《ロロ》が少女の足に頭を擦《す》りつけていく。

「はうぅ、お毛毛の感触《かんしょく》が……猫《ねこ》ちゃんですか？」

「にゃあ」

少女は頭部を左右に揺らしては黒猫《ロロ》の位置を探《さぐ》る。何回か手が空を切る。

黒猫《ロロ》は相手が見えないことが分かるように、盲目少女の小さい掌《てのひら》へと自らの小さい頭を摺《す》り寄せていた。

「まぁ、ふふ、掌をなめてくれているのですね……可愛《かわい》い」

黒猫《ロロ》……おまえは良い子だな……。

「ところで、今回ということは、前にも被害《ひがい》を受けていたのか？」

少女は黒猫《ロロ》を撫《な》でてあげながら、俺の声に反応。真っ白い瞳《ひとみ》を見せるように頭部を上げた。

「はい、薬草をすべてとられてお金も奪われてしまったのです。ベンラック村で、再度薬草採取をして、またここで売ろうとしたら、同じ人たちに邪魔《じゃま》されてしまって」

だからこの間から、いなかったのか。

「そんなことが」

少女は微笑《ほほえ》むと、黒猫《ロロ》との戯《たわむ》れを終えて立ち上がる。そして、

「お礼がまだでした。あの冒険者の皆さま、僅《わず》かなお礼ですが、これを……」

なけなしの売り上げの小銅貨を数枚差し出してくる……くっ、健気《けなげ》すぎて泣けてくる。

「それは君が持っておきなさい」

「でも……」

「気持ちだけで十分だ」

「分かりました……」

盲目少女は真っ白い目に涙《なみだ》を溜《た》めていた。やべぇ、泣かせるつもりは……。

ヴィーネとユイに視線を向けると優しく微笑んでいた。

「ご主人様は至高のお方ですが同時に優しい方でもあるのです。薬草売りの方、そのお金は要《い》りません」

「そうよ、シュウヤは優しい。女性だと、とくに優しいんだから！」

ヴィーネとユイが嬉々《きき》として語る。

ユイはわざとらしくレベッカ風に語って、少しトゲを持たせているが、まぁいい。

「シュウヤ様という名なのですね、わたしの名はアメリです」

「アメリさんか。よろしくな」

「はい、シュウヤ様」

この際《さい》だ、薬草売りの理由を聞いてみるか。

「つかぬことを聞くがアメリさん、目が悪いんだろう？　何故《なぜ》そこまでして薬草を売るんだ？」

「それは薬草、ポーションが効かない父の病気を治したいのです。お金を貯《た》めてから教会で癒やしの魔法をかけてもらったのですが、一時的に回復した後、また父は体調を崩《くず》し病気は悪化してしまいました。咳《せき》と血を吐《は》いたのです。再度、教会での癒やしを行うには、お金が足りませんので」

病気の父のためにがんばる盲目少女か。胸を打つ。

「だから薬草売りをお父さんのためにがんばっているのか」

「はい。一回に銀貨一枚が必要です。高いですが、何回か連続で治療《ちりょう》して頂ければ、きっと父の病気は治ると思うのです。そして、わたしには薬草を取って売ることしかできません。お金を貯めて、治療をしてもらうのです。そして、父の事はわたしが治してみせます。

〝絶対にあきらめません〟絶対、絶対、あきらめません……」

少女の眼球は真っ白だが、決意のある表情だ。

『閣下、わたしの水の恵《めぐ》みをこの少女のお父さんに飲ませてみてはどうでしょう』

『あ、いいな。それ、効くかも知れない。目から出ていいぞ』

『はいっ』

左目からスパイラル状態で出るヘルメ。

「きゃっ、冷たい」

アメリはヘルメが出した水飛沫《みずしぶき》を少し受けたようだ。

そして、ヘルメの登場に驚いたように頭部を左右に揺らす。

「精霊《せいれい》様、おはようございます」

「精霊様、こんにちは」

隣にいるヴィーネとユイがヘルメに挨拶《あいさつ》していた。カルードは片方の膝《ひざ》で地面を突《つ》いて、

「マイロードに宿る、羨《うら》ましい精霊様、カルードでございます」

精霊ヘルメは鷹揚《おうよう》な落ち着きのある態度で頷く。

「おはよう。閣下の水であるヘルメです。話は聞いていましたから、挨拶は不要ですよ、カルードと皆《みな》」

「はい。精霊様、いつもお美しい……」

「ありがとう。カルードも〈従者長〉となってからは少し若返りましたね。これからも閣下に尽《つ》くしなさい。あ、閣下のお尻は駄目《だめ》ですからね」

「あははっ、畏《かしこ》まりました」

ヘルメの冗談《じょうだん》を聞いたカルードは大きな声を発して笑うと御辞儀《おじぎ》をした。

「……え、精霊様？　どういう……」

アメリは顔をきょろきょろしながら話している。

「アメリさん、突然《とつぜん》だが、君のお父さんに会わせてくれるか？」

「え、はい、大丈夫ですけど、どうして？」

「悪いようにはしない。君の家に連れていってくれ」

「は、はい、狭《せま》いうえに貧民街ですが……」

「いいよ、案内して」

「はい……」

アメリは困惑《こんわく》した表情を示すが、ペルネーテの東へ向けて歩き出す。

アメリの家は迷宮都市ペルネーテ南東の貧民街の一角。

こぢんまりとした狭い家だった。

「狭いですけど、ここに座《すわ》ってください」

「どうも、お邪魔します」

アメリは机と椅子へ案内してくれた。椅子が足りないから、カルードとユイは立った状態。黒猫《ロロ》は机の上に乗り大人しくなった。見学するつもりらしい。

病床のアメリの父親は寝台《しんだい》で寝《ね》ている。すると、そのアメリの父親が、病床から起き上がり、手元を震《ふる》わせながら、

「あっアメリ、この方々は……」

「あっ、父さん。まだ寝てて、この方はシュウヤさんと冒険者の方々です。売り上げと薬草を奪われそうになったところを助けてもらったの。そして、薬草をいつも高いお金で買ってくれていた、あの冒険者の方なのよ？」

「おぉ、なんと……お前が最近話していた、あの心優《こころやさ》しき冒険者の方か……シュウヤさん。本当にありがとう。薬草だけでなく、娘を……ゴホッゴホッゴォッ」

「父さん！　もういいから寝ていて。今、薬草を煎《せん》じるから、ちゃんと寝てて！」

「ゴホッゴホッ」

アメリの父は咳をしながら踞《うずくま》り横になる。

「すみません。薬草茶を作ります」

アメリはそう話すと台所で作業を始めた。火打ち石を何回も擦《こす》り打ち火種を付けると、竈《かまど》の木屑《きくず》が燃えた。アメリは水の入った土鍋《どなべ》の取っ手を掴もうとするが、手をふらつかせ、何回も手を空振った後、鍋の取っ手を掴んでいた。

「手伝おうか？」

「ご主人様、わたしも」

「いえ、大丈夫です」

アメリは少し怒ったように早口で答えた。

「シュウヤ、彼女《かのじょ》の邪魔しちゃ悪いでしょ？」

ユイが注意してきた。すると、アメリの父親が、また起き上がる。

「すみません。あの子は、確かに目が悪い……しかし、アメリはわたしを必死で助けたいと、その一心なので、全部自分でやらないと気が済まない子なのです。まだ小さいのに、常日頃《つねひごろ》からがんばっている分、頑固《がんこ》になってしまって」

「もうっ父さん、寝ててよ」

アメリは父に向かって焦点《しょうてん》の合っていない目を向けて話していた。

「もう大丈夫だ。発作《ほっさ》は連続でおきない」

「今、作ってるお茶は飲んでね？」

「あぁ、分かっている」

父を心配する幼い娘か。

「立派な娘さんではないですか。まだ幼く目も悪い、そのうえ薬草取りや薬草売りに奔走《ほんそう》して父を助ける。その優しい心根は尊敬に値《あたい》しますよ」

「ありがとう。わたしにはもったいないくらい本当にいい子です。ただ、薬草取りは心配で心配で……」

アメリの父は目に涙を浮かべている。俺の言葉に同意するように頷き、答えていた。

「もう父さん、恥《は》ずかしいからやめて」

「いや、お前はわたしの自慢《じまん》の娘だ……〝虚《うつ》ろの魔共振《まきょうしん》〟さえなければ……」

「虚ろの魔共振ですか、精霊誕生の瞬間《しゅんかん》を目の当《ま》《あ》たりに？　それが原因で目を」

ヴィーネが反応していた。虚ろの魔共振？　どっかで聞いた覚えがあるな。

「はい……」

盲目の少女アメリは、ヴィーネの言葉に頷き、言葉を紡《つむ》ぐ。

「……昔、わたしたちはベンラック村に住んでいたのです。その時に、光の十字丘《おか》へ遊びに行き、眩《まぶ》しい光を見て、目がこんな風に……」

アリアは自分の目を触《さわ》るように頬を触っていた。

「その虚ろの魔共振とは？」

ヴィーネに尋《たず》ねた。

「【光の十字丘】は昔から〝光り輝く現象〟が見られるところで有名なのです。その眩しい光を幼い子供が見ると失明し、何かしらの障害が起きる。と言われています。別名〝神《かみ》咎《とが》〟とも」

「そんな場所があるのか」

ヴィーネは頷く。光の十字丘の現象を詳《くわ》しく知っているようだ。

「はい。魔素《まそ》が集まりやすい場所としても有名です。しかし、それは光の精霊でもなんでもなく魔素が集まると起きる現象とか。それが共振《きょうしん》を起こして、稲妻《いなずま》、風、土、火、水など、あらゆる精霊が誕生する瞬間とも言われています。その結果、栄養豊かな土地になり、聖なる泉と川が増えるようです。しかし、ゴブリン、幽体《ゆうたい》、様々なモンスターを大量に引き寄せると聞いたことがあります」

「……精霊が生まれる場は、普遍《ふへん》なはず。推測ですが、元々は狭間《ヴェイル》が薄い場所だったのでしょう」

ヴィーネの説明にヘルメが付け加えた。そこに、ユイとカルードが頷きながら話す。

「……マイロード。その神咎を起こすと呼ばれる場所は、サーマリアの地方でも聞いたことがあります。地名の名前は違《ちが》いますが、同じ場所はありますな」

「うん、その通り。神咎の研究者と話をしたことがある。精霊様と被《かぶ》るけど、天然の魔素場、狭間《ヴェイル》が薄い、次元軸《じく》がどうとか、魔《ま》界《かい》の神が関係する傷場と似たようなモノと言っていた。当時は、まったく以《もっ》て意味が解《わか》らなかった。モンスターをおびき寄せるから冒険者たちの金づるの場ぐらいにしか……」

ヴィーネの情報にカルードとユイが補足してくれた。話を聞いていくうちに、師匠《ししょう》が少し似たようなことを話していたのを思い出していた。しかし、神咎か……。

もしかしたら、俺の聖花の透水珠《とうすいじゅ》が彼女に効くかと思ったが……。

マリン・ペラダス司祭は生まれもった病や神咎には効かぬとも話していた。

聖花の透水珠は効かないか。しかし、子供が盲目《もうもく》になってしまう現象が、近くにあるのかよ。

「……そんな現象が起きる場所の近くに、ベンラック村があるのか」

「はい。ペルネーテから南東の場所です。そこの森には匂《にお》いの分かりやすい薬草が生えているので採取に出かけていますが」

「危険だから、わたしは行くなと言っているのですが……」

アメリの父は娘を優しく見つめながら話していた。

「でも、冒険者《ぼうけんしゃ》の方々が非常に多い。比較的《ひかくてき》安全なんです。その代わりゴブリンたちを含めてモンスターも多いですが、地上のモンスターはいつも狩《か》られていますし……」

「お父さんが心配するわけだ。目が悪いのにモンスターがいるところに行くのは、いただけないいな？」

「生きるため、お金が必要なんです。父さんも仕方がない。と、話してくれました」

アメリの父はうつむき小さく呟《つぶや》いている。『仕方がない』か。この言葉は深い。

俺の知る日本社会も、その仕方がない言葉のせいで、庶民《しょみん》を苦しめる消費税が増えて大企業が国に納める法人税が減った。とんでもない悪法だ。

「わたしがこんな病気でなければ……」

「そうですか……」

アメリの目が治せないのなら、せめて父親だけでも、そんな想《おも》いでヘルメを見て、

「ヘルメ、水をコップに注いでくれるか？」

「はい」

常闇《とこやみ》の水精霊ヘルメは樹木に水やりを行うように腕《うで》を伸《の》ばす。

体の蒼《あお》色と黝《ゆう》色がコントラストする葉をウェーブさせて、綺麗な指先から、木のコップの中へと水を注いでいた。コップはすぐに常闇の水精霊ヘルメの水で満杯《まんぱい》になった。

「アメリとそのお父さん、ヘルメは常闇の水精霊ヘルメ。水の眷属の精霊。注いだ水は特別です。病気の治療に役立つかもしれません。飲んでみてください」

ヘルメの水が入ったコップをアメリの父へ渡した。

「せ、精霊様……なんという」

「本当に精霊様なのですか？」

アメリは真っ白い目でヘルメの姿を追おうとする。

「ええ、常闇の水精霊ヘルメと申します……閣下の水ですよ」

ヘルメは液体化。そして、瞬時《しゅんじ》に女体化《にょたい》を行う。

「おおおお、本当だ。ありがたや、ありがたや、ありがたや、飲んでみます……」

アメリの父親は神にでも祈《いの》るように両手を組み、祈りを捧《ささ》げてから、コップを掴み口へ

運びヘルメの清水を飲んでいく。

その瞬間、アメリの父の様子が変わった。苦しんで、咳《せ》き込むと、体から薄気味悪《うすきみわる》い黒い霧《きり》が現れた。オーラにも見える。その黒い霧は薄着《うすぎ》の上を漂《ただよ》った。

黒い霧は、怒りに歪《ゆが》んだ表情から悲鳴を発しているような怪物《かいぶつ》の表情を現してから、霧をネバネバと粘着性《ねんちゃくせい》のある粘液《ねんえき》に変化させつつ、アメリの父の体から離れた。

その黒い粘液は螺旋《らせん》の動きで急降下――床《ゆか》と衝突すると、べちゃっと音を立てて、ヘドロ的なモノとして、床に染《し》み込むように消えた。

「にゃごっ――」

黒猫《ロロ》が床に飛び掛《か》かったが、地面には黒い染みが残るのみ。

「ヘルメ、今のはなんだ？」

「魔界の神に連なる小さきモノ《眷属》と思われます」

「ヘルメは闇属性も備えているが、効くの華《はな》？」

「はい。普通の闇属性だけならば変化はなかったと思いますが、わたしの水に流れる水神アクレシス様は善なる系譜《けいふ》。その水神アクレシス様の効果が、アメリのお父さんを蝕《むしば》んでいた黒い霧に効いたようです。相手が異形なる大悪霊《あくりょう》だった場合は、効かなかったかもしれません」

光属性が天敵なら、俺の血も効いたかも知れない。

いや、神の系譜ということならまた別なのか？

「あの悪霊。黒い霧で黒いネバネバに変化した。敵ってことよね？」

「そうだな」

「斬《き》りたかった……」

ユイが残念そうに床にある黒い染みを見て語る。あの闇を斬っても……。

あ、魔力《まりょく》を込めた刀なら斬れるのか？　しかし、悪霊のようなモノがアメリの父に取《と》り憑《つ》いていたということか。

どこであんなものが……ベンラック村出身と言っていたから、虚ろの魔共振で集まってきた悪霊とか？　それとも、この貧民街にある負の感情が魔界の神の眷属を呼び寄せたのだろうか……そんな思考をしていると、

「父さん、体はどうなの？　何が起きたの？」

「大丈夫だ。嘘《うそ》のように体が楽になったよ……これは凄《すご》い」

「良かった……父さん、治ったの？」

「完全ではないが……教会の治療並みに効いていると思う」

「嘘……凄い……嬉しい。なんという……奇跡《きせき》のようなお話です。精霊様、シュウヤ様、

本当に、本当にありがとうございますっ、うぅ……父さんが治った……うぅぅ……なんて、お礼をしたらいいか……」

アメリは感極《かんきわ》まって泣いていた。

「礼はいらない、そこの水瓶《みずがめ》にヘルメの水を混ぜておくよ。それを飲み続けていけば、いずれは完全に回復するだろう。ヘルメ、入れておけ」

「はい」

ヘルメは素早《すばや》く指先から出した水を、水瓶に注いだ。

「……ありがとうございます。ですが、わたしたちの家には対価がないです……」

「誤解しないでくれ、無償《むしよう》でやっていることだ」

アメリの父は驚くと共に、目から涙が流れていた。

「なぜ、関係のない貴方《あなた》が……」

「なぜ？　と言われても、そうしたいからです。アメリさんとは迷宮の前で知り合った仲ですからね」

その笑いを滲《にじ》ませた言葉を聞いた、アメリとアメリの父は呆然《ぼうぜん》となる。

暫《しば》し、沈黙《ちんもく》が流れた。アメリの父は頬に伝う涙を手で拭《ぬぐ》うと、たどたどしく、話を切り出した。

「……ありがとう。シュウヤさんは愛の女神《めがみ》アリアの使いだ」

愛の女神アリア……あの放浪者《ほうろうしゃ》たちか。

俺はむしろ、邪神《じゃしん》シテアトップの力があるから邪神の使徒かも知れない……。

「……本当です。シュウヤさん。わたしを助けて頂いた上に、父の病気まで……今まで生きてきて、これほどの強い感謝の気持ちを胸に抱《いだ》いた事はありません！　ほんとうに、ほんとうに、ありがとうございましたっ！」

アメリの真っ白な眼球から涙が溢れて頬を伝った。

「アメリは『諦《あきら》めない絶対っ、父さんを救う』と言っていた。アメリの、その諦めない心が、俺たちをここに導いたんだ。その心こそ愛の女神アリアの力かも知れないよ」

父親は、俺の言葉に号泣《ごうきゅう》。娘のアメリを抱きしめていた。

ヘルメは二つの大きい水瓶の水を入れ替《か》えた。さて、照れくさい。

そろそろお暇《いとま》しますかな。

「では、おれたちは家に帰ります。またお元気で」

「にゃ、にゃ、にゃ～お」

黒猫《ロロ》が前足を振《ふ》るい『元気でにゃ？』と、でもいうかのようにアメリの足へぽんぽんと肉球をぶつけてから、俺の肩《かた》に戻《もど》ってくる。視線で皆に『帰るぞ』と合図しつつ首をクイッと玄関《げんかん》に向けた。皆、頷いて素早く外に出た。

狭いアメリの家を出た直後、アメリの足音が聞こえて、

「シュウヤ様、待ってください！」

「ん？」

「これを、家に溜《た》めていた薬草の残りを受け取ってください！」

アメリは箱を抱《かか》えていた。箱には何束もまとまった薬草が入っているのか。

お礼か。先ほどは断ったが、別に拘泥《こうでい》しているわけではない。

「少しだけ――」

「あ、少なすぎますっ」

「いいから、じゃ、またな」

腕を泳がせてから、俺は踵《きびす》を返す。皆も一斉《いっせい》に踵を返し歩き出した。

立つ鳥跡を濁《にご》さず。

〝ありがとうございました〟と、アメリの声が背後から響《ひび》いて聞こえてきた。

第百七十六章「ミスティの過去と想い」

ふふ、マスターの屋敷《やしき》に引《ひ》っ越《こ》しは終わった。

離れの鍛冶《かじ》部屋を自分好みの工房《こうぼう》部屋に模様替《もようが》えも終了《しゅうりょう》。

マスターはわたしを家族に、選ばれし眷属《けんぞく》〈筆頭従者長〉の血族に迎《むか》えてくれた。

嬉しい。ありがとうマスター。シュウヤ大好き。そして、血の眷属。

ヴィーネ、レベッカ、エヴァ、ユイ、カルードさん。その皆と家族になれた。

わたし、新しい家族を得たのよね……父様と母様。兄……わたしたちをめちゃくちゃに壊《こわ》した兄……そして、シータさん。わたし、新しい家族ができたのよ？

もし、あぁ……これからは前を見ないと！

なんのために臨時講師になったのミスティ！　うん。

もう、わたしは昔のミスティ・ギュスターブではない！

光魔《こうま》ルシヴァルの〈筆頭従者長《選ばれし眷属》〉の一人で、新しいミスティ！

過去は過去よ！　そしてそして、マスターのシュウヤと一緒《いっしょ》に住めるのは凄く嬉しい。

色々とがんばろう！　そうして、迷宮と講師の仕事の合間に、そのマスターに内緒《ないしょ》でエヴァの魔導車椅子《まどうくるまいす》の改造に着手した。今も工房部屋で実験！　レベッカも見学中。

「炎《ほのお》が黄色い魔道具らしき燭台《しょくだい》は綺麗《きれい》ね……だんだんと工房らしい部屋に変化しているけど、少し散らかりすぎじゃない？」

「ん、この散らかり具合が重要？」

「うん。そうなのかも知れない。見たことのない道具が多い。羊皮紙を巻く魔道具もある。緑と黒の金属が融合《ゆうごう》している腕輪《うでわ》もある。大きさ的に魔導人形《ウォーガノフ》用かしら」

レベッカとエヴァが工房部屋を観察しながら、そんなことを語る。わたしは頷《うなず》いて、

「そう、エヴァからもらった金属を付け加えた。今は腕の部品だけだけど改良中。迷宮産の未知な金属が増えれば、もっと色々なことができるかも知れない」

「へぇ、金属同士が絡み合《あ》ってトゲトゲみたいなのもある。まったく、凄いとしか理解できないわ……さすがは講師＆冒険者で金属の専門家のミスティね。シュウヤが気に入るのも分かるわ」

「ありがとう、レベッカ。わたしなりにマスターを喜ばせてみせる！」

わたしはそう力強く宣言。レベッカは、それを聞くと、少し動揺《どうよう》を示す。

「そ、そうね。がんばっていると思う。け、けど……わたしだってがんばるんだから！」

「ん、レベッカ、興奮しない」

「あ、うん、ごめん」

レベッカは面白《おもしろ》い女性。今、また蒼炎《そうえん》が目に宿っていた。

レベッカ用の資料に早速《さっそく》、書いていく。


レポート・レベッカにおける簡易考察。

皆と、えっちなことをしている時に、彼女からハイエルフのことを聞いた。

綺麗な蒼い目。時々、その蒼い目に蒼炎が灯《とも》る。

本人が意識せずとも気持ちと連動してハイエルフの力が意思を示すように現れていることは分かる。実際に蒼炎を操《あやつ》っているのは凄い。

ハイエルフの種族が光魔ルシヴァルの種族の〈筆頭従者長《選ばれし眷属》〉となることで、更なる強さを得た？　蒼炎の力はエクストラスキル系に近いのかしら。

火炎魔法《かえんまほう》が得意なことも影響《えいきょう》を与《あた》えていると分析《ぶんせき》できる。

低ランク言語魔法《まほう》が上級以上の魔法の威力《いりょく》となるのは、彼女特有の力のお陰《かげ》ね。

「ちょっと、わたしの顔を見ながら、凄い勢いで文字を書いているけど、エヴァのことを研究するんじゃ？」

「あ、ごめん」

「ん、でも、その手の動きはミスティの特殊《とくしゅ》スキル？　凄い形相を浮かべて走り書きしてた」

あぅ、少し恥ずかしい。書いている時は、あまり他《ほか》を意識しないからね……。

「ううん、ただの走り書き。それじゃ、エヴァの魔導車椅子の実験を開始するわ」

その実験中に、羊皮紙へ走り書きしつつ、片手で無意識に握っていた金属を操作していた。

「ん、ミスティ、その金属のマークは何？」

「本当、額の印と似ている？」

レベッカが指摘《してき》したように、金属は自然とわたしの額にある紋章《もんしょう》と同じ形に変化を遂《と》げていた。〈星鉱鋳造《スターマッシブル》〉を無意識に発動していたのだ。

「あぁ、気にしないで、時々、こうなるの」

糞《くそ》、糞、糞ッ、また、知らず知らずのうちに。

「ん、分かった」

エヴァは微笑《びしょう》を浮かべてうなずく。でも、もしかして、あの夢と繋《つな》がっているのかしら……そのタイミングで過去を思い出した。

物心ついた頃《ころ》から、金属の研究ばかりしていた。

兄の影響も少なからずあったと思う。でも、本当は違う。

それは幼い時から、毎回、毎回、必ず見る夢。金属に囲まれた不思議な都市。

その都市では魔導人形《ウォーガノフ》に似た物たちと、わたしたちギュスターブ家と同じ額に紋章が刻まれている人族たちが手を取り合って暮らしている摩訶不思議《まかふしぎ》な都市だった。この不思議な夢の内容は誰《だれ》にも話していない。

マスターにも。偉大《いだい》なる宗主《そうしゅ》であるシュウヤになら話してもいいけど、余りにも突拍子《とっぴょうし》もない夢だし、環境《かんきょう》というか、古代都市？　だけど、人工的な魔道具にしては異常に明るい都市だった。それでいて、空も異常に暗い。すべてが違うから気がふれていると思われたくないのもある。だから話していない。あの都市で生活している魔導人形《ウォーガノフ》たちは洗練された形だ。忠実に動くというより意識があって動いているようにも感じられた。幼い時に見た夢だったから、当時は、その魔導人形《ウォーガノフ》たちの姿を見て、ショックを受けた。自分の魔導人形《ウォーガノフ》技術とは大きな隔《へだ》たりがあり違いがあったのもある。なにより、あんな物を作れる気がしなかった……夢なのに、わたしが望んでいるものと違う。分からない、糞、糞、糞ッ。といつも子供ながらに思っていた。この不思議な夢の内容は、父様や母様にも、もちろん、兄にも言えなかった。それなりに理由もある。古代金属都市の夢を見る度《たび》に、不思議と金属の扱《あつか》いが上手《うま》くなっていったからだ……。

　夢のおかげとは言えないから夢のことは内緒に日々研究を重ねた。

　そして、八歳《さい》を超《こ》えた時、ついに〈星鉱鋳造《スターマッシブプル》〉を利用して初めて簡易ゴーレムを一から作り上げた。これには父様と母様から凄く褒《ほ》められた。

　基礎的《きそてき》な魔力操作から魔鋼技術の扱いが大人の域を優に超えていたからだ。

「ミスティ、さすがは我《わ》が子《こ》だ。基礎技術からすべてが一流だ」

「魔金細工師である兄のゾルに、負《ま》けず劣《おと》らずの我らギュスターブ家の誇《ほこ》りですね」

「うむ。神に選ばれし者《選りすぐりの職人》の家系である」

　両親が微笑むのを見て、嬉《うれ》しかった。

でも、わたしには、〈魔鉱鋳造《マッシブプル》〉を超えた〈星鉱鋳造《スターマッシブプル》〉という魔導人形《ウォーガノフ》作りの専門スキルがあるから当然なんだけど。しかし、九歳を超えた辺りだろうか、わたしの力になった夢は急激な展開を迎える。

魔導人形《ウォーガノフ》と人族が暮らす古代都市に無数の闇の軍勢が押《お》し寄《よ》せて都市を破壊《はかい》した。人族と魔導人形《ウォーガノフ》たちを蹂躙《じゅうりん》している様子に変わっていった……ある朝、夢とは思えない現実の出来事のように感じて、身が凍《こお》るような怖《こわ》さを味わいながら目を覚ます。当時のわたしは全身に汗《あせ》をかいていた。

自然と、口癖《くちぐせ》となる『糞、糞、糞』と父様と母様に注意されても直らなかった汚《きたな》い言葉を連発するようになった。幼いわたしは、胸の動悸《どうき》を手で押さえるように、ベッドから起き上がる。急いで窓と部屋の扉《とびら》を開けた。外の空気を吸いたかった。

「――お嬢様《じょうさま》、おはようございます」

「おはよう」

幼いわたしは、使用人たちに気のない返事をしながら外を見ていく。

手前にいる、この使用人の名はチャベス。わたし付きの専属使用人だ。

「お顔が優《すぐ》れませんな。それに、額にあるギュスタープ家の偉大なる紋章も不思議と輝《かがや》いていますが……」

当時は光っているのは知らなかった。夢と関係があるのかしら？

「……そう。気にしないで」

「はい、お嬢様、お顔を洗いますか？」

「うん、お願いするわ」

チャベスが他の使用人たちを呼び寄せる。

彼女たちが用意してくれた簡易容器と生活魔法で顔を洗う。

「御着替《おきが》えを用意します」

「いらない。全員、部屋の外へ出てくれる？　勉強もしたいし」

「分かりました」

当時は、こんな調子でチャベスたちとも距離《きより》を取っていた。

当然、ヘカトレイルの貴族学校にもあまり通っていない。

最低限の魔力操作を扱う授業しか受けていなかった。家で金属の研究をしているほうが勉強になるし。引きこもって研究ばかりしていると、父様と母様から心配された。

でも、ゾル兄さんは自分の指輪作りの研究で、わたしには関心を示さず、触《ふ》れようともしなかった。そんな生活を続けて齢《よわい》十五を超えた時。

ギュスターブ家にある黒命炉厰《ろしょう》を用いた魔導人形《ウォーガノフ》造りが成功。

金属が跳《は》ねて体のあちこちに蚯蚓《みみず》腫《ば》れを起こしながらも自分なりの魔導人形《ウォーガノフ》を何個も作れるようになった。簡易ゴーレムではない。本物の魔導人形《ウォーガノフ》。

その中で、一番のお気に入りができたので、その名をトットに決めた。

「素晴《すば》らしい魔導人形《ウォーガノフ》です。鳳凰《ほうおう》角の粉末や魔柔黒鋼《ソフトブラックスチール》を用いずに高密度水晶《すいしょう》コアを中心に、金硬鋼《きんこうこう》、霊《れい》鋼、霊銅糸《オーガルカッパー》、木材、藁糸《わらいと》を用いて、ここまで滑《なめ》らかな魔導人形《ウォーガノフ》を作り上げるとは……」

「さすがはお嬢様」

「ただの〈魔鉱鋳造《マッシブプル》〉を超えていますな」

「工房で働く我らも鼻が高い」

魔金細工師、魔鋼技師、魔甲《まこう》人形師、様々な職人たちから称賛《しょうさん》の声を受ける。

わたしは素直《すなお》に称賛を受け取り、トットを使い、新しい金属と融合させる実験を繰《く》り返す楽しい日々が続いた。そして、指輪と結婚《けっこん》するつもりだと思っていた兄が女の人と結婚。

これには衝撃《しょうげき》を受けた。あれほど指輪作りに熱中していた兄に女がいたとは……知らなかった。

シータさんという美人な女性だ。ハイム川とかでデートしていたらしい。

糞、糞、糞っ、爆発《ばくはつ》しろ兄貴！　わたしも将来、男ができるかな？

でも、金属弄《いじ》りのが楽しいから……ふん、糞、糞、糞。

新しい家族ができても、研究に打ち込んだ。

父様と母様がそんな研究ばかりなわたしに男ができないのを心配したのか、お見合い話を持ち掛けてきたりして、二年が過ぎた頃。

研究をしていると、兄のお嫁《よめ》さんが病気で倒《たお》れたとの知らせを聞く。

そして、数日後……亡くなったと知らせを受けた。

兄の顔は絶望に染まっていた……。

あまり話したことがない兄だったけど、可哀想《かわいそう》に思えた。

が、それ以来……兄はおかしくなる。奥《おく》さんの葬式《そうしき》を行おうとはせず、奥さんの亡骸《なきがら》を魔金細工に使う密閉容器に仕舞《しま》い、訳のわからない研究を始めてしまったのだ。

父様と母様は勿論《もちろん》、ゾル兄さんを強く責めた。兄は知らぬ存ぜぬで、次第《しだい》に家族でさえ敵視するようになる。

更《さら》に、ギュスターブ家の古代から伝わる文献《ぶんけん》を読《よ》み漁《あさ》り、次第に見知らぬ連中と付き合うようになった。ついには大事件を起こす。

ヘカトレイルの魔法ギルドのメンバーを虐殺《ぎゃくさつ》してしまった。

【魔術《まじゅつ》総武会】と関《かか》わる魔法ギルドのメンバーは強いのに……。

貴族の末裔《まつえい》たちでもある。そんな連中を殺した兄、ゾル・ギュスターブは、すぐに衛兵隊に捕《つか》まるかと思われた。けど、それすらも寄せ付けない兄……。そして、ヘカトレイルから逃走《とうそう》した。

近寄る者たちすべてを殺した。自らの実験に利用した。

わたしたちに絶望というモノを残して……。

父様は呪《のろ》われた糞兄《くそあに》を追放処分とする。けど、そんなことで許されるわけもなく……ギュスターブ家はヘカトレイルを支配する糞侯爵《こうしゃく》家により、即座《そくざ》に取り潰《つぶ》された。

家財道具一切《いっさい》を、金貨もすべて侯爵家に連なる貴族共に取られた。

すべてを奪《うば》われた父様と母様。糞ヘカトレイルを追放された。彷徨《さまよ》う森の中で失意のうちに亡くなった……。

当時の皆が、犯罪者に対する目を向けてきた。家で働いていた職人たちでさえそうだ。チャベスまで……。わたしを褒めていた職人たちも、全員が逃《に》げていく。

糞兄のせいだ。この世の全《すべ》てが憎《にく》く感じた。

わたしはお気に入りの魔導人形《ウォーガノフ》を侯爵家に取り上げられる前に隠《かく》しておいたから、その魔導人形《ウォーガノフ》で沈鬱《ちんうつ》な気分のまま森を彷徨うことに……糞、糞、糞ッ、兄ぃぃ、ふざけるな。糞、糞、糞、ヘカトレイルの奴《やつ》らも憎い。わたしたちは何もしてないのに……。

この世界は悪が満ちているんだ……と身に染みる。

魔導人形《ウォーガノフ》を使いモンスターだろうが、商隊だろうが、何だろうが、なんでも襲《おそ》う。自《じ》暴自棄《ぼうじき》になっているところで、盗賊《とうぞく》団に囲まれ逆にスカウトされることになった。当時のわたしは死を望んでいたんだと思う。

盗賊団でいくつか仕事をこなしている時に、シュウヤと、マスターと出会った。

シュウヤは……どうしようもない屑《くず》なわたしを救ってくれた。

まだ、別れの言葉が耳の底でこだまする。

身も心も洗われた出会い……恩人という言葉では到底《とうてい》表せない気持ちだけど、シュウヤ、マスターに会わなければ……わたしは……。


「ん、ミスティ、涙《なみだ》？」

「あ、ううん、金属の紋章を見ていたら、昔を思い出しちゃって。ところでレベッカは？」

「中庭にいるバルミントのところにいった」

「そう……」

レベッカは興味がないことには飽《あ》きやすいタイプのようだ。

視線をレベッカが出ていった工房の出入り口へ向けると、

「昔、盗賊団だったと聞いた」

エヴァがストレートに聞いてきた。そのエヴァの顔が眩しく見えた。

エヴァから視線を逸《そ》らして、

「……うん、わたし人殺しなのよ……」

……小声で語る。

「ん、ミスティ、遠慮《えんりょ》することない。わたしもそう。この都市にきた頃、仲間だと思っていた冒険者に襲われて、逆に殺したり、半殺しにしたりした」

エヴァは至極《しごく》当然という顔だ。

紫《むらさき》の瞳《ひとみ》は強い。微笑が美しいけど、死神を連想してしまった。

「……それは当然よ。でも、わたしの場合は許されないわ、隊商、冒険者たち、無実の人々を襲っていた盗賊団に雇《やと》われていたんだから」

「違う、許される。わたしは分かる。ミスティが心から反省して、シュウヤに感謝して、助けられたシュウヤを想う気持ちも、尊敬の気持ちも、分かる」

彼女はわたしを慰《なぐさ》めてくれた。なんて優《やさ》しい女性なんだろう。

シュウヤがエヴァのことを気にいる理由がよく分かるわ……。

きっと、皆《みな》が癒《い》やされているのね、レベッカもエヴァと仲がいいみたいだし。

「ありがとう、エヴァ。この魔導車椅子、今のうちに進化させましょう」

「ん、がんばって、ミスティ」

わたしは頷いて作業を開始した。

「エヴァ、魔力をここにそそいでくれる？」

「ん、分かった」

なるほど、魔導車椅子はエヴァの魔力と融合している。

凄く高度な技術と未知の魔《ま》法《ほう》技術で作られてある。

魔導車椅子のコアの構造を分解せずに、改良するとして……。

このアルマリギットの素材を取り出して、エヴァの魔力を再度注入しながら、魔柔黒鋼《ソフトブラックスチール》を軸に緑皇鋼《エメラルファイバー》も合成すれば、変形の仕組みを、多少は、いじれるかも知れない。

「これ、コアと霊鋼を軸にグドラ樹、金剛樹《こんごうじゅ》、エヴァの魔力も備わっているのね」

「ん、そう、わたしの血肉も使われている。ドワーフ一家が作り上げた。でも、ミスティは凄い。鑑定《かんてい》ではないのに素材を見抜《みぬ》いた」

「ふふ、ありがと。でも、そうなると……完全な分解は難しいわ」

この魔導車椅子の仕組みを作りあげたドワーフ一家は凄い。

魔導人形作《ウォーガノフ》りに用いる〈魔鉱鋳造《マッシブプル》〉の魔鋼技術から、血、魔力、未知の錬金素材、多数の細工スキル、エンチャント技術を合わせて作られてある……たとえ、魔力複合炉と新しい素材があっても、今のわたし一人の能力では、完全再現は難しい。

「……できる範囲《はんい》でいい」

エヴァが険しいわたしの顔色を見て、遠慮がちに話してきた。

「了解《りょうかい》。今、できる範囲で改良に挑戦《ちょうせん》しちゃう」

そんな改良をしながら講師の仕事もこなした。最近では魔法学院の同僚《どうりょう》のリーンさんと仲良くなった。レベッカを知るようだったけど、そんなリーン先生と交流も深まり、「先生らしくなってきましたね」と褒められた。

そして、ある日仕事から帰ると、中庭で訓練をしているシュウヤ、マスターの姿があった。黄色の短槍《たんそう》を握《にぎ》っている。何かの演武なのかしら。

その黄色の短槍が動いた。虚空《こくう》を裂《さ》くような突《つ》きから掌《てのひら》の中で、筆をくるりと回すように黄色の短槍を回転させると、黄色の短槍を落として、右足で黄色の短槍の柄《つか》を蹴《け》った？

その蹴った黄色の短槍を追《お》い掛けるマスターは跳躍《ちょうやく》。更に、空中で高く跳《と》んだ。

二段蹴り？　空中で魔剣《まけん》を左手に召喚《しょうかん》。その魔剣で空を薙《な》ぐように左回転を行う。

宙を回転しつつ黄色の短槍を右手で掴《つか》み直した刹那《せつな》、左手の魔剣を消した。
そして、マスターは宙空を蹴る。今、蹴ったのは魔力の手？　形は手と手首？
七つか八本の指で構成された魔力の手があった！　あれが〈導想魔手《ましゅ》〉。
〈導魔術《どうまじゅつ》〉の技術と聞いたけど、凄い魔法技術。
マスターはその〈導想魔手〉を使い空中を連続ジャンプ。
――華麗《かれい》で素敵《すてき》で格好《かっこ》いい……そのまま〈鎖《くさり》〉を出した。地面に刺《さ》さる〈鎖〉。
その〈鎖〉で何するのかしら……と思ったら。
その石畳《いしだたみ》に伸びた〈鎖〉の上を器用に走り出す。
マスターは綱渡《つなわた》りを超えた速度で〈鎖〉を駆《か》け下《お》りつつ、黄色の短槍で宙を突く。
そして、空を薙ぎ払《はら》うように黄色の短槍を扱ってから、石畳の上に降り立った。
その黄色の短槍で宙に半円を描《えが》いてから、また風槍流の動きを始める。
あ、また動きを止めた。凄い……槍の申し子……神王位の実力はある？
といってもわたしは武芸者ではないから詳《くわ》しくはあまり……。
けどカッコいい！　もてるのは分かる。
あ、いけない。見惚《みと》れていないで、書いておかなくては。
いつものようにマスター、シュウヤの力について紙片《しへん》に書いておこう――。

槍が凄い、あの筋肉はどこから来ているの？

〈鎖〉はなんで伸びているの？　光魔ルシヴァルの宗主様だから？

血が欲《ほ》しいけど、飲ませてくれるかな？

血……シュウヤ、マスターに言ったらきっと了承《りょうしょう》してくれる。

優しいとこが大好き。でも、えっちは皆と合同だけど、個人ではしてくれていない……

糞、糞、糞ッ。少し愚痴《ぐち》が大きくなっちゃった。走り書きを終わらせた。

そんなシュウヤのマスターから視線を外して、

「にゃああ」

「きゅきゅきゅきゅ～」

可愛《かわい》い声の主たちへ視線を向けた。

黒猫《ロロ》ちゃんとバルミントが大木がある中庭の一角でじゃれて遊んでいる。

あ、黒豹《くろひょう》の姿へ変身していた……母親のおっぱいタイムなのかな。

と、思ったけど違《ちが》った……ブシャッと肛門《こうもん》から音が聞こえてくるような勢いで、大きな木へとオシッコをかけていた。黒豹のロロちゃん凄い迫力《はくりょく》。そして、何とも言えない野性味あふれる顔で、お尻《しり》を震《ふる》わせている。あ、バルミントも黒豹《ロロ》ちゃんの真似《まね》をしている。

このまま黒豹のロロちゃんにバルミントの教育を任せてもいいの？　少し心配。

そのまま黒豹のロロちゃんはバルミントのおしっこの匂いを嗅《か》いでいた。

黒豹のロロちゃんなりの健康チェックね。まったく違うかも知れないけど。

そんな微笑《ほほえ》ましい光景を見ていると、マスターが、

「よ、ミスティ、お仕事お疲《つか》れさん」

「うん、ただいま、訓練は独りだけだったの？　皆は？」

「そうだ。ヘルメは壊れた千年植物を持ち混乱しながら、どっかいった。ユイとカルードは闇ギルドの仕事だ。エヴァとレベッカは買い物、美味《おい》しいもの巡《めぐ》りではなく新品の予備の革鎧《かわよろい》を買うと言っていた」

でも、いつも傍《そば》にいるヴィーネがいない？

「……想像できる。ヴィーネは？」

「ヴィーネは市場調査＆探偵《たんてい》助手の仕事だ。レベッカが働く紅茶店の解放市場街にて、スリ集団が活発になり、多数の十代女性に限定された行方《ゆくえ》不明者が出ているという情報をレベッカから聞いていた。女を誘拐《ゆうかい》だと？　俺《おれ》はそう興味を持った。そうしたらヴィーネが〝ご主人様、わたしが直接調べて参ります。ご主人様は報告を待っていてください〟というから、たまには任せてみようかと。だから任せた。スリ集団を含《ふく》めて事件の背後を洗うらしい。ヴィーネは独特の笑《え》みを浮《う》かべていたから楽しんでくるだろう」

へぇ、マスターが女性の事件に乗り出さないって珍《めずら》しい？

今は槍の訓練のほうが重要ってことなのかな。あ、皆がいないなら……マスター、シュウヤを独占《どくせん》できる！　と浅ましい考えを思《おも》い浮かべると、

「ミスティの〈血魔力〉の〈血道第一・開門〉の獲得《かくとく》を目指すか」

「あ、うん。略して第一開門とか第一関門だっけ」

「おう。そうだ。衣服は薄着で」

マスターの視線が露骨《ろこつ》。でも、わたしを女として見てくれるのは嬉しい。

「了解、着替《きが》えてくる」

着替えを終えてから一緒に母屋《おもや》に向かう。マスターはメイドたちに『二階には来るな』と厳命。

足の裏《うら》の感触《かんしょく》のいい螺旋階段を上って、廊下《ろうか》から板の間の暖炉《だんろ》がある部屋に入ってから寝台《しんだい》を見る。ここで……あ、ううん。今は、いい。

マスターと一緒にベランダに出て、陶器《とうき》の桶《おけ》の風呂場《ふろば》に向かった。

処女刃《は》という腕輪を渡《わた》してきたマスターは気まずそうな表情を浮かべる。

色々と説明してくれた。

「血の感覚か、痛いのを我慢《がまん》しないとだめなのね」

「おう。我慢してくれ」

「うん、がんばる」

腕《うで》に処女刃を嵌《は》めた。そうして、暫《しば》く痛い思いを味わいながら……。

時間をかけて血を放出し続ける。感覚を掴んだ瞬間《しゅんかん》――。

スキルとして〈血道第一・開門〉を得た。略して第一開門をゲット！

続けて戦闘《せんとう》職業が〈血鋼《けっこう》人形師〉へとクラスアップ！

ゴーレム操作の新しいスキルは得られなかったけど、戦闘職業が変わった。

そして、これが血の操作……。足がすこしムズムズするけど、意外に簡単……。

「お、成功したか、ちゃんと溜《た》まった血を吸い取っているな」

「うん」

その後は、二人だけだから期待したけど、軽いキス程度で終わってしまった。

バルミントと黒豹《ロロ》ちゃんが騒《さわ》ぎだして、ここまで突入《とつにゅう》してきたからだ。

黒豹《ロロ》ちゃんはシュウヤに飛《と》び掛《か》かって顔を舐《な》めているし、バルミントは小さい翼《つばさ》を羽搏《はばた》かせて、わたしに抱き着《つ》いてくる……。

もうっ、糞、糞、糞っ、可愛いから許しちゃう！

いつかシュウヤにマスターに夢のことも話して……個人的に……。

第百七十七章「仲間たちと闇ギルドの【月の残骸】」

「囮《おとり》の馬車は複数置いたままか？」

黒一色の異常なる目を持つ小柄《こがら》な男へ話しかけている女が喋《しゃべ》る。

その女は、短い金髪《きんぱつ》で美しい顔を持つが、眼帯を片目にかけていた。

「あぁ、もう準備は終えている。それでマースウ。もう一度確認《かくにん》だ。この人数でいいのだな？」

眼帯女をマースウと呼んだ目が黒い男は、馬車の後部にある布扉を捲《まく》り、中に閉じ込められている数十人の猿轡《さるぐつわ》をされ縛《しば》られている女たちを見ながら語る。

「そうだ、この女たち以外の準備はもう整っているな？」

「おう、西方フロング商会を含めて囮は複数ある」

「規模が規模だけに潜伏《せんぷく》期間は長期間となるが……」

「マースウ、俺の配下だぞ？　その点に関しては抜《ぬ》かりはねぇよ。オセベリア、いや、商取引をしている奴らは、普通《ふつう》の貿易商会だと思っているはずだ。実際に商売しているからな？」

「なら俺たちは撤収《てっしゅう》だ。もう〈葉隠《はがく》れ〉は使ったから、オセベリアの大騎士《きし》とはいえ、我らの痕跡《こんせき》を追うことはできないだろう。このまま新しく得た西の帝国領《ていこくりょう》へ戻るぞ」

「了解」


中庭で訓練途中《とちゅう》、血文字メッセージがきた。訓練を止めて、

『ご主人様、スリ集団と行方不明者は特に関係がないようです。毛皮市場から鯨油《げいゆ》市場を経由した油の値段を調べながら行方不明者の聞き込みを行う途中で、何回か不自然な商会名の情報を得ました。そして、その商会が店を構えていた場所に向かうと……大騎士レムロナ率いるホワイトナインの小隊に遭遇《そうぐう》し、逆に囲まれてしまい、彼《かれ》らに怪《あや》しまれたのか、尋問《じんもん》を受けてしまいました』

『レムロナだって？　何を聞かれた？』

『なぜ、冒険者《ぼうけんしゃ》仲間のお前が行方不明者の件を調べているのだ？　と、キツイ口調で尋問を……適当に濁して答えておきましたが』

『……国絡《がら》みか。ならば、もう追わなくていい。戻ってこい』

『はい』

血文字のメッセージ交換《こうかん》はそこで終わらす。

しかし、大騎士が動くか……もしかしたら、拉致《らち》を受けた中に貴族の娘《むすめ》とかいるのかも知れないな。訓練に使っていた雷《かみなり》式ラ・ドオラの短槍をアイテムボックスに仕舞う。

そこで中庭の一角で騒いでいる声たちへ視線を向けた。

「アイヲ～カンジテェエ～トキメクゥゥ～、シカシィ～、オレノゥ～、アイハ～、ソレハァ～、チチィ～、ダケェ、ウワキィイチガウゥゥ～、チチィ～、ササゲルゥ、アイィィイ～、ルブルルルゥ～、ルララァァァ～」

「大丈夫《だいじょうぶ》ですか？　また植木職人に見てもらいますか？」

ヘルメが心配そうに壊れた千年植物に語り掛けている。

千年植物の枝からは躑躅《つつじ》花のような紅色の花を幾《いく》つも咲《さ》かせていた。

愛の喜びだけに躑躅花か。あの千年植物、洒落《しゃれ》てるつもりか？

「ルラァァァ～」

また歌い出しているし。そこに、バルミントの姿が……。

「アァァ〜、オレノ、ミィ〜。クイスギィ〜、ルラァァァ、ブルルゥ」

「きゅゅ、きゅぃ〜」

音程がオカシクなっている千年植物の実をバルミントは食べていた。

「あぁー、バルミント！　青い実を食べ過ぎです。千年植物は植木職人さんに診《み》てもらったばかりなのですから！」

「きゅ？　きゅっきゅぃ」

バルミントはヘルメに叱《しか》られると、聞き分けがよく千年植物から離《はな》れた。バルミントは黒猫《ロロ》のようにヘルメの足に頭を擦《す》りつけている。その体は幼竜《ようりゅう》の範囲だが、高・古代竜だと分かるぐらいに大きくなっていた。

「ンン、にゃ」

俺の肩《かた》で休む黒猫《ロロ》はそんなバルミントを見ているだけ。

昨日までバルミントとよく連《つ》れ添《そ》って遊んでいたが、母親モードは卒業したのかな。

そんなことを考えながら、黒猫《ロロ》を連れてリビングに戻《もど》る。

椅子《いす》に座《すわ》ると黒猫《ロロ》は机の上に移動。香箱《こうばこ》スタイルで休む。胸に前足を仕舞うスタイルは可愛い。しかし、レベッカがいないと静かだなぁ。内実は少し淋《さび》しい。ベティさんはレベッカの育ての親。レベッカにとって大切な存在だ、仕方ない。

エヴァはリグナディの店の手伝い。ミスティは講師の仕事。ユイとカルードは闇ギルドの定例会議に出席だ。ヴィーネはまだ帰ってこない……すると、スッとさり気なく紅茶を机に置いてくれたクリチワ。そのクリチワの可愛い狐《きつね》の耳を見ながら……。

「クリチワ、君の出身とか家族は？」

「わたしは旅の途中で生まれたようです。一族の出は遠い東のレリックを越《こ》えた【フジク連邦《れんぽう》】の北東辺りと聞いています。戦乱に巻き込まれて、西へ西へと旅をするうちに、このペルネーテに辿《たど》り着いたと、父は言っていました」

クリチワは、また狐の耳がピクピクと動いている。レリックか……魔竜王戦《まりゅうおうせん》で散ったアゾーラと白熊《しろくま》パウも、その辺り出身だったたな。

嫌《いや》な光景も思い出したから綺麗なクリチワの顔を見つつ彼女《かのじょ》の趣味《しゅみ》と美味しい店を知っているか？　的な世間話へと移行。そして、『クリチワ、君はサッカーが好きか？』と『クリチワ、君はおっぱいが好きか？』と訳の分からない和《なご》んだ会話を続けていると、

「ご主人様、ただいま戻りました」

ヴィーネが帰ってきた。

「お帰り。レムロナは、なにを言っていた？」

「別の殺人事件を追っているところに、この事件を知り捜査《そうさ》を開始していたと。さすがは大騎士でした。わたしが調査で知り得た西方フロング商会の名を知っていました」

「その西方フロング商会とは？」

「西の帝国領で主に活動する行商会らしいですが、レムロナが言うには、内実は人身売買に特化した組織、帝国《ていこく》の特殊工作員が絡《から》んだオセベリアの内部攪乱《こうらん》目的、陽動の可能性があると話していました」

　本当に攪乱かねぇ？

「その工作員はもう国外へ？」

「はい、そのようですね。足取りが消えています。それからフロング商会の店の前には不自然な魔獣《まじゅう》馬車たちが止まっていたようです」

「なるほど、それじゃもう行方不明者も国外かな……追跡《ついせき》能力があるレムロナを撒《ま》くほどの相手だ、無理だろう」

「レムロナはご主人様ならば……と何か期待を寄せている感じでした」

　この間覚えた〈血鎖探訪〉の出番か？

「期待は嬉しいが……。血の跡《あと》が残った衣類とかあるなら、追跡は可能と思う。だが、何もなきゃ不可能だな」

「血の跡……考えが及《およ》ばず申し訳ないです」

「いや、能力を教えていなかったからな、俺が悪い」

その後は、ヴィーネへ自由に過ごせと指示を出した。

槍の技術の向上を目指し訓練と〈仙魔術〉の訓練を行う。

続いて、メルたちへ会いに【月の残骸】の店へ向かい、アンズとドライセンについて調べろと指示を出してから……数日後。

家のリビングにイノセントアームズ、闇ギルド【月の残骸】の幹部が集結。

「皆、この機会に紹介《しょうかい》しておく、俺の周りにいる存在が、常闇《とこやみ》の水精霊《せいれい》と〈筆頭従者長〉及び〈従者長〉たちだ」

側近らしくすぐ後ろに立つ精霊ヘルメとヴィーネ。

エヴァ、レベッカ、ミスティ、ユイ、カルードは俺の近くに座っている。

黒猫《ロロ》も目の前にある机の上で、スフィンクスのように闇ギルドの面々を見据《みす》える香箱スタイルで休んでいた。そんな可愛い黒猫《ロロ》の頭部と背中と尻尾《しっぽ》まで優しく撫《な》でていった。お尻が少し持ち上がるから可愛い。そして、闇ギルドの面々から集まる視線に対して――。

身構えるイメージで厳しい顔色を作り、

「ユイとカルードのことはもう知っていると思うが、彼女たちは大切な女たちであり、冒うことになる」

険者仲間、俺の血を分けた直属の眷属《けんぞく》たちだ。そして、この中で俺に次いで強い存在とい

「総長の血を分けた……」

ヴェロニカが逸早《いちはや》く反応……先ほどから鼻をくんくんさせていたからな……。

「すると、総長が宗主の新しい吸血鬼《ヴァンパイア》一族の誕生ということでしょうか？」

メルがそんなことを聞いてきた。

「そうなるな」

「……凄《すご》い……この人数を……」

話していたメルが驚愕《きょうがく》。幹部全員の全員が鳩《はと》に豆鉄砲《まめでっぽう》顔を浮かべている。

ポルセンが目を見開いて常闇の水精霊ヘルメを見てから〈筆頭従者長〉たち《彼女》を見た。アンジェは瞬《まば》きを繰り返《かえ》す。口を少し開けて驚《おど》いていた。

「これほどの人数を従者化とは……高祖どころの話では……十二支族たちの始祖《オリジナルズ》の直系……を超えて……はっ――」

ポルセンは突然《とつぜん》に椅子から降りて、俺の座っている位置に近付いてから膝《ひざ》を曲げて地べたへ頭をつける。アンジェもポルセンと同様に頭を床《ゆか》につけていた。

そこにヘルメが水飛沫《みずしぶき》を全身から発生させる。体を浮かせながら前進。

俺の間近で鷹揚《おうよう》な態度を示し、

「閣下の僕《しもべ》たち。閣下が唯一無二《ゆいいつむに》の偉大《いだい》な方であることは、もう解《わか》っていると思いますが、敢《あ》えて、この場で発言させてもらいます。閣下、宜《よろ》しいですね？」

「あ、あぁ」

ヘルメの切れ長の蒼《あお》と黝《くろ》色の瞳には迫力があった。そのヘルメが、

「閣下は眷属が増えた今、絶対的な存在といえます。ですから、僕《しもべ》たち。幸せに思いなさい。閣下の僕であることが貴方《あなた》たちにとって、どれほどの恵《めぐ》まれた幸運的立場であるかを」

「精霊様だぁー、はじめてみたー。でも、閣下ってー、だれー？」

「ララ、総長様よっ」

ルルは分かっているが、ララはまだ幼いから理解できないよな……。

一応は彼女たちも【月の残骸】の幹部だからここにいるが。

「ヘルメ、もういい」

厳しい目付きでヘルメを見る。ヘルメは慌《あわ》てて、

「はいいぃいっ」

と、水飛沫を体から発生させると、俺の背後に戻ってきた。ポルセンは頭を上げ、

「……恐縮《きようしゆく》ですが、精霊様が仰《おつしや》っている言葉の意味が分かりました……総長様は血法院《けつぽういん》の

女帝《じょてい》を超《こ》えられた偉大なる宗主《そうしゅ》様なのですね」

ポルセンは恐縮しまくりだ。

「その血法院の女帝は前に聞いたことあるが、実は、あまり知らない」

「ポルセン、総長のシュウヤは精霊様が話す通り、偉大なる唯一無二の方。でも、本家ヴァルマスクとは関係ないし、わたしたちとは似てはいるけれど、本当は違う種なの。だから血法院も女帝も【大墳墓《だいふんぼ》の血法院】のことは知らないことが多いはず」

頭を下げているポルセンに対して、ヴァンパイアの先輩《せんぱい》であるヴェロニカが説明してくれた。

「な、なんと……」

「彼女が言っていることは本当だ。ポルセン、頭をあげてくれ」

ポルセンには後で、アンジェとノーラに関することを聞いておくか。

「はい、総長様」

ポルセンは立ち上がり、席に戻っていく。傍で頭部を下げていたアンジェも恐怖《きょうふ》を感じたのか、青ざめた顔色で、俺を一瞥《いちべつ》。ポルセンの後に続く。そこで、ヴェロニカへ視線を移す。

「ヴェロニカ、その【大墳墓の血法院】と戦っているんだろ？　何か動きはないのか？」

「うん、最近は鴉《からす》とか蝙蝠《こうもり》が遠くから【迷宮《めいきゅう》の宿り月】を監視《かんし》していたことぐらいしか分からないわ」

鴉と蝙蝠か。何回かそれらしきモノは見た覚えがある。

使い魔《ま》か、変身能力。ヴァルマスク家の監視は続いていたようだ。それより女帝の名が気になる。

「……女帝の名前は？」

「ファーミリア・ラヴァレ・ヴァルマスク・ルグナド」

名前が長いがルグナドとは吸血神と同じ名だ。

「前、ヴェロニカが話をしていたルンス・ラヴァレ・ヴァルマスクの親玉だな？」

「うん、ルンスは女帝が持つ三人いる内の〈筆頭従者〉」

直系は三人の〈筆頭従者〉が可能なのか。俺の〈筆頭従者長《選ばれし眷属》〉とはまた違う。

「ルンスはお父さんであるスロト・ラヴァレ・ヴァルマスクを殺した張本人でもあるけれど……本当に悪いのはわたしかも知れない」

そう語るヴェロニカは泣きそうな表情だ。

根本的な悲痛な思いを胸に抱《いだ》いているような……視線を下げてしまう。

「悪い？　マギットを盗《ぬす》んだことか？」

「ううん。違うの、スロトお父さんが血法院、ヴァルマスク家の規律を破り禁忌《きんき》を犯《おか》して、当時、病気で死ぬ直前だった幼い子供に過ぎないわたしを、吸血鬼《ヴァンパイア》の〈従者〉にすることで、命を救ってくれたの」

子供をヴァンパイアにしてはいけないルールがあったのか。

「君の主か、俺の血の匂《にお》いと似ていると話していた」

「そう……そして、永らく、ヴァルマスク家にはバレずに王都で、スロトお父さんと過ごしていたわ。でも、わたしを隠していたことがヴァルマスク家にバレてしまった……」

喋るヴェロニカは目元が充血《じゅうけつ》していく。

「……スロトお父さんは、他《ほか》の高祖吸血鬼《ヴァンパイアロード》たちを含めた多数の従者たちに捕まり、裁判になり、女帝は殺すことには反対したのだけど、同じヴァンパイアロードのルンスが強硬《きょうこう》に出て、残りの二人のヴァンパイアロードたち、アルナード、ホフマンを含めた従者たちも参加した大長老会議により、スロトお父さんの処刑《しょけい》が決まり、女帝も傷を負う光十字の極《きょっ》刑剣《けいけん》が使われて、スロトお父さんは体が燃やされ灰になってしまった……」

彼女には余程《よほど》に辛《つら》い思い出のようだ……。

眉《まゆ》を中央に寄せながら赫怒《かくど》の表情を浮かべ、血の涙が頬を伝う。

「わたしはスロトお父さんの従者だから、血の繋《つな》がりが失ったとすぐに理解できた。荒々《あらあら》しい怒《いか》りを超えた思いで復讐《ふくしゅう》に出たの。ヴァルマスクの大墳墓に忍《しの》び込み、多数の従者たちの心臓を潰し、頭を潰して、すべての血を吸い取り滅《めっ》してやった」

……すべての血を吸うか。ヴァンパイアらしい殺し方ともいえる。

「そして、宝物庫に閉じ込められていたマギットを盗んだの、そこから何百年とマギットと一緒《いっしょ》にヴァルマスクからの追っ手を潰しながらマギットと一緒に逃避行《とうひこう》を続けているうちに……サーマリアのオッペーハイマンにいたヴァルマスク家のポルセンに出会ってね、その場でヴァンパイアハンターに襲われていたポルセンを助けたのよ。襲っていた子が、今のアンジェなんだけど」

「それ、ポルセンに聞こうとしていたことだ」

俺はアンジェに視線を向ける。

「そう。昔、パパを殺そうと何度も執拗《しつよう》に追いかけて戦っていたけれど、ヴェロニカに殺される寸前で、逆に、パパに命を助けられる形で従者にしてもらったの、そして、すぐに謝《あやま》った。パパは馬鹿な行動をしていたわたしを……許してくれた。何回も何回もパパを殺そうとしたわたしのことを……だから、それ以来パパとずっと一緒なの、ね？　パパ」

アンジェは語尾《ごび》のタイミングでポルセンへ顔を傾《かたむ》けてから、優しい表情で微笑む。

あんな顔もできるんだな……。

いた。

「はい、全くもって……その通りです」

ポルセンはカールしている口髭《くちひげ》を少し自慢《じまん》気に伸《の》ばしてから、恥《は》ずかしそうに同意していた。

「そこから、また何年も放浪《ほうろう》してペルネーテに辿り着き、他の分派のヴァンパイアたちと過ごしてから、メルとベネ姉に出会い色々とお世話をしてもらったの、それからずっと一緒」

「あたいはよーく、覚えているさ、ヴェロっ子と初めて会った時、ヴェロっ子が敵の心臓を小さい生身の腕でくり貫《ぬ》いていたからね」

ベネットが笑いながら怖《こわ》いことを語る。

「そうそう、ヴェロニカが助けてくれた。そこから互《たが》いにフォローして教会崩《くず》れが相手の時はわたしたちが前に出て、そうじゃない時は任せるという関係から、いつの間にか、【月の残骸】の大幹部になっていたのよね」

「うんっ」

メルとヴェロニカは互いに意思が疎通《そつう》した笑顔《えがお》を見せる。

「そういうことだったのか」

そこからは、違う話題になり、メルから上納金の金貨袋《ぶくろ》が提出された。

「総長様、これが上納金です、分配はもう済ませてあるのでお納めください」

「こんなにあるのか……」

「はい、縄張《なわば》りが広がりましたので、店の諸経費は引いてあります」

金貨の大袋《おおぶくろ》が複数に、白金貨の中袋《なかぶくろ》も幾つか。

「金貨がザックザックね……」

黙《だま》ってみていたレベッカがぼそっと話す。

「ん、今度、シュウヤに魔法書《まほう》を買ってもらう？」

「うん、でも、蒼炎《そうえん》の一式のが使い勝手がいいのよねぇ、言語魔法は詠唱《えいしょう》があるし、紋章《もんしょう》は手間が掛かるから……それに、グーフォンの魔杖《まつえ》という素晴《すば》らしい性能を持つ長杖《ながつえ》もある。いずれは買わないといけないと思うけど、今はベティさんにあげる新しい紅茶入れのが欲しいかも、後は、わたし用に防護服系、拳《こぶし》系の武器、普通の可愛い服と～アクセサリーもいいかな～」

服は大量にあるだろうに……だが、拳系の武器か。

蒼炎を纏《まと》う拳武器はいいかも知れない。

「ん、わたしは金属と店のリグナ・ディ用に新しい食材が欲しい」

エヴァはブレないな。

「わたしも稽古《けいこ》用に新しい服と、腰巻《こしま》き、可愛い剣帯《けんたい》も探したいかも、レベッカがくれた新しい革鎧、一回の訓練で駄目《だめ》になるし。後、魔刀類の武器は、なかなか売っていないから、魔道具店と武器専門店も見たい」

「なら、ユイ、わたしたちと買い物にいく？」

「うん、いくいく」

「皆、ご主人様はまだ許可を出していないですよ？」

「わたしは、研究費のお金が欲しいかも……」

〈筆頭従者長〉たちはそれぞれに金の勘定《かんじょう》を始めていた。

この金貨袋たちをアイテムボックスには仕舞《しま》わず、

「硬貨《こうか》は、イザベルが管理しろ、皆が金が欲しいと言ったら自由に渡していい。それと、その金貨袋を俺の部屋にある箱へ運んでおけ」

「畏《かしこ》まりました」

イザベル、アンナ、クリチワの手により、金貨袋が運ばれていく。

続いて、様々な情報がメルの口から上がる。

「この間、副長のわたしと最高幹部の【月の残骸】たちで、【夕闇《ゆうやみ》の目】と【梟《ふくろう》の牙《きば》】の残党が集結していた屋敷《やしき》を襲撃《しゅうげき》し、その残党を潰《つぶ》しました。それに伴《ともな》い、少数の【教会崩れ】は野に散り、マカバインと繋がる船商会は船長ごとに独立。海光都市へと逃《に》げた船長がいるようですが、詳細《しょうさい》は不明。そして、解放市場街にて行方不明者多数の噂《うわさ》がありますね。続いて、闇ギルド【黒の手袋《てぶくろ》】と小規模な争いが続いていますが、これは無視してもよいでしょう。それよりも闇ギルド【大鳥の鼻】の最高幹部の七色大太刀《たち》使いガイと影《かげ》使いヨミが、倉庫街、歓楽街《かんらくがい》、貧民街に跨《また》がって縄張りの主張を始めています。その【大鳥の鼻】への対処が必要です」

行方不明はもう知っているが、新しい闇ギルドの争いは知らなかった。

「……そいつらは何だ？」

「パクスと繋がりあった奴《やつ》らよ、最近煩《うるさ》いの」

ベネットが補足してくる。まさか、体が蟲《むし》と化している存在か？

「わたしが数度戦いましたが、邪魔《じゃま》が入り、引き分けました」

ポルセンが語る。そういえば、ポルセンが戦うところはまだ見ていない。隣《となり》で頷《うなず》いている青髪《あおがみ》のアンジェが、ポルセンを熱心に見つめながら、

「影を使う能力者が邪魔だった。パパの斧《おの》と剣なら勝てたのに」

「なら、【大鳥の鼻】の幹部はかなりの強さなんだな」

「はい。それと、【鉄角都市ララーブイン】の主勢力である【髑髏鬼《どくろおに》】の幹部の紅《くれない》のアサ

シン、吹雪《ふぶき》のゴダイ、血魔造のザブザ、闇斬糸使いゼフ、の姿が【迷宮都市ペルネーテ】南の郊外街道《こうがいかいどう》にて確認《かくにん》されました。闇ギルドの幹部候補の出現は新たな縄張り作りの証《あか》しといえるもの、【梟の牙】と【夕闇の目】が消えたことで、我々ならば潰しやすいと考えての行動の可能性もあります」

また違う敵か。それ以上は聞かずに聞き手に回った。

続いてゼッタから【月の連金商会】の売り上げと、ヴェロニカと一緒に角付き骨傀儡兵《かいらいへい》を複数作り上げたことも報告に上がる。

「わたし、がんばった。こいつが角付き骨傀儡兵よ、今は各縄張りの門番になってもらっている」

「……」

会議の始めからヴェロニカの背後に立っていた大柄《おおがら》な存在が、ゆったりと動いた骨の手で頭巾《ずきん》を外して素顔《すがお》を晒《さら》した。角ありの頭蓋骨《ずがいこつ》。骨の剣士《けんし》か。しゃべれないようだ。沸騎士より骨密度が低そうでスカスカ。一応は戦えるのかな。

「ヴェロっ子よくやった」

「お手柄《てがら》だわヴェロニカ。ホルカーバムの港から手に入れた骨を使ったのね？」

「うん、そうなの、あそこの汚《よご》れた地下街にある骨山は意外に使えるのよね」

一応は成果が出ているのか、ベネットとメルがヴェロニカを褒《ほ》めていた。

ヴィーネが興味深そうに角付き骨傀儡兵を見ている。

〈筆頭従者長〉だからヴィーネも作れる。まぁ沸騎士と違い、弱そうだし、素材に手間もかかるから作るかは微妙《びみょう》だ。続いて、前もって調べさせていた事柄《ことがら》が話題に乗る。

「総長、メルから言われて調べていた事を報告するよ。あたいが調べた範囲《はんい》では、そんな大した規模じゃなかった。その霊光《れいこう》の主であるアンズ・カロライナとドライセンは、どうやら海光都市出身の魚人海賊《かいぞく》の一味らしい」

斥候《せっこう》担当のベネットが報告していく。やはり彼女は優秀《ゆうしゅう》だ。

「やはり、魚人関係だったか。そいつらは、このペルネーテに縄張りを持っているのか？」

「ベネットの言葉通り正式な縄張りはありません。裏に大規模な魚人組織があるかもしれませんが、所詮《しょせん》はチンピラ風情《ふぜい》でしょう。念《ねん》の為《ため》第一の円卓《えんたく》通りには部下を複数置いて見張らせています」

メルがそういうと、

「わたしとララで見張る？」

「お仕事、最近してない。ルル、頑張《がんば》るよ」

元惨殺《ざんさつ》姉妹の少女たちが発言していた。そこに、香箱座《こうばこすわ》りで待機していた黒猫《ロロ》が机を歩

いて、ララとルルの前にトコトコ移動し、彼女たちの前に止まると、片足をポンッと机の上を叩《たた》いてから、

「にゃおん」

『止めておけにゃ』とかか？　分からないが話しかけていた。

「わぁ……猫《ねこ》ちゃん」

「黒猫様、わたしたちは何をすればいいの？」

「にゃ？」

黒猫《ロロ》は机の上で、ごろにゃんこしては、肉球を見せるように片足を伸ばす。

「ルル、ララ、あまり気にするな、お前たちはロバートの傍やママさんたちの下で剣の稽古でもしておけ」

「総長、いやよ、仕事が欲《ほ》しいの」

「ルルと同じがいい」

二人はそういうが……。

「総長、俺はどうする？」

ロバートか、彼の実力は見たことがないが……一応は指示を出しておくか。

「歓楽街が大丈夫なら、ルルとララを連れてポルセンをフォローし【大鳥の鼻】に対処し

ろ」

「分かった」

「がんばる」

「承知した」

ルルとララとロバートの三人は、【月の残骸】の先輩メンバーであるポルセンを見る。

「……分かりました」

ポルセンは子守《こも》りを任された気分なのか、不満そうに溜め息《いき》を漏《も》らすが了承《りようしよう》してきた。

その途端《とたん》、アンジェは俺を見つめてくる。

もう先ほどの怖がる視線ではなくなっていたが、分からん奴だ。

「良案ですね、ポルセンとアンジェ、ロバート、ルル、ララと連携《れんけい》して【大鳥の鼻】に対処してください」

メルが賛成してくれた。

「連携を確認しなければ、ロバート、ルル、ララ、よろしくお願い致《いた》します」

ポルセンはロバート、ルル、ララへ紳士《しんし》らしく、丁寧《ていねい》に頭を下げていた。

「パパが従うならわたしもがんばる。ロバート、ルル、ララ、よろしくね。でも、パパにあまり近付かないでよねっ」

アンジェは、誰《だれ》に対してもあんな感じだな。

「ルルです。お髭《ひげ》のおじさまと青髪の怖いお姉さん、よろしくです」

「よろしく、ララだよー」

「王槍《やり》流・烈級、元絶剣流・王級の手練《てだ》れを始末したことがある両手剣使いのロバートだ。近接なら任せてくれ」

三人はアンジェに挨拶《あいさつ》している。

「では、総長。もう一つの闇ギルド【髑髏鬼】に対する対抗《たいこう》処置はどういたしますか？」

メルは副総長らしく次の話題を振《ふ》ってくる。

俺の顔を見据えながら、先ほどスルーした話題を掘《ほ》り起《お》こしてきた。

「総長、意見していいか？」

その厳《いか》めしい声はカズンさん。豹《ひょう》の頭で大柄なコックだ。

「どうぞ、カズンさん」

「血魔造のザブザ、闇斬糸使いゼフとは、ちょっとした因縁《いんねん》がある。そいつらがこの都市に来るなら、俺《おれ》も戦いたい」

「カズンがこれほどのやる気を、珍《めずら》しい……」

フードを目深くかぶる蟲使いゼッタが発言。

「あたいも久々に声を聴《き》いた気がする」

「カズン、コックの仕事に宿屋はどうするの？」

メルがやる気を示すカズンさんに聞いていた。

「……【迷宮の宿り月】のコックなら、俺の部下たちが成長しているので任せられる、宿の主も部下がやるだろう」

「わたしは納得《なっとく》したけど、総長様、どうですか？」

副長メルが流し目で聞いてくる。

「構わんぞ、ただ、どんな状況《じょうきょう》だろうと、メル、ベネット、ヴェロニカ、三人でちゃんとカズンさんをフォローしろ、苦戦を感じたら、俺か、家にいる仲間、特に【月の残骸】の【筆頭顧問《こもん》】となったカルード。あとは、メイド、戦闘奴隷《せんとうどれい》に必ず伝えろ。しかし、俺がいなかったら済まん」

「承知しました……と言いたいところですが、【筆頭顧問】とは何でしょうか……カルードが優秀な暗殺者だったとは本人から聞いています。カルードさんには、巡回《じゅんかい》をお願いさせて頂いたのですが……」

メルは困惑顔《こんわくがお》となって、俺とカルードを見つめてきた。

「役職名は適当だ。カルードは元暗殺者だが、戦場を知る武人でもある。ようするにその経験を買った。だから、俺がいない場合の代理と考えろ。が、あくまでも代理だ。序列はお任せだ。カルードは【月の残骸】の副長メルを補佐《ほさ》する形で動け」

カルードは胸に手を当て、

「――はっ、マイロードのご指示に従います」

と、言いながら頭を下げていた。メルは溜め息。そして、頷いた。

「分かりました。では、カルードさん。副長の下、最高幹部の長。【総長】と【副長】の下の【筆頭顧問】ということで、わたしと総長がいない場合はカルードさんの指示に従うように皆《みな》に伝えておきます」

「ハッ、このカルード、【筆頭顧問】としての仕事はがんばるつもりです」

しかし、メルは頭の回転が速い女だと毎回思わせてくれる反応だ。

「では、わたしも副長として出ばりますか。カズンに負けられないし、久しぶりに閃技、影蝋《かげろう》を使うかしら……」

メルは不敵な笑《え》みを浮《う》かべて語る。

「この間の残党潰しに続いてメルが前線か。あたいも嬉《うれ》しい。しっかりと、陰《かげ》から、この新しい弓でフォローする」

「うん、わたしも〈血魔力《まりょく》〉でメルとカズンを助けてあげる、敵を血塗《ちまみ》れにしてやるわ」

「ありがとう、皆、総長様」

カズンさんは、礼を言いながら、礼儀《れいぎ》正《ただ》しく豹の頭を下げてくる。

その仕草がまたカッコイイと思いながら、全員を見据え、

「それじゃ、一旦《いったん》解散とする各自、仕事に励《はげ》め」

「「――はいっ」」

闇ギルドの面々は、素早《すばや》く退出。ヴェロニカと選ばれし眷属たちとカルードが残った。

鼻孔《びこう》を動かして匂いを嗅《か》ぎながら機嫌《きげん》を悪くしているヴェロニカが口を開く。

「……いいなぁ、従者たち、総長、シュウヤと同じ匂いがする」

「そりゃそうだろう」

「あーぁ、わたしも、シュウヤの〈従者〉になりたかったな……」

「だが、ヴェロニカは俺のヴァンパイアとしての先輩だろう？　それに生粋《きっすい》のヴァンパイアだ。俺の血が入った途端、蒸発してしまうぞ」

「……うん。だから、せめて、後輩《こうはい》君でもある総長の傍《そば》にいたいなぁ～ってね」

ヴェロニカはそういうと、軽《かろ》やかに舞《ま》いながら机の上に立つ。

タップダンスを踊《おど》りながら、椅子に座る俺の目の前にきた。

「ヴェロニカ、ご主人様はわたしたちと一緒にいることが一番です。却下《きゃっか》します」

抵抗心《ていこう》を燃やしたヴィーネが、素早い動作で俺の膝上《ひざうえ》に座りながら、ヴェロニカを待ち受ける。綺麗《きれい》な光沢《こうたく》を帯びた銀髪《ぎんぱつ》と、ヴァニラ系のいい香《かお》りが漂《ただよ》う。

そして、お尻《しり》のムチムチがたまらない。

「もうっ、いじわるねぇ……」

「そうよ、シュウヤはわたしたちの宗主。でも、さっきのシュウヤは普段《ふだん》と違《ちが》う顔だったわ、総長としての責任感？　素敵《すてき》だった」

レベッカがそんなことを言いながら、立ち上がり、俺の傍にきて手を握《にぎ》ってくる。

レベッカの蒼い双眸《そうぼう》は、少し潤《うる》んでいた。

「ん、確かにリーダー顔で、キリっとしていた」

エヴァも褒めてきたが、あまり嬉しくないような顔つきで話す。

リーダー顔は気に入らないのかな。呑気《のんき》に、弛緩《しかん》した表情が俺の顔だから、もしそうなら嬉しい。俺の手を握ったエヴァは頷いた。

あ、気持ちは読めるんだった。笑みが可愛《かわい》いエヴァだ。

「——閣下の取り合いはよくありませんね」

とか言いつつ、常闇の水精霊ヘルメは、ヴィーネを退《ど》かすと、俺の膝の上に座る。

ヴィーネも負けじと、ヘルメの腕《うで》を退かそうと、女の戦いが起きていた。

「もう、貴方たちいい加減にしなさいよ――シュウヤが立ち上がれないでしょっ」

ユイが刀の鞘《さや》で、ヴィーネとヘルメの頭部を軽く叩いてツッコミを入れていた。

珍しい、というか、ヘルメが叩かれるのは初めてか。

「ユイ、確かにそうですね」

「精霊に対する行動とは思えませんが、その通りなので、許します」

ヴィーネとヘルメはそんなことを話して、俺から離れていく。

「糞《くそ》、糞、糞、糞……」

そこにミスティが悪い癖《くせ》を出しながら呟《つぶや》く。

「ミスティ、どうした」

「皆、仲がいいから、環《わ》に入れない……のよ！」

「あら、彼女とは気が合いそう、わたしも同じ気持ちよ」

「ヴェロニカさん。初めまして、この間〈筆頭従者長〉になったミスティです」

「ええ、初めまして。何か、壁《かべ》みたいなのを感じたのよね？」

「そうそう」

ヴェロニカとミスティは笑顔で語る。

「マイロード、わたしは常に感じております」

渋《しぶ》い顔でいうなよ。そりゃ男だからな……。

「……カルード、お前は男だ。俺の気持ちは理解できていると思ったのだがな」

「はっ——失言でした。男として理解はしているつもりなのです」

カルードが目を潤ませて語るが、ユイが父親のカルードのことを叱り、微笑《ほほえ》ましい親子喧嘩《けんか》が始まっていた。そこからは壁を感じさせないように気を配りながら皆で談笑《だんしょう》していく。暫《しばら》くまったりタイムが続いた。そして、ミスティが机に置かれてある紅茶入りの陶器《とうき》カップを掴《つか》み、啜《すす》り、飲み終わると、したり顔を浮かべながら、エヴァではなく俺に話しかけてきた。

「マスター、この間エヴァと相談して研究と実験を少し繰《く》り返していたのだけど、ついに完成したから、披露《ひろう》するわ」

「初耳だ」

「ふふっ、だって、わたしの作業場にこなかったから知らなくて当然よ。さ、エヴァ、もう装着しているんでしょ？　見せてあげなさい。名付けて、エヴァ専用魔導《まどう》初号機よ！」

ミスティは怜悧《れいり》な天才顔を浮かべると、細い腕をエヴァへ伸ばす。

ミスティの白服のコートを靡《なび》かせる雰囲気《ふんいき》は、どこかのマッドサインティスト的な雰囲気を感じさせた。ミスティに眼鏡《めがね》をかけさせたら、似合うかも知れない。

今度、どこかで売っていないか探すか。「ん」エヴァは紫《むらさき》の瞳《ひとみ》を輝《かがや》かせて大きく頷く。全身から紫色《むらさきいろ》の魔力を漂わせ乗っている魔導車椅子《まどうくるまいす》ごと空中移動。

ワンピースの裾《すそ》をたくしあげて魅力的《みりょくてき》な太股《ふともも》と金属の足を見せた。

その刹那《せつな》、魔導車椅子が溶解《ようかい》。溶解した液体金属は金属の足に向かう。

エヴァ自身の金属の足も溶《と》けて骨の足となる。骨の足の魔印は〈血魔力〉の輝きが増している。そして、溶解した魔導車椅子だった液体金属と金属の足を構成していた液体金属と融合《ゆうごう》しつつエヴァの骨の足に吸着された一瞬《いっしゅん》で真新しい金属の足が生成された。

前の金属の足とは違う。踝《くるぶし》の横に備わる車輪もエレガントでシャープ。

小さい車輪の内側には細かい木材のジョイントがある。新しくてカッコいい。

脛《すね》と脹《ふく》ら脛《はぎ》を構成する金属の表面には、魔力を帯びた薄《うす》い黒色と緑色の金属の溝《みぞ》が無数に走っていた。踝の周囲には、光魔ルシヴァルの意味がある紋章樹《もんしょうじゅ》に加えて、薄《うつす》らとエヴァの血筋を意味するような魔印も浮いていた。黒色を貴重にした緑色の金属が綺麗な金属の足だ。踝の車輪の形は自由自在なんだろうか。

あ、エネルギーを出せるような噴射孔《ふんしゃこう》も踵《かかと》と脹《ふく》ら脛《はぎ》にある。

前にも増してパワードスーツ的だ。確かにエヴァ専用だろう。まさに初号機。

エヴァは机の隣に着地すると、重厚《じゅうこう》な音を立てると思ったが、無音で床を車輪と足を使

い滑《すべ》るように歩いてきた。しかし、車輪の形のセンスがいい。レベッカも、

「金属の足の形が前よりも洗練されてカッコいい！　光魔ルシヴァルの〈筆頭従者長《選ばれし眷属》〉の力も影響《えいきょう》しているとは思うけど……」

「驚いたでしょ」

と、自慢気な表情で語るミスティ。俺は自然と頷いた。

「ん、シュウヤが目を見開いて驚いた、ふふっ」

「……金属好きが合わさると凄いことが可能！」

「確かに、金属を操《あやつ》れるエヴァとミスティだからこそ……」

ヴェロニカとユイは、エヴァの新品の魔導脚《まどうきゃく》を見て、そう感心していた。

確かに、エヴァとミスティのケミストリだ。

「閣下、彼女《かのじょ》を部下にしてやはり正解でした。素晴らしい成果です」

「あぁ、凄い」

「エヴァ、ここの境目の魔力消費に違いはあるのでしょうか」

ヴィーネは屈《かが》んだ姿勢で、パンティを露出《ろしゅつ》させながら、エヴァの金属の足と普通《ふつう》の血肉の部分を触《さわ》りつつ調べていた。

「ん、ある。金属のほうが多く消費する。けど、大量には消費しない。あ、使い続ければ、

それなりに消費する」

「問題はそこ。まだ魔導車椅子の概要《がいよう》を掴《つか》めていない。代替《だいたい》となる魔力コアを用意できれば、エヴァの魔力をそんなに消費しなくても済むのだけど、さすがに、そこまで組み込む作業はエヴァ本人も長時間拘束《こうそく》したうえで、何百回と何千回という試行錯誤《しこうさくご》が必要となる。片手間でやるのは非常に難しい」

ミスティはエヴァに続いて説明していく。

しかし、あんさん、エヴァ専用機を片手間に改良したのかい。

「まぁ、現時点でも十分凄い、エヴァ、良かったな。素早く歩けるようになって」

「ん、ミスティのお陰。嬉しいっ――」

彼女はルシヴァルとしての血筋を生かした身体能力で凄《すさ》まじい回転をしていた。

あ、金属と木材でできた車輪が外れて、エヴァはコケてしまう。

「痛ッ」

「エヴァ。まだ無理に変な軌道《きどう》で動いたら駄目だって。変化する速度に合わせて魔力を微《び》調整《ちょうせい》しないと！」

急遽《きゅうきょ》、ミスティが壊《こわ》れた車輪の金属と木材の部品に手を翳《かざ》す。

ミスティの手は蜘蛛《くも》の巣のような黒色の亀裂《きれつ》を発生させた。前と似ているが異なる。

両手の色合いは血色も混じる。エヴァは「ん、済まない」と肩《かた》を落としていた。

「ふふ。気にしない。次は大丈夫《だいじょうぶ》よ。もうコツは掴んだでしょ？」

エヴァは少し恥ずかしそうな表情だったが、ミスティを見て元気な笑顔を取《と》り戻《もど》すと、

「ん！」

その可愛い返事の間に、ミスティは壊れた金属を融解《ゆうかい》させた。融解した金属の真上に小さい魔法陣《まほうじん》が染《し》みこむ。融解した金属は二つに分かれつつ粘菌《ねんきん》のような糸を発して、糸が引かれ合うと瞬時《しゅんじ》に新しい金属の部品に変化した。

欠けた木材部品に合う形に進化した。

「直った。進化したかな」

「ありがとう、金属の足がまた進化！　天才ミスティ！」

エヴァは嬉しそうに語ると、一瞬で、元の魔導車椅子に戻す。

変化速度も速い。魔導車椅子も形も変えることができるなら、魔導車椅子の戦いに活《い》きるだろう。エヴァはどこなく誇《ほこ》らし気《げ》だ。

〈筆頭従者長《選ばれし眷属》〉としての表情でもあるんだろうか。

「うん」

「しかし、まだまだ進化がありそうだ。エヴァ初号機は」

俺の言葉を聞いたミスティは、ばつが悪そうに少し頭をかいてから、

「期待させてしまったのなら、ごめんなさい。実は、これ以上は難しいの。この魔導車椅子を作ったドワーフ一家は相当な一族。魔導人形《ウォーガノフ》の技術も使われているし、エヴァの血肉まで使用されている、わたしの知らない未知の魔法技術、細工技術が詰《つ》まっているから現状では……」

「急ぎではない。将来の進化が楽しみだ」

「ん、わたしはこれでいい、ミスティは魔導人形作りもある。他にも色々と研究している し、臨時講師の仕事のある」

「うん。今は無理でもエヴァとわたし。そして、光魔ルシヴァルの皆の力があれば、進化は可能！」

「ん」

「正直言えばマスターの〈血魔力〉をもっと味わいたいかな。ふふ。アレも美味《おい》しく感じたし……」

「もう、アレって……」

「うん。でも、冗談《じょうだん》ではなく、本当にわたしたちを強くすると思うから」

「羨《うらや》ましい……」

「ヴェロニカの気持ちを知っているからごめんねと言うほかないけど」

ユイが語る。レベッカも、

「ヴェロニカはヴァルマスク家の吸血鬼《きゅうけつき》だからね。シュウヤと交わると……」

「うん。火傷《やけど》どころじゃないわ。だから我慢《がまん》する。でもいつかは……」

「ん、シュウヤなら」

「それはそれで、新しい女が増えることになる。ヴェロニカ、悪いけど……」

「ふふ、正直ね」

「ん、皆シュウヤが大好きだから、同じ気持ちがある。ヴェロニカは可愛いからシュウヤも好意には好意を返すから」

「知ってる。優《やさ》しさに溢《あふ》れているもん。総長は……だからエッチも皆を喜ばせようとがんばるだろうなって凄《すご》く、羨ましい」

そう語ると、女性陣《じょせいじん》たちは頷いてから一瞬、俺の股間《こかん》を凝視《ぎょうし》。

が、すぐに恥ずかしそうに視線を逸《そ》らす。俺は腰《こし》を振って踊るべきか？

と、アホなことを考えていると、頬を朱色《しゅいろ》に染めているミスティは、

「ということで、マスターの特別なアレを含《ふく》めて、成長すれば、意外に技術の進化は早いかも知れない。それがスキル化して現れるかは、不明だけど。あ、でも、マスターは博識

な面もある。だからマスター。工房《こうぼう》で色々と個人的に助言してほしいな……」

今度、新しい工房を見てみるか。

「工房部屋。エヴァと一緒に見学していた時は凄く散らかっていた」

「ん、今はもっと散らかっている？」

「う……通り道は確保しているから、だ、大丈夫よ！」

ミスティの言葉に皆が笑う。

……さて、今日は訓練をしない。鏡の回収に目途《めど》が立ったことを皆に話そう。

そして、実際に埋《う》まっているだろう鏡の回収を行うとするか。

第百七十八章「甲冑怪人な槍使い、自ら槍となる」

ヘルメは俺の左目に入り、スタンバイ状態。
因《ちな》みに、ヴェロニカはカズンたちと合流するために家から出ている。
鏡の件を〈筆頭従者長〉たちに説明。

一面：迷宮都市《めいきゅう》ペルネーテにある俺の屋敷の部屋に設置してあるパレデス鏡。
二面：どこかの浅い海底にあるパレデス鏡。
三面：【ヘスリファート国】の【ベルトザム】村の教会の地下にあるパレデス鏡。
四面：遠き北西、荒野《こうや》が広がる【サーディア荒野】の魔女《まじょ》の住《す》み処《か》にあるパレデスの華鏡《はな》。
五面：土色、真っ黒の視界、埋まったパレデスの鏡。
六面：土色、真っ黒の視界、埋まったパレデスの鏡。
七面：土色、真っ黒の視界、埋まったパレデスの鏡。
八面：土色、真っ黒の視界、埋まったパレデスの鏡。

九面：土色、真っ黒の視界、埋まったパレデスの鏡。
十面：土色、真っ黒の視界、埋まったパレデスの鏡。
十一面：ヴィーネの故郷、地下都市ダウメザランの倉庫にあるパレデスの鏡。
十二面：空島にあるパレデス鏡。
十三面：どこかの大貴族か、大商人か、商人の家に設置されたパレデス鏡。
十四面：降雪地域のパレデスの鏡。
一五面：大瀑布《だいばくふ》がある崖《がけ》か岩山にあるパレデス鏡。
十六面：迷宮都市ペルネーテの迷宮五階層にある邪神《じやしん》シテアトップの像の部屋の中にあるパレデス鏡。
十七面：不気味な心臓、内臓が収められた黒い額縁《がくぶち》がある。時が止まっているような部屋にあるパレデス鏡。
十八面：暗い倉庫、宝物庫のようなところにあるパレデスの鏡。
十九面：土色、真っ黒の視界、埋まったパレデスの鏡。
二十面：土色、真っ黒の視界、埋まったパレデスの鏡。
二十一面：土色、真っ黒の視界、埋まったパレデスの鏡。
二十二面：土色、真っ黒の視界、埋まったパレデスの鏡。

二十三面：土色、真っ黒の視界、埋まったパレデスの鏡。

二十四面：パレデスの鏡が無いのか、あるいは条件があるのか、ゲート魔法が起動せず。

まずは五面のパレデスの鏡からか。

二十四面体《トラペゾヘドロン》を取り出し、五面をなぞり、真っ黒い土が見えるゲートを起動させた。そして、その場で、革の服を脱《ぬ》いだ。素《す》っ裸《ぱだか》になる。

「ご主人様……」

皆、ヴィーネを含めてうっとりとした表情を浮かべた。一人、野郎《やろう》が交ざっているが、指摘《してき》はしない。〈夜目〉を起動。右目のアタッチメントを触ってカレウドスコープを起動。

アイテムボックスを凝視した。この風防的な硝子《がらす》は高度な技術で作られた代物《しろもの》。

その時計の風防的な表面を触る――ディメンションスキャンも起動。

青い解像度が増したフレームの視界に……ミニマップ的な物が追加。

そして、〈血道第一・開門〉を意識して全身から血を放出――。

これを略して第一開門、第一関門とも呼んでいる。

血を操作する技術の〈血道第二・開門〉である〈血鎖の饗宴《きようえん》〉を続けざまに発動。

よし、血鎖の操作だ。インナー服を意識しつつの……。

コスチュームのデザインは、狂戦士風をイメージ……全身に血鎖を纏う。

瞬《また》く間《ま》に、この間と同じような血鎖の鎧《よろい》を完成させた。

「……その血鎖甲冑《かっちゅう》で、土の中にあるであろう鏡の中へ突入《とつにゅう》するのね」

「そうだ」

〈筆頭従者長〉たちは顔色が優《すぐ》れない。

それは俺が〈血鎖の饗宴〉の血鎖甲冑を装着した訳ではないと分かる。

「ご主人様、少し心配です……もし、ご主人様が帰ってこられなかったら、わたしたちはどうすれば良いのでしょう……」

「ん、ヴィーネの言葉の通り。わたしは反対」

ヴィーネとエヴァは反対か。

「マイロード、それは危険なのでは……」

「ちゃんと土に潜《もぐ》る実験を行ったと聞いているけど、不安ね」

カルードは反対し、ミスティは不安がる。

「わたしも反対。だけど、シュウヤは実行すると説明した時は、絶対にやるから、皆、あきらめたほうがいいわよ」

レベッカも反対だが、仕方ない。と言った感じだ。

『閣下、わたしも実は反対です。ですが、永遠に閉じ込められたとしても、わたしが常にいますから寂《さび》しい思いはさせません』

ヘルメは良い精霊《せいれい》ちゃんだ。

「レベッカ、そういうけれど、もしシュウヤが戻ってこられなかったら、どうするのよ……土の中に閉じ込められてしまう可能性があるなんて……」

ユイは泣きそうな面だ。

「ユイ、それに皆、俺は必ず戻ってくる。色々と探検をしてしまうかも知れないから時間は掛《か》かるかも知れないが……そこは趣味《しゅみ》の面もあるから理解してくれると嬉しい」

「えぇー」

「だめよっ」

「ん――」

ユイ、レベッカ、エヴァが即座《そくざ》にかぶりを振って髪を揺《ゆ》らす。

「ご主人様、ご無事にゲートが使える状態となったら、すぐに、こちらの鏡から戻ってきてくださいね。そして、わたしたちと合流してから、再び探検の旅に出ましょう」

「ん、ヴィーネの意見に賛成」

「尤《もっと》もな意見ね、さすがは元ダークエルフ」

ミスティも同意している。

「そうね、色々と探検できるなら、ゲートも使えるはずだし。あ、もしかして、シュウヤ？　まさか、浮気《うわき》をしたいがためにそんなことを……」

レベッカが訝《いぶか》しむような視線を作りながら、歩いてくる。

その瞳と拳《こぶし》には蒼炎《そうえん》が纏《まと》わっていた。

「これっぽっちもそんなことは考えていない。よく考えてみろ、俺の左目にはヘルメが宿っているんだぞ」

「……でも、精霊様とずっと一緒《いっしょ》じゃない！　ずるいわよっ」

『レベッカの気持ちも理解できますが、わたしは離《はな》れるつもりはありません。閣下と共に生きます』

小さい姿で視界に現れたヘルメは、レベッカの顔を指さしながら話している。

『分かってるさ』

俺は笑いながら、

「俺のことを信じて待つ、と言ってくれる気概《きがい》のあるいい女。〈筆頭従者長〉たちにはいないのか……」

その瞬間《しゅんかん》、〈筆頭従者長〉の彼女たちは、顔色を変えた。背中に電気でも喰《く》らったように背筋を伸《の》ばす。エヴァは紫色の瞳を見開いているから可愛い。

「ご主人様、このヴィーネ！　信じて待つことに、まったくもって、異存はございません！」

「ん、シュウヤを待つ！」

「わたしは最初から、マスターを信じていたしぃー？　研究を続けるわ」

「うぅ、シュウヤ、ずるいわよ、そんなことを言ったら……待つ、わよ」

「素直《すなお》に刀の技術でも磨《みが》きながら、闇《やみ》ギルドの作戦に参加して、シュウヤの帰りを待つ」

掌《てのひら》を返し、意見をすぐに変える可愛い〈筆頭従者長〉たち。

「にゃおん」

「ロロ、今回は、お留守番な？」

「ンン、にゃ、にゃ、にゃ、にゃー」

黒猫《ロロ》はいつもと違う鳴き方だ。触手《しょくしゅ》を伸ばそうとしてくれたが、途中《とちゅう》で止めていた。

俺の今の装備は血鎖で形成した厳《いか》つい血鎖甲冑だからな。

「ロロ。血鎖を少し開けるから――いいぞ、ほら」

血鎖甲冑を操作して、顔から首元の血鎖を剥《は》がした。

黒猫《ロロ》は、途中で止めていた触手の先端《せんたん》を動かした。

俺の頬へ触手の先端をくっ付けてくると、気持ちを伝えてくる。

『さびしい』『はなれる』『だめ』『いっしょ』『あそぶ』『さびしい』『あそんで』

「ロロ、帰ってきたら沢山《たくさん》遊んでやるから今回は我慢だ。バルミントのことは頼《たの》んだぞ」

「ん、にゃお」

黒猫《ロロ》は触手を離す。了承したらしい。

「そして、闇ギルドの戦いでメルたちが苦戦していたら、助けてやってくれ。〈筆頭従者長《選ばれし眷属》〉ならば、活躍《かつやく》はできる」

「うん、任せておいて。蒼炎弾《そうえんだん》で吹《ふ》き飛《と》ばしてやるんだから」

レベッカは蒼炎を腕に展開させつつ語る。

隣《となり》のヴィーネは、銀色の虹彩《こうさい》を血色に染めつつ、

「ご主人様、わたしはここでご主人様の帰りを待っています！」

と宣言。

「闇ギルド？　興味ないから、研究と、講師の仕事があるから無理かも。ユイとカルードさんの金属製品を修理するぐらいかしら」

「ん、シュウヤがいうなら、彼女たちを助けてあげる」

糞は言わないがミスティらしく語り、エヴァも紫の魔力を放出しながら話す。

「ふふ、元暗殺者に任せなさい」

「マイロード。ユイをフォローしつつ、副長のメルと相談しながら事を進めます」

ユイとカルードは、闇ギルドの仕事に手慣れている。敵対する相手が可哀想《かわいそう》かも知れない。そんな頼もしい光魔《こうま》ルシヴァルの皆に、

「よし、パレデスの鏡を確保したら、一旦、血文字で知らせるとして、行ってくる」

バイザーを閉じるように、血鎖の冑《かぶと》を操作。有視界は塞《ふさ》がる。

俺の視界はディメンションスキャンの簡易マップと三次元的なフレームのみ。

ロボットの中にある操縦席から操縦をしている気分だ。

「シュウヤ、必ず帰ってくるのよ！」

レベッカの甲高《かんだか》い声が響《ひび》く中、鋼鉄の鎧を着たスーパーヒーロー気分の俺は――。

五番目のゲートへ突っ込んだ。重いという感覚はないが身動きが取れない。が……すぐに全身の血鎖甲冑から出た血鎖の群を操作――ようやく前に進み出した。

ディメンションスキャンは俺以外の反応を示さない。

まずは、パレデスの鏡を掘らないとな。この周りの土を掘る――。

細かく血鎖を操作。パレデスの鏡を壊さないように注意しながら――。

目の前にある土を〈血鎖の饗宴〉の血鎖で分解するように土を壊す。

――土を溶かし、土を破壊《はかい》する。

掘った土を潰《つぶ》すように横の土の層へと練り込みつつ土をずらし運んだ。

――小一時間、土と岩盤《がんばん》と破壊。土と砂を運ぶ作業を繰り返《かえ》した。

これは時間が掛かる、やり方を変えよう。血鎖の一部の群れを、掘削《くっさく》用のさじ形を幾重《いくえ》にも重ねたような形に変化させた。巨大《きょだい》な穴を上に作りながら大量の土砂《どしゃ》を運ぶ。

小さい海底トンネルをつくるように――大量の血鎖で周囲をコンクリートで固めるように用いた。周りから何十トン、何百トン、と圧力が掛かっているはずだが……。

直接的に重さは感じない。一部の血鎖は土と砂利《じゃり》をミクロ単位で溶かして吸収もしているのか？　血鎖の先が突《つ》き抜《ぬ》けた感覚を得たところで――運んでいた土を、その抜けた穴から一気に外へと吐《は》き出《だ》した。これで楽に土が運べる。

自動コンベアのように血鎖により土砂が運ばれていくのを待つのみ。

ついでにパレデスの鏡の周りも掘り進《すす》めた。血鎖で囲んだ空間を土の中に作ることに成功。五番目のパレデスの鏡はこれで確保！　そのパレデスの鏡の上部に嵌《は》まっていた二十四面体《トラペゾヘドロン》が外れて、俺の頭の周りを回る。その二十四面体《トラペゾヘドロン》を掴んだ。

そして、右手の掌に血鎖によるエアポケットを作るように二十四面体《トラペゾヘドロン》を内包させて仕舞《しま》う。回転を止めた無数の血鎖を足先から出した。

それらの血鎖をパレデスの鏡に巻き付けた。これでパレデスの鏡を上に運べる。そこで真上の穴と通じている血鎖で輪を作った。その輪の中に甲冑《かっちゅう》の足を通し、輪の内側を踏《ふ》んで輪に足を引《ひ》っ掛けてから真上に伸びたままの血鎖を体内に収斂《しゅうれん》させた。

一気にエレベーター的な垂直機動で上に向かう。

『閣下、パレデスの鏡を無事に運べています！』

足下《あしもと》に血鎖が絡《から》んでいるパレデスの鏡は周囲の土にぶつかりながらも運べている。

『壊れなきゃ、なんとかなりそうだ』

『はい。しかし、土の精霊を超《こ》えるように、土を細かく破壊することが可能な血鎖甲冑こと、〈血鎖の饗宴〉は強烈《きょうれつ》です！』

『この血鎖甲冑から発生している無数の小さい《ミクロの》血鎖に螺旋《らせん》回転中に触《ふ》れたら精霊だとしても大変なことになるのは想像がつく』

『はい……』

常闇《とこやみ》の水精霊とて、水をも壊しかねないと思っているようだ。

確かに……そんなイメージを浮かべるのも分かる。

『……怖《こわ》がるな。ヘルメが人型の時は気を付けよう』

『怖いですが、閣下を信じています』

ヘルメと念話をしつつ進んでいると——空間に飛び出た。バイザーの血鎖を操作しつつ、素の視界を確保。〈夜目〉を発動中だから分かるが——真っ暗な空間だ。

そして、肌《はだ》がじんわりと蒸《む》されるような、かなりの熱を感じた。

ここが地下空洞《くうどう》なのは間違《まちが》いないだろう。温泉か、マグマの地熱効果か。マーフィーの法則ではないが、少し嫌《いや》な予感。魔素《まそ》の気配はポツポツと上下左右の遠い至るところから感じる。

回収した鏡も、ちゃんと血鎖ベルトコンベアに運ばれて穴から出てきた。

鏡に絡んでいた血鎖を解放。その鏡が壊れていないかと、凝視——。

ひび割れた個所《かしょ》はなし！　よーし、大丈夫《だいじょうぶ》そうだ。

額縁に擦《す》れた跡《あと》が残るのみ。実際に使えるか、確認《かくにん》。

二十四面体《トラペゾヘドロン》を掌の表面上に出す。

——両手の指を覆《おお》う血鎖を消去。二十四面体《トラペゾヘドロン》の五面を凝視。

この幾何学《きかがく》模様の溝の印をスマホでも弄《いじ》るように親指でなぞる。

ゲートが発動。折りたたまれた光がゲートを形作る。

そして、目の前にある発掘《はっくつ》したパレデスの鏡が光った。

ゲート先の光景には俺《おれ》が映る。やった！　起動した。

新しく出現したゲートに入ると、今、発掘したばかりの五番目の鏡から外に出ることができた。いつものように鏡の上部に嵌まっていた二十四面体《トラペゾヘドロン》が外れた。俺の頭の回りを周回する二十四面体《トラペゾヘドロン》。二十四面体《トラペゾヘドロン》を褒《ほ》めるように掴んだ。

『閣下、おめでとうございます。五番目の鏡を回収ですね』

『おう、あっさりと成功だ』

ヘルメと念話しつつ――五番目の鏡と二十四面体《トラペゾヘドロン》をアイテムボックスの中へと仕舞った。

これで目途がついたことになる。〈筆頭従者長《選ばれし眷属》〉に血文字を送るとしよう。

『五番目の鏡は回収した。が、探索《たんさく》をしようと思う。帰りは遅《おそ》くなる』

カルードには送らなかった。

『もう回収したの？　なるべく早く帰ってきてね。じゃないと、ロロちゃんを独《ひと》り占《じ》めしちゃう！』

レベッカからそんな血文字が返ってきた。

『ご主人様、素早いですね。信じて待っているので探索をお楽しみください。ご主人様を一番に愛する〈筆頭従者長〉より』

さすがは、ヴィーネ。一番の〈筆頭従者長〉である。

『ん、速い。シュウヤ、探索がんばって、応援《おうえん》する』

エヴァの天使の微笑《びしょう》を想起した。

『もう回収したんだ。なら帰ってきて。そして、一緒に敵対する闇ギルドをやっつけよう』

ユイ……帰ったら抱《だ》きしめてやろう。闇ギルドも協力しないとな。

『探索を楽しんでね。あ、この血文字は面白《おもしろ》い……研究のためにスケッチする。血文字も何回か送ってね。あ、この血文字、皆《みな》も見られるようにできるのね。凄いわ。あ、それと、見知らぬ魔力を帯びた金属、鉱石類があったら持ってきて』

ミスティは、研究者らしい言葉を返す。そこで、ヘルメへ念話を送る。

『……さて、皆に連絡《れんらく》をしたから、この辺を探索しようか』

『はいっ』

今、探索スイッチがオン状態なのだ。冒険《ぼうけん》、地底旅行を久々に味わってやろう。

魔素の反応があった場所へと急ぐ。二つの手首から〈鎖〉と全身から血鎖を放出。

洞窟《どうくつ》の端《はし》と天井《てんじょう》へと多数の〈鎖〉たちを突き刺《さ》す——。

アンカーを利用するように〈鎖〉を手首に収斂させつつヒャッホーな高速移動を行った。

魔素の反応の主が見えてきた。巨大モンスターか。岩竜《がんりゅう》。多脚《たきゃく》を持つ巨大な怪物《かいぶつ》か。

岩竜は、俺が中空を素早《すばや》く移動しているのを察知したのか——。

四つの眼を持つ岩竜は大きい頭部を上げた。黒色と赤色の牙《きば》が生える口を広げる。

「ギュオオオォォォ——」

警戒《けいかい》の咆哮《ほうこう》をあげた。

『閣下、わたしも外に出てフォローしますか?』

『必要ない。俺が倒《たお》す』

二つの〈鎖〉を岩竜の顔面へ向けて射出。〈鎖〉はあっさりと硬《かた》そうな額を貫《つらぬ》く。

「グギャアアァァァ」

貫いたが、生きている岩竜。

真っすぐ岩竜の頭部に伸びた二つの〈鎖〉がレーザーサイトのように見えてくる。

そのレーザーサイトな〈鎖〉を両手首の〈鎖の因子マーク〉へと〈鎖〉を収斂させた。

同時に〈血鎖の饗宴〉を発動——。

全身を一つの槍《やり》とするイメージで血鎖の群れを体に纏う。

たぶん、今の俺は一本の血鎖の槍と化したと思われる。血鎖甲冑の蛹《さなぎ》かも知れない。

普通の〈鎖〉に誘導《ゆうどう》される形で、自ら超絶《ちょうぜつ》した螺旋回転を起こしつつ宙を突き進んだ。

コンマ数秒と掛からず血鎖の槍となった俺は岩竜の頭部を突き抜けた。

そのまま岩竜の胴体《どうたい》に突入。コンニャクの中を掘《ほ》り進むようにジュバッと岩竜の胴体を一直線に貫いてから血鎖の先端が地面に到達《とうたつ》——。

体を纏う〈血鎖の饗宴〉をひも解かせるように片膝《かたひざ》で地面を突いて着地。

その瞬間、岩竜だった死骸《しがい》がこちら側に倒れてきた。血鎖の新衣裳を纏う。

同時に、その岩竜の死骸に向けて昇竜《しょうりゅう》の拳を想像しつつ〈血鎖の饗宴〉を実行――。

血鎖の群れを纏う熱い拳が岩竜の死骸を派手に突き抜けた。

ドッとした重低音が周囲に響いた。更《さら》に〈血鎖の饗宴〉を強めた。

――血鎖で、岩竜の死骸の一部を捕《と》らえた。その死骸をぐわりと回してから、遠くに投げ飛ばす。その影響で、岩竜の血が雨のように降り注いできた――丁度いい。

血を消費していたからな。口を広げて竜の血のシャワーを飲み込んで血を補給。

血はエレガントな味がした。刹那、岩竜の死骸が衝突《しょうとつ》した岩壁《がんぺき》から重低音が響いた。

壁に死骸が嵌まったか潰れたか。あ、岩竜の体の内部に魔石とか素材も金になったかも知れない。ま、今回は収集目的ではないからいっか。

『凄まじい……』

ヘルメが岩竜をあっさり片付けたのを見て驚《おどろ》いたようだ。

その念話は返さず――斜《なな》め上《うえ》の高い壁に〈鎖〉を射出した。

岩に〈鎖〉を突き刺し固定。少し〈鎖〉を引っ張り〈鎖〉の強度を確認。

アンカーとして機能する。確認したところで――。

左手の〈鎖の因子〉のマークの手首に〈鎖〉を収斂させた。〈鎖〉を引き込む反動で、高い壁の上に速《すみ》やかに移動して、壁の出っ張りを掴む。山を登るように、窪《くぼ》みに指を引っ掛けてぶら下がる。遠くの地下世界の景色は、かなり雄大《ゆうだい》だった。

ちょいと遠くを楽しんでから天井の岩肌《いわはだ》へと左肩《ひだりかた》から伸ばした血鎖を射出した。

その血鎖で天井の岩の一部を壊すように貫いてから、その血鎖を固定。

天井の血鎖を活かして体を安定させながら横の壁に両足を付けた――。

雄大な空洞の先を再び眺《なが》めた。かなり広い。昔、地下を放浪《ほうろう》した頃《ころ》を思い出す。

昔、レベッカの古の星白石《ネピュアハイシェント》を拾ったんだよな。

怪物のグランバ……と遭遇《そうぐう》した。よく生きていたな、俺。光魔ルシヴァルは不死系の種族だが、再生速度が間に合わなければ死んでいただろう。

遠くにマグマのような真っ赤な液体が流れている川がある。

熱の発生源の一部かな。そんなマグマの川辺には俺が倒したばかりの岩竜らしきモンスターが点在している。他《ほか》にも魔人っぽい熱を帯びたモンスターがいる。

ここから先は岩竜の棲息《せいそく》地帯か。

『ヘルメ、目を貸せ』

『はいっ』

視界に現れたヘルメを掴《つか》む。

『アッ』

ヘルメが消えると同時にサーモグラフィーの視界になった。
遠くの方に岩竜とは違《ちが》う細かな赤い反応が無数に存在――。
何かが集まっているのか？　分からないが、あそこを目指すか。
しかし、ほぼ真っ赤。マグマの熱は怖い。岩肌は黒いから、その対比が凄まじい。
あのマグマに入ったら、俺でも溶けてしまうかも知れない。
血鎖で体を覆えば溶けることもないと思うが……。
体が溶けてしまうと、さすがに再生は無理かも知れない。
しかし、俺の血が蒸発したとしても俺は普通ではない。
吸血神ルグナド様の影響もあったが、その支配から抜けた光魔ルシヴァルの真祖だ。
水蒸気になろうが、燃えて灰と塵《ちり》になろうが、復活できそうな気もする。
正直、蒸発して復活する気分には興味がある。が、そんな痛くて怖い実験はしない。
さて、この岩肌を走りながら進むか。血鎖甲冑を少し変化させた。
半袖《はんそで》の夏服ｖｅｒｓｉｏｎを意識。足の裏に無数の細かい鈎爪《かぎつめ》のスパイクを生やす。
その血鎖スパイクを生やした足の裏で岩壁に触れてみた。
岩壁にずにゅりとスパイクの鈎爪が侵入《しんにゅう》。いい感じに癖《くせ》になりそうな感触《かんしょく》だ。
そのまま重力を無視したように岩壁を走った。

足の裏の血鎖の鈎爪スパイクが岩肌に食い込んで、いい具合に引っ掛かる。安定度抜群《ばつぐん》――そのまま壁《かべ》を走った。〈鎖〉がなくても大丈夫か、ヒャッホー。

走りつつ夏服ｖｅｒｓｉｏｎから血鎖甲冑に変化させた。

前方にモンスターたちの魔素を察知、それは蝙蝠《こうもり》のようなモンスターだ。その蝙蝠のようなモンスターは一斉《いっせい》に逃《に》げ出した。真っ白いうんちオシッコを散らしつつ逃げる姿が面白い。

ま、逃げるのは当然か。俺の姿は血鎖甲冑。見た目は怪物的な鎧男。頭部は普通に晒《さら》しているが、全身が血の鎖が構成する甲冑だからな。怪人《かいじん》だろう。

そんな血鎖甲冑の怪人が断崖絶壁《だんがいぜっぺき》の横壁を軽快に走っている状況《じょうきょう》だ。

うむ。だれであろうとビビる。しかし、蝙蝠か。吸血鬼《ヴァンパイア》の始祖の十二支族？　鴉《からす》や蝙蝠に変身可能だからな。そんな感想を持ちつつ岩壁を走った。

マグマ地帯を通り過ぎた。岩竜の湧《わ》いていた空洞の領域を抜けた。

『閣下、楽しそうです』

『おう。足の裏に作った鈎爪がいい感じに岩に食い込むんだ。振動《しんどう》が気持ちいい。これは一種の健康サンダルだ。熱を帯びた岩壁を走る経験も初だしな。面白い！』

――シュタタタタと、その岩壁を走る――ザ・血鎖怪人《ちぐさりかいじん》。

『確かに、楽しそうです！　でも、わたしには無理ですね……』

『俺の足の裏に作った鉤爪状の形を氷で生成すれば、似たようなことは可能だと思う。ま、ここは熱いからな。左目の特等席で、景色を楽しめ』

『はいっ』

常闇の水精霊ヘルメと、そんな念話をしつつ──岩壁マラソンを実行。

再び、夏服ｖｅｒｓｉｏｎを着て岩壁を走る旅を続けた。時折〈鎖〉を伸ばして『ターザン』や『スパイダーマン』ごっこをして遊ぶ。とにかく楽しい地下探索の旅だ──。

昔の地下の生活とは異なって楽しいのは、やはり、傍《そば》にヘルメがいるからだろう。

相棒と眷属に仲間たちが入ればもっと楽しいかもなぁ。

と、前方に魔素の反応──サーモグラフィーの反応が見えてきた。

すると、左の下から魔素が飛来。それは火炎《かえん》の魔弾《まだん》だった。俄《にわか》に急降下──。

その火炎の魔弾を寄越《よこ》したのは赤黒い一本角を持つ魔人っぽいモンスター。

宙空で〈導想魔手《どうそうましゅ》〉を足場にしつつ、そのモンスターに近付いた。

火炎の魔弾を連発してくる。火炎の魔弾の源は、右手に持つ岩石を削《けず》ったような魔槍《まそう》の先端からだ。大砲《たいほう》ってか？

『閣下、でますか？』

『いや、火炎だ。ヘルメは相性《あいしょう》が悪いだろう。俺が仕留める』

『はい』

〈血魔力《まりょく》〉を混ぜた盛大な〈生活魔《ま》法《ほう》〉の水を撒《ま》き散《ち》らす。

全身に活力を漲《みなぎ》らせるように〈魔闘術〉を纏う。

連発する火炎の魔弾を掻《か》い潜《くぐ》りつつ一本角の魔人モンスターに近付いた。

「──何者だ！」

右手の魔《ま》槍杖《そうづえ》バルドークを右手に出した。

「水神の御《お》使《つか》いめが！〈魔《ま》豪《ごう》烈突〉──」

一本角のモンスターが叫《さけ》ぶと魔槍を突き出す。その〈魔豪烈突〉の突き技《わざ》に合わせて
〈血道第三・開門〉──。〈血液加速《ブラッディアクセル》〉──。

血の加速から魔槍杖バルドークの〈闇穿《あんせん》・魔《ま》壊槍《かいそう》〉を繰《く》り出した。〈闇穿〉の魔槍杖バルドークの紅矛《べにほこ》が一本角の魔人モンスターが持つ魔槍を鮮《あざ》やかに弾《はじ》く。

やや遅《おく》れて現れた壊槍グラドパルスが一本角の魔人モンスターが持つ魔槍を破壊。

そして、胴体を一瞬《いっしゅん》で貫くと壊槍グラドパルスの螺鈿《らでん》細工に、その一本角の魔人モンスターの頭部を巻き込みつつ直進。壊槍グラドパルスは一本角の魔人モンスターを完全に破壊してから地下世界に穴を作ると虚空《こくう》に消えた。

壊槍グラドパルスが斜め下《した》に突き進んだ地面は円錐《えんすい》の大きな穴となっていた。

『さすがは閣下の〈闇穿・魔壊槍〉！　凄《すさ》まじい！』

『おう。新たな洞穴《ほらあな》の誕生させてしまった』

『さて、前方のほうも気になる――』

『はい』

――〈鎖〉を岩壁に射出して、前進を開始。前のほうから剣戟《けんげき》音が響いてきた。

戦いか？　頭部が蛸《たこ》で人族の怪物と、小柄《こがら》の種族たちが戦っている。

小柄の種族たちは、ドワーフのように背が低い。見た目は人族とそっくりな方もいた。

ドワーフと人族のハーフ？

『あの水棲《すいせい》の怪物は奇妙《きみよう》です。二つの腕《うで》と足は人族と同じですが、口と手先から触手を伸ばし、その触手を使い、小さい種族たちの頭を侵食《しんしよく》しているように見えます。あ、また、侵食して、手駒《てごま》化しているようです』

たしかに奇妙だ。あの蛸の人怪物は、洗脳タイプか。

もしや、邪神ヒュリオクスと繋《つな》がった系統の奴《やつ》らか？

怪物は二体だけだが、小柄の種族たちは苦戦している。

『あの怪物はあきらかにモンスターだと思うが、どう思う？』

『判断できませんが、邪神ヒュリオクスに連なる者かもしれません。それか魔界《まかい》に連なる者の可能性も……』

ようするに、分からないか。女性なら助けたい。美人なら尚《なお》良し。

この際だから、小柄種族たちをよく見るか……。

アイテムボックスからビームライフルを取り出しスコープを覗《のぞ》いて構える。

望遠鏡を利用するようにズームアップされたフレーム表示の視界で小柄の種族たちの様子を確認。全員が黒フードをかぶり、口を黒色の布で隠《かく》す。

上半身は黒色の革《かわ》のブリガンディンかな？

ここからでは判断が難しい。下半身には黒色の革のキュイスー——半長靴——。

……顔はどうやら人族とドワーフに近い構造のようだ。

口を隠す黒色の布から顎鬚《あごひげ》が飛び出ている小柄の種族もいる。

女性はいないのか……お、いるじゃないか。少し身長が大きい？

金色の眉毛《まゆげ》に青い瞳《ひとみ》。薄青《うすあお》のアイラインがいい。

口を隠す黒色の布で下半分の顔が隠れているから判断は難しいが……。

顎《あご》は細いから女性だろう。鎧は銀色の薄《うす》いハーフプレート。

両肩《りようかた》と二《に》の腕にかけて、黒色と銀色が交ざる革の腕防具を装着している。

腰には黒ベルトに付けられた小袋《こぶくろ》が備わり、ソケットに納められた多数の投げナイフを覗かせていた。確実に身軽な戦士系だろう。

　その小柄の種族の中で身長が大きい女性は、回転宙がえりを行いつつ短剣《たんけん》の〈投擲《とうてき》〉を実行。蛸の人怪物の体に短剣を幾《いく》つも命中させた。見事な投擲術だ。短剣が刺さった蛸の人怪物は怒《いか》りの形相のまま吼《ほ》えるように口元の触手を揺らす。そして、短剣の〈投擲〉攻《こう》撃《げき》を行った小柄の女性に向けて突進《とっしん》、蛸の人怪物は長剣《ちょうけん》で小柄な女性の胸元《むなもと》を突き刺そうとした。小柄の美人さんは冷静に体を半身後退させると、剣《けん》身が沿った黄色く光る剣をキラリと光らせる。その蛸の人怪物が繰り出した剣の切っ先を、その光の剣で受けた。その光る剣の角度を瞬時《しゅんじ》に変えると光る剣を横に振《ふ》り払《はら》った。蛸の人怪物が持つ剣を横に弾く。その光る剣が速やかに真横に返ると、蛸の人怪物の首を一閃《いっせん》。蛸の人怪物の首を刎《は》ねた。小柄の女性は光る剣の残像を消すように首を斬《き》った蛸の人怪物に回《まわ》し蹴《げ》りを食《く》らわせて吹き飛ばす。その小柄の女性の奮闘《ふんとう》で小柄の種族の集団は勢いが増した。だが蛸の人怪物は強い。戦士の一人が長剣で斬られて倒れ、二人が触手で貫かれて倒れ、三人目の小柄の戦士は、蛸の人怪物の口から伸びた触手の群れを頭部に浴びる。触手で頭部が覆われてしまった。すると、その小柄の戦士は双眸《そうぼう》が虚《うつ》ろとなるや洗脳でも受けたか、発狂《はっきょう》。そのまま蛸の人怪物たち側に回ると仲間だった小柄の集団と対決を始めてしまう。

　さて、例の美人さんは小柄の集団の中で強くて綺麗《きれい》な女の子っぽいから助ける理由はできた。

　ここからビームライフルでスナイプして終わらせてもな。

　魔槍杖バルドークで一撃《いちげき》を加えたい。

　スコープを利用したビームライフルをアイテムボックスに仕舞う。

『ヘルメ、姿を現せ、抱っこしてやる。血鎖の夏服で先端は振動させていない』

『少し不安です』

『なら、少し試《ため》すか。普通《ふつう》に出てくれ』

『はい――』

　ヘルメが左目から出た。

「ここは熱いですね、苦手なところです」

「おう。熱波が凄《すご》い。で、〈血鎖の饗宴〉の夏服なんだが、衣装の表面を触《さわ》ってくれ」

「は、はい。こうですか?」

　ヘルメは血鎖が作る半袖に指を当てた。ヘルメの指は何もなし。

「大丈夫ですね」

と、そのまま血鎖《ちぐさり》の夏服の表面を掌で撫《な》でるように触ってくれた。

俺の体を嬉《うれ》しそうに触り続けるヘルメさん。調子にのって、股間《こかん》をツンと人差し指で突く。

「ふふ」

水をぴゅっと当ててくる。気持ちよかったが腰《こし》が自然と「うっ」と動いてしまった。

「閣下、〈血鎖の饗宴〉の夏服バージョンは、一物さんと一緒に大丈夫です!」

と声を高めるひょうきんなヘルメは抱きついてきた。そんなヘルメの腰に手を回す。

巨乳の感触が実に気持ちいい。ヘルメのキューティクルが保たれた長い睫毛《まつげ》はくるりと上に巻き、セクシーな印象を深くさせていた。

瞳の蒼《あお》色と黝《ゆう》色の色彩《しきさい》のコントラストは美しい。

「でも、地下世界は熱い……」

「……なら、俺の中に入る?」

「いえ、せっかくですから閣下と共に戦います」

「よし、なら、あの小柄の種族を助けよう。一人、綺麗な子を見つけたからな」

「ふふっ、閣下らしい」

「おうよ。蛸の人怪物が相手だ、洗脳されている小柄の種族はひとまず、無視」

「はい」

　ヘルメを腰に抱《かか》えた。夏服バージョンの血鎖衣装はそのままだ。

〈鎖〉と血鎖を使いながら戦いの現場へ飛ぶように向かう。

　戦場となっている場所の上空に到着《とうちゃく》した。

「左の蛸の人怪物は俺が倒す」

「では、右奥《おく》はわたしが」

　空中で頷《うなず》き合うと、ヘルメを離す。

——即座に中級：水属性の《氷矢《フリーズアロー》》を発動。続いて両手首から二つの〈鎖〉を同時に発動。

　この間のように、自ら血槍になることはしない。二つの〈鎖〉は魔法《氷矢》の速度を超えて、蛸の頭へ向かう。

　蛸の人型モンスターは魔法に反応したのか、空間を歪曲《わいきょく》させる結界らしき物を頭上に展開する。へぇ、迅い反応だ。が、二つの〈鎖〉は歪曲させた結界を耳障《みみざわ》りな音もなく難なく突き破《やぶ》る。

　蛸の人型の頭から胴体足先までを、ものの見事に貫いた。

〈鎖〉の先端が地面深くまで突き刺さる。

遅れて人の腕程《うでほど》の《氷矢《フリーズアロー》》が蛸の頭だった肉塊《にっかい》の天辺《てっぺん》に突き刺さると一瞬で凍《こお》る。口から生えていた触手も凍り付《つ》いた。

〈光条の鎖槍《くさりやり》〉は使わず〈導想魔手〉を発動。歪《いびつ》な形をした七本の指を魔力で構成した手だ。

その〈導想魔手〉の足場を空中に作って、その〈導想魔手〉を蹴《け》って跳躍《ちょうやく》。

蛸の人型モンスター目掛《めが》けて宙を駆《か》け上《あ》がる。

そして、その空中から標的の蛸の人型モンスター目掛けて急降下。

魔槍杖バルドークを振り下げた――重力が乗ったような紅斧刃《べにおのは》が凍った蛸の頭部を溶《と》かすように体を両断。その振り下《お》ろした魔槍杖バルドークを引き回しつつ着地。

ヘルメは氷槍《アイシクル・ランサー》を連続的に放っていた。複数の氷槍《アイシクル・ランサー》を喰らった蛸の人型は氷漬《づ》け。

ヘルメは右手に持った氷剣で左から右へと振るう。蛸の頸《くび》を氷剣で両断。

「おぉ、キュイズナーが倒されたぞ！」

「おぉぉぉぉ」

小柄な種族たちが喜びの雄《お》たけびをあげて、叫ぶ。あの蛸の人型はキュイズナーとかいう名なのか。そのキュイズナーに洗脳を受けていたであろう小柄の種族の戦士たちも地面に倒れた。あの方々は助かるのだろうか。武器を仕舞い、様子を見ていると、

そして、俺の顔を見た小柄の種族たちは、口を震《ふる》わせて硬直《こうちょく》していた。

「……マグルなのか？」

「我々はマグルに助けられただと？」

「──マグルと変な女だっ」

「……どうしてここにマグルがっ」

「隊長、こいつは顔が平たい、敵ですか？」

「馬鹿《ばか》っ、キュイズナーを倒した者が敵な訳ないだろうがっ、わたしたちはマグルに助けられたのだ……」

お、隊長とは、先ほど俺が見つけた、女の子ではないか。

「な、なんと……」

「ぐぬぬ」

「凄腕《すごうで》マグルか」

「地底深くでマグルに会うとは、ハフマリダ様と天蓋《てんがい》様も不思議なことをする」

「初めて見たよ、マグル……大きいんだな」

「……俺もだ。ダークエルフの姿なら見たことあるが」

戦っていた小柄な種族たちが集まってくる。挨拶《あいさつ》しよう。昔を思い出して、

「こんにちは、俺の名前はシュウヤといいます」

「なんとっ、マグルがノーム語を話したぞ?」

「おぉ、俺たちと同じ発音だ」

騒《さわ》がしくなってきた。彼《かれ》らはノームか。

「――皆、静かに!」

女性の小柄な隊長さんが指示を飛ばすと、シーンと静かになる。

「シュウヤさん、わたしの名はアム。わたしたちハフマリダ教団を、魔神帝国《まじんていこく》のキュイズナーからお救い頂きまして、ありがとうございます」

魔神帝国……あ、ヴィーネが語っていた。地下の国の一つか。

「助けることができてよかった。そして、先ほどのモンスターはキュイズナーというのですね」

そう俺が聞くと、アムこと、小柄な隊長さんは驚いたような仕種《しぐさ》を取った。

小柄の種族たちの口元は黒色の布で隠されているから、その表情は読み取りにくい。

黒色の布は薄い白の螺旋模様で縁取《ふちど》られていた。魔力を感じる。特殊《とくしゅ》な防護品かも知れない。

「……そうです。キュイズナーを知らないのですか?」

「知らないです。ここに来たのは偶然《ぐうぜん》、通《とお》り掛《か》かっただけですから」

「……ここで、旅を……」

ノームの隊長さんは、またしても驚き、目を大きく広げる。

倒れていた仲間を介抱《かいほう》していたノームたちも含《ふく》めて、全員が、俺の言葉を聞いて、驚き、ヒソヒソ会話を始めていた。

「ええ、アムさん、何かオカシイですか？」

「ホブエリートゴブリン、ハイオーク、戦獄《せんごく》ウグラ、地竜、火竜、亀鮫《かめざめ》、袋鬼《ふくろおに》、白岩鬼《はくがんおに》、グランバ、業火竜《ごうかりゅう》、闇竜《あんりゅう》、闇虎《ドーレ》、闇獅子《やみしし》、蟲鮫《むしざめ》、今の洗脳行為《こうい》をするキュイズナーを含めて、様々なモンスターが跳梁跋扈《ちょうりょうばっこ》を繰り返している熱波の大空洞を、たったの二人だけで旅とは、聞いたことがないのです」

ここは熱波の大空洞という地名なのか。道理で少し蒸し暑《あつ》い。

「では、貴女《あなた》たちはこの熱波の大空洞で、何を？」

「我々はハフマリダ教団。わたしは本部ハフマリダ教団を率いる団長アム・アリザと言います」

アム・アリザさんか。

「【独立地下都市ファーザン・ドウム】のハフマリダ教団精霊《せいれい》右派のカネリー氏へ親書を渡《わた》し終え、ここから東方にある【独立地下火山都市デビルズマウンテン】の上界都市にあるハフマリダ教団の本部へ帰還《きかん》する途中《とちゅう》でした」

まったく未知の地下都市名だ。ハフマリダ教団とは何だろう。

ヴィーネなら知っているかも知れない。あ、だが、彼女《かのじょ》はダークエルフか。

他の共同体と彼らは戦争をしている可能性もあるから危険かも知れない。

仲間を呼ぶのは、まだ、様子を見てからにしよう。

「……そのハフマリダとは何なのですか？」

「なんと、マグル故《ゆえ》か……」

「ハフマリダ様をしらねぇのか」

「マグルとは、一見強くとも、無知が多いのかもしれぬな」

「――失礼なっ、閣下に対する口がなっていませんよっ！」

やべぇ、ヘルメが切れた。

「な、なんだー、聞き取り難《にく》い声の主が、怒っているらしいぞ」

「ひぃあっ、全身から水を噴《ふ》き出しているっ」

「不思議なマグルだ。言葉が分かりにくいし、形も微妙《びみょう》に大柄《おおがら》な男と違う」

周りの小柄の種族たちはヘルメの怒った態度にたじろぎながらも、口々に文句を話している。

「ヘルメ、彼らはマグルを知らないし、俺たちも、彼《ノーム》らをよく知らない。あまり怒るな」

「はい、失礼しました……」

忠告を受け入れたヘルメは全身の葉っぱ皮膚《ひふ》を萎《しぼ》ませるようして、俺の背後に移動して大人しくなる。そこで、女隊長アムへ顔を向けた。

「マグル故と言いますが、その通りです。俺たちは、地上、貴女たちがいう蓋上《がいじょう》の世界に住んでいるマグルです。旅をしていると言っても、知らないことが多いのですから」

「はい、そうなのでしょう。部下が失礼なことを言いました。ハフマリダとは我らノームの偉大《いだい》なるご先祖様の御一人《おひとり》とされる存在で、教団の女神《めがみ》たる存在なのです」

俺たちも失礼だった。ノーム社会において、太陽とは何だ？　と聞いていたようなもんだな。そりゃ、無知蒙昧《むちもうまい》だ。

「そうでしたか、こちらこそ失礼なことを訊《き》いていました。すみません」

「いえ、気になさらずに。それで、シュウヤさんたちは何処《どこ》へ旅をしていたのですか？」

「……当てもなく放浪といった感じでしょうか。日々研鑽《けんさん》を行いながら、未知の穴という穴が繋がる地下世界を旅し、未知なるアイテムの探求を目指す。そして、世界の美人を調べ、愛とは何ぞや？　という偉大なる言葉をモットーにしている世界屈指《くっし》の【特殊探検団・ムツ五朗丸】とは、聞いたことがないですか？」

「……世界屈指の特殊探検団ムツゴロウまる……」

アムさんは俺のむちゃくちゃで適当な言葉を聞いて、呟《つぶや》いては、困惑顔《こんわくがお》を浮《う》かべて、訝《いぶか》しむ目で見つめてくる。うん。俺も完全に怪《あや》しいと思う。適当も適当、むつごろうまる。こうなったら地下で見知らぬ動物をハグする探検家を目指すか。

俺がそんなことを考えていると、アムさんも何かを考え中。そのアムさんが、

「では、シュウヤさん、【独立地下火山都市デビルズマウンテン】まで護衛を頼《たの》めないでしょうか」

「隊長！　このムツゴロウマル探検団を率いる怪しいマグルを、護衛とはっ！　正気とは思えませんっ」

若いノームが吠《ほ》える。彼は両手に斧《おの》の柄《え》を握《にぎ》っていた。

「ゼムトは煩《うるさ》いっ。もうこれ以上、誰《だれ》も死なせたくないのだ。たとえ、魔神《まじん》だろうと、グランバだろうと、マグルだろうと、味方になるのならば協力を頼むべきなのだっ」

「……隊長、そこまで……すみません、余計なことでした」

「分かったぜ」

「死んでしまった奴らの分もちゃんと仕事をしないとな」

ノームの隊員たちは履《は》いていた半長靴の足で一斉に床《ゆか》を踏《ふ》み鳴《な》らし、剣腹で小さい盾《たて》を

叩《たた》いている。アム隊長は、ノームの隊員たちを説得したようだが……。

「護衛ですか……」

少し、考える素振《そぶ》りを見せる。

「勿論《もちろん》、都市についたら、報酬《ほうしゅう》として、鳳凰《ほうおう》角の粉末、ベルバキュのコアをお譲《ゆず》りいたしましょう」

「え、アム隊長、貴重なベルバキュのコアを出す気らしい」

「行商傭兵軍団《オリーク・マシナリーズ》が欲《ほ》しがっていた物じゃないか？」

「あぁ、隊長を口説いていた、オリークの旦那《だんな》だ」

「俺はしらねぇぞ……」

結構な代物《しろもの》をくれるらしい。この際だ、護衛を手伝うか。

「ヘルメ、手伝おうと思うけど、どう思う？」

「はい、閣下の目は楽しんでおられる目。わたしも賛成です」

さすがは長い付き合いなだけはある。

「と、いうことで、アムさん、護衛を引き受けよう」

「おお、よかった。ありがとう。シュウヤさん、頼みましたよ」

「さんはぬきでいい」

「分かりました、シュウヤ。わたしも、ただのアムで」

そこで、アムは微笑《ほほえ》む。

顎と頬の筋肉が微妙に動いたのは、黒色の布越《ご》しでも分かった。

「了解《りょうかい》した。アム」

「はい、行きましょう、こちらです」

アムが歩き始めると、ハフマリダ教団は進み出す。

洗脳されていた小柄の戦士さんも回復していた。

ノームのハフマリダ教団は走るように歩くが歩幅《ほはば》は小さい。

俺の歩くペースとそんなに変わらない。そんな道中、モンスターはかなりの頻度《ひんど》で現れてきた。また、左から、無数の魔素《まそ》反応だ。

「左か」

「はい」

ヘルメが反応して振り向《む》き頷く。

「シュウヤ、左から戦獄ウグラが数十体くるようです。警戒を」

アムの警戒声が響《ひび》く。

「分かっている。アム、護衛らしく俺《おれ》たちが先陣《せんじん》を切るからな」

「……分かりました。ゼムト、キルバイス、ダキュ、聞きましたね、我々はフォローに回りますよ」

「了解」

「分かっていますっ」

「おうよ、隊長の傍にいればいいんだな！」

指示を聞いたノームの隊員たちは動かない。

俺とヘルメは、魔素反応を示した左へ向かった。戦獄ウグラが岩陰《いわかげ》から現れる。

ゴキブリのような形の黒色と黄色の甲羅《こうら》皮膚《ひふ》、恐竜《きょうりゅう》のような相貌《そうぼう》を持つ。

二つの手、二足歩行。手と足は普通だが、頭の一部と胴体が普通ではなかった。

「ノーム、クウ！　ノーム、女、クウ！　ゲッフュゲッフュ！」

「ノーム、クウ！　ノーム、女、ウマウマァー　ゲッフュゲッフュ！」

頭の後部から腹下までが、左右に割れるように裂《さ》けている。

真ん中の裂けている場所が、大きな縦の口らしい。

裂けている唇《くちびる》の縁《ふち》からは、肋骨《ろっこつ》のような黄色い歯牙《しが》が無数に生え、その歯の隙間《すきま》から独特の声と、ハミング音を響かせていた。

「ノーム女、ウマウマァー　ゲッフュゲッフュ！」

奇妙なモンスターだ。「ヘルメ、狩《か》るぞ」魔槍杖バルドークを右手に出して突っ込んだ。

「――はい、閣下！」

左側からヘルメが続いた。

「ノーム、チガウ⁈」

「チガウ、女！　クウ！　男、ニク、マズイ」

「ゲッフユゲッフユ！　男ォォ、マズイ、チンミスキッ」

「女、ガ、イィッ、ゲッフユゲッフユ！　腹ヘッタ！　クウッ」

「オレサマ、オマエ、マルカジリィィ、ゲッフユゲッフユ！」

キモイ声をあげている戦獄ウグラたちは、キモイ言葉を発している。

「サシサシッ、ツンツン、ゴー、ゲッフユゲッフユ――」

「サシサシッ、ツンゴー、ツンゴ――」

更に、走る俺に向かって、二体の戦獄ウグラが奇妙な音を発して、胸から歯牙が連なる触手《しょくしゅ》を繰り出《だ》してきた。こいつらの攻撃は遠距離《えんきより》型だったのか。

両手首から〈鎖〉を射出――銃弾《じゅうだん》的な速度の〈鎖〉が戦獄ウグラの黄色い歯牙の触手を根元ごと裂いて、本体の戦獄ウグラをも貫《つらぬ》いた。

「サシッ、ウゲェエエ！」

「ゲェエエ、イタイィィィ」

まだだ。悲鳴を発した戦獄ウグラの体を利用しよう。

強引《ごういん》に〈鎖〉を戦獄ウグラのの体に何十と巻き付けた。

戦獄ウグラの肉のハンマーが完成。巨大《きょだい》なフットマンズ・フレイル的か？

巨大な肉のモーニングスターか？　そのまま高く跳躍――。

その戦獄ウグラの肉のハンマーを振り下ろした。

戦獄ウグラたちの頭部を潰《つぶ》す。素早《すばや》く振り上げつつ、また戦獄ウグラの肉ハンマーを振り下ろす。そして、戦獄ウグラの股間を狙《ねら》って、それを潰す。

「――アヒャッフュ――」

変な断末魔《だんまつま》の悲鳴をあげているが、気にせず、戦獄ウグラを吹《ふ》き飛《と》ばす。

魔槍杖バルドークを消して、戦獄ウグラの肉ハンマーはもう崩《くず》れているから〈鎖〉を消した。そして、再び、〈鎖〉を利用するとして、フリーハンドの右腕《みぎうで》を戦獄ウグラの群れを狙って向けた。左手を右腕の肘《ひじ》に置く。右腕をアサルト銃《じゅう》に見立てたような構えから、その右手首の〈鎖の因子〉のマークから〈鎖〉を再度射出した。宙を劈《つんざ》く勢いで右手首から飛び出た〈鎖〉は、ヘルメをフォローするように宙を迂回《うかい》しつつ三体の戦獄《せんごく》ウグラの胸元に向かう。その戦獄ウグラの胸を順繰《じゅんぐ》りに貫き倒《たお》した。

「――閣下、ありがとうございます」

「おう。数が多いが一緒《いっしょ》に倒そう！」

「はいっ」

ヘルメは声高《こわだか》に返事をすると、水飛沫《みずしぶき》を足下《あしもと》から発生させながら跳躍を行う。

左右へ広げた腕先に魔力を溜《た》めると、一瞬で、掌《てのひら》に氷の繭《まゆ》を作成する。

その両手の氷の繭から氷礫《ひょうれき》を生み出しつつ両手を華麗《かれい》に振るった。

その両手から無数の氷礫が戦獄ウグラたちが屯《たむろ》している広範囲《こうはんい》に向かう。氷礫の雨を降らした。

「クエエエ――」

「女ァァ、クエェナイ……」

氷礫を体に浴びた戦獄ウグラたちが戦慄《おのの》く。

殆《ほとん》どの戦獄ウグラの体は穴だらけとなって倒れた。

氷礫が僅《わず》かに刺《さ》さっただけで無事な戦獄ウグラもいたが体は凍って鈍《にぶ》い。

裂けた胸から出していた歯牙の触手攻撃《しょくしゅこうげき》も止まる。

そんな脅威《きょうい》が減った戦獄ウグラを〈鎖〉で貫いて倒す。

更《さら》に、魔槍杖バルドークで頭部を突《つ》いて倒し、胴体《どうたい》を斬り倒し、足を引《ひ》っ掛けて倒した。

更に〈鎖〉でモーニングスターを生成――。

その〈鎖〉製のモーニングスターで戦獄ウグラを潰すように仕留めていった。

次々と戦獄ウグラを潰し倒したが、潰すことに飽《あ》きた。

その〈鎖〉製のモーニングスターを消去。

そして、両手首から二つの〈鎖〉を左右斜《なな》め前《まえ》に伸《の》ばし、

「お前らに頭部は要《い》らないだろう？　一気に終わらせてやろう――」

伸びきった左右の〈鎖〉を疾風迅雷《しっぷうじんらい》の速度で中央へ交差させた。

刹那《せつな》の間に〈鎖〉に挟《はさ》まれた戦獄ウグラたちは断末魔の悲鳴もあげられず。

胸の半分が真一文字に引き裂かれた。

「……初めて見ました、鎖にも色々な使い方があるのですね」

常闇《とこやみ》の水精霊ヘルメが、モデル歩きをしながら話しかけてきた。

「ふとした思いつきだ。巨大なモグラ叩きゲームを実行している気分で面白《おもしろ》かった」

「モグラたたきゲーム？」

「おう。何事も楽しむことが大切だってことだ」

師匠《ししょう》の受け売りだが。

「――シュウヤっ、凄まじい戦闘《せんとう》でした」

「――マグル、つえぇぇ、キュイズナーを楽に斃《たお》せるはずだ」

「なんなんだ。二人だけで、すべての戦獄ウグラを倒してしまったぞ……」

「ムツゴロウマル探検団っ、恐《おそ》るべし！」

「隊長！　シュウヤさんを是非《ぜひ》、我《わ》が隊の特攻《とっこう》隊長にっ」

「アム隊長っ、俺もパパムの意見に賛成だっ、マグルのシュウヤさんを、いや、シュウヤ様を特攻隊長にしよう！　そうすれば、ダークエルフ、はぐれドワーフの軍閥《ぐんばつ》、魔神帝国にも対抗《たいこう》できるぞ」

ハフマリダ教団の兵士たちは、口々にそんなことを語り、興奮していた。

一人、様づけで呼んでいたが気にはしない。

「ゼムトは本当に調子が良いんだから。先ほどとは正反対の態度ですよ？」

「は、はい」

「ふふ、しかし、シュウヤの英雄的《えいゆうてき》な戦いを見れば、当然と言えます。正直、わたしも感動を覚えましたから。シュウヤとの出会いは、ハフマリダ様のお導きでしょう」

アムは懐《ふところ》から木彫《きぼ》りの人形を取り出し、お祈《いの》りを始めていた。

その行動に、皆《みな》が一斉《いっせい》に膝《ひざ》を地に突けてアムと同じお祈りを始めている。

信心深い。ハフマリダ教団という名だけはあるようだ。その後は、あまり出しゃばることはせず。

適度にハフマリダ教団たちとコミュニケーションを取りつつ、アムたちと協力して熱波の大空洞《くうどう》の旅を続けた。鍾乳洞《しょうにゅうどう》のような複数の岩場が散乱した場所へ出た時。

掌握察《しょうあくさつ》で複数の魔素を探知した。

「また、モンスターだ。警戒《けいかい》。左前方と、右後ろ奥の岩場の陰《かげ》」

皆へ索敵《さくてき》通りの情報を知らせてから、魔槍杖バルドークを右手に出現させる。

「分かりました。皆、シュウヤの声は聞こえましたね？」

アムたちも戦闘態勢を取ると、下部から茨《いばら》の触手を生やした眼球モンスターが襲《おそ》い掛かってきた。まずは正面か。茨《いばら》の触手が髭《ひげ》のような眼球モンスターを倒す！　そう意気込んで突進——。眼球モンスターは、俺に向けて、髭のような茨の触手を繰り出してきた。

相棒の触手のような速度だが。反応できる。

俺は頭部を傾《かたむ》けつつ全身を行《い》き交《か》う〈魔闘術《まとうじゅつ》〉の配分を変えて、前進速度を上げた。

眼球モンスターの茨の触手の刃《は》が俺の頬を切る——。

頬が痛いが眼球モンスターとの間合いを詰《つ》めて、左足の踏み込みから右手が握る魔槍杖《まそうづえ》バルドークをクロスカウンターのパンチの如く前方に繰り出した。紅矛と紅斧刃の〈刺《し》突《とつ》〉が眼球モンスターをズチャッと潰すように貫いた。よっしゃ——眼球団子のできあがり！　速《すみ》やかに魔槍杖バルドークを短く持ち直し手前に引きつつ、貫いた眼球モンスターの下部に生えた茨の触手を左手で掴《つか》んだ。その茨の触手は、刺と刃の群れだから左手は傷だらけで痛い。が、眼球モンスターに深く刺さった魔槍杖バルドークを引き抜《ぬ》くためだ、そのまま痛みを我慢《がまん》しつつ左手の指に力を込めた！

爪《つめ》がぐちゃっと眼球モンスターの死骸《しがい》に食い込むのを感じつつ、右手が持つ魔槍杖バルドークを引いた。眼球モンスターから魔槍杖バルドークをスパッと引き抜くや、体を横回転させる。そして〈刺突〉でできた孔《あな》から血飛沫《ちしぶき》が迸《ほとばし》る眼球モンスターの死骸を活《い》かす――クォータースローで〈投擲〉を実行――。

宙を飛翔《ひしょう》する死骸の眼球モンスターは眼球モンスターと命中。

〈投擲〉を喰《く》らった眼球モンスターは派手に仰《の》け反《ぞ》って一回転の後、地面と激突《げきとつ》して倒れた。近くのヘルメは、「閣下、ナイスな〈投擲〉です――」と発言してから液体と化した。液体のまま岩場の多い場所をするりするりと抜けて眼球モンスターたちの背後に向かう。ヘルメの狙いは挟撃《きょうげき》か。ならば、眼球モンスターたちの敵意を俺に集中させようか。

「ぬおおおお――」

岩場から脱《だっ》するように眼球モンスターが群れている場所へ吶喊《とっかん》。

その行動に脅威と思ったのか眼球モンスターたちが、眼球の虹彩《こうさい》から光線を撃《う》ち放ってきた。魔脚《まきゃく》を使い、左、右、と移動を繰《く》り返《かえ》す素早いフットワークで放たれた光線を避《さ》け続けながら左手首をスナップし〈鎖〉を射出――。

光線を放った眼球モンスターの中心を〈鎖〉で貫いた。

眼球モンスターの絶命を確かめる間もなく岩場の隙間を這《は》うように前進。

その瞬間《しゅんかん》〈隠身〉スキルを発動していたと思われる岩陰に隠れていた眼球モンスターが闇《やみ》の槍《やり》の形をした魔法《まほう》を近距離《きんきょり》から放ってきた。

ぬぉ――急ぎ爪先《つまさき》を軸《じく》とした回転を行う。痛みを首から味わう。

黒刃の槍で首に切り傷を負うが、ギリギリで避けた。

――お返しに魔槍杖バルドークを左下から右上斜めに振り抜いた。

カウンター気味に、その隠れた闇の槍魔法《やりまほう》を繰り出した眼球モンスターに竜魔石《りゅうませき》を喰らわせて破壊《はかい》した。更に後方に移動を終えたヘルメが、広範囲に渡り、氷礫の魔法を撃ち放つ。眼球モンスターたちに尻《しり》があるか判別できないが、背後を氷礫で突かれて動きが鈍る。

氷礫を喰らった眼球モンスターがヘルメに対抗しようと背後を振り向いた瞬間――アムの光の剣の袈裟《けさ》斬《ぎ》りが決まる。一刀両断に分裂《ぶんれつ》した眼球モンスターの血飛沫を浴びたアムだったが、気にしない。次々と、ハフマリダ教団の兵士たちが眼球モンスターを仕留めた。

乱戦気味になった。そのタイミングで後方支援《しえん》に移る。

魔槍杖バルドークの柄を凝視《ぎょうし》。紫色《むらさきいろ》の頼《たよ》りになる柄。そして、その柄に魔力《まりょく》を送ると、一瞬《いっしゅん》でメンテナンスが完了《かんりょう》する魔槍杖バルドーク。更に、後端《こうたん》の竜魔石が輝《かがや》いた。

隠し剣《氷の爪》を発動させる。魔槍杖バルドークの後部が氷の両手剣と化した。

ある意味、ダブルブレード的か？　そして、眼球モンスターを睨《にら》む。

――初級：水属性の《氷弾《フリーズブレット》》。

――中級：水属性の《氷矢《フリーズアロー》》。

魔法を、無詠唱《えいしょう》で発動。

魔法で眼球モンスターを確実に各個撃破《げきは》するように遠距離から仕留めていった。

近くの眼球モンスターには隠し剣《氷の爪》を伸ばす。氷の両手剣の刃で眼球を貫いて倒した。続いて〈鎖〉を放ち収斂《しゅうれん》させつつ魔槍杖バルドークの〈刺突〉で仕留めてから、魔槍杖バルドークを消去。再び右手に出した魔槍杖バルドークで〈豪閃《ごうせん》〉――。

眼球モンスターを両断。そうして、岩場にいる眼球モンスターの群れを倒しまくる。

一時間ぐらい掛かって、すべてを殲滅《せんめつ》ができた。

「隊長、すべての亜種《あしゅ》アービターを倒しました。凄いです」

「被害《ひがい》もなく、茨のアービターをこれほど速く倒せたのは……初めてですね」

隊長のアムは部下の報告を聞きつつ武器を仕舞《しま》っていた。

「シュウヤさんの存在が大きい」

「そうだな、凄腕のマグルだ」

「隊長が気に入るわけだ。こりゃ、俺もほれてしまうよ」

「トム姉さんが吠《ほ》えたぞっ」

「チム、オマエが相手してやれよ」

「いやだ、俺の尻は硬《かた》いんでね、お断りだ。それに、隊長の笑顔《えがお》が好きだからな」

隊員たちは喜んでいる。眼球モンスターを倒し続ける地下の旅は続いた。

窪《くぼ》んだ地形の底に溜まっていた大きい泉に到着した。そこの泉の水面には睡蓮《すいれん》のような植物が多数育っていた。

「閣下！」

「おう、飛び込んでこい！」

「ひゃい！」

返事が可愛《かわい》い常闇の水精霊ヘルメが喜んで水浴びを実行。グラマーな体から水飛沫《みずしぶき》を発しては、おっぱいを派手に揺《ゆ》らすと水面でヨガポーズを決める。

素晴《すば》らしい独特のポーズは面白くて素敵《すてき》だ。更には一回転、二回転と後転。

美しい水飛沫を体のいたるところから発生させつつ後転を実行。今度は前転を開始。

元の位置に戻《もど》りつつ美しい足を背後へ持ち上げた。

その足先を両手で持つと今度は横回転を行う。

ビールマンスピンを湖面の上で披露《ひろう》。凄く、可憐《かれん》だ。

常闇の水精霊ヘルメはプロスケート選手を超《こ》えた機動で踊《おど》る。

目の保養というか、芸術性が高いからエロさは飛ぶ。

そこが、また凄い常闇の水精霊ヘルメ様だ。が、そんな美しいヘルメの舞《まい》を邪魔《じゃま》する水《すい》棲《せい》モンスターが大きな泉から出現。大きな泉は地底湖と同じだし、底はかなり深いからな――水棲モンスターの見た目は、何かの昆虫《こんちゅう》っぽい。

「ヘルメの舞を！　皆、倒すぞ！」

「「おう」」

ノームの隊員たちと協力。興奮していたノームの隊員たちは強い。

皆で水棲昆虫《すいせいこんちゅう》を倒しまくったせいで大きな泉が血の湖に変化。

そんな湖畔《こはん》の近くにて休憩《きゅうけい》を行う。すると……隊長のアムが近寄ってきた。

「シュウヤは魔槍《まそう》使いの極《きわ》みですね」

目を輝かせて語る。アムはローブを脱《ぬ》いで、口元から黒布を首元へ下げていた。

アッシュブロンドの巻《ま》き髪《がみ》で、三つ編みが耳裏に通されている。

ノームの種族の特徴《とくちょう》か縦に長い小耳。素直《すなお》に可愛い。

アムはノームではあるが、かなり人族っぽい女性だ。

鼻筋は小さく桃色《ももいろ》の綺麗な唇。

黒布マスクで見えなかった輪郭《りんかく》は細く三角形だ。かなりの美人さんのアム。

「ありがとう、戦闘には自信がある」

「ヘルメさんも素晴らしい魔法技術ですね。マグルとは皆、素晴らしい魔導《まどう》戦士であり、お話に出てくる魔界騎士《まかいきし》を超えるような強さを持つのでしょうか？」

アムは真剣《しんけん》な表情で話す。魔界騎士のたとえが分からないが。

「他《ほか》にも強いのは無数にいると思いますが、俺とヘルメは、少し違《ちが》う存在と言えるかもしれません」

「やはり、一握《ひとにぎ》りの選ばれし者たちは、マグルとて存在するのですね」

そのフレーズは聞いたことがある。

地下世界とて、あまりマグル世界と変わらないようだ。

「微妙に違うと思いますが、神に選ばれし者ですか？」

「ええ、そうです。わたしとて、偉大なる祖先ハフマリダに選ばれし者、狩《かり》者、刀剣術《とうけんじゅつ》者、潜在《せんざい》者を経た覚醒《かくせい》者の見習いですが、教団の教えを受《う》け継《つ》ぐ者です」

刀剣術は納得《なっとく》がいく。アムの動きは素早い近接技《わざ》が主力だった。

〈投擲《とうてき》〉の技もかなりあったが。

「……そうでしたか」

「はい、戦いを見ていましたが、シュウヤは独自の槍術《そうじゅつ》だけでなく秘術の技法もマスターしているのですね。伝説では、ドワーフの偉大なる祖先パドック様も不思議な槍術をマスターしていたらしいですよ」

パドック様か。この、なんか厳《いか》つい名前の響きは……聞いたことがあるぞ。

「槍には少しうるさいですから、その話には興味があります」

「ふふ、これから向かう都市には、わたしの友であるドワーフもいますから、ぜひ、話をしてください。彼は槍ではなく斧が主力ですが」

「斧ですか、楽しみです」

アムとは少し仲良くなれた気がした。

そうして旅をしながら、血文字で〈筆頭従者長〉たちと個別に血文字で連絡《れんらく》を取る。

近況《きんきょう》を教え合ったりして過ごし数日後……。

ついに、【独立地下火山都市デビルズマウンテン】が存在する場所へ近付いたと思われる兆候が見えてきた。

第百八十章「選ばれし眷属たちの怒れる夜」

「大丈夫《だいじょうぶ》かな、もう二日目だけど」

「ん、大丈夫。シュウヤと血文字で連絡をしているでしょ?」

「うん」

レベッカとエヴァは、仲良くガールズデートのショッピングを終えて、屋敷《やしき》へ帰る道がある武術街の通りを歩いていた。

「ハフマリダ教団に出会ったとか」

「ん、地下世界にも、色々な神様がいる。初めて知った」

「そうね。地下都市に向かうための旅。モンスターも多いとか、精霊様が外に出ると、暑くて少し愚痴《ぐち》が多いとかも言っていたわ」

「ん……」

そこでエヴァは紫《むらさき》の瞳《ひとみ》を下げて、下唇《したくちびる》を甘《あま》く噛《か》む。

「……エヴァ。シュウヤもシュウヤよね。今は、ゲートが使いにくい状況《じょうきょう》なんだろうけどさっ、精霊様だけ傍《そば》に、地下世界を楽しんじゃって、ずるいのよ」

レベッカはエヴァの顔色から、その感情を読み取り、彼女なりの不満を述べるが……切ない感情が分かりやすくエヴァに伝わる。エヴァは〈紫心魔功《パープルマインド・フェイズ》〉を使わずとも、レベッカの気持ちを理解した。

「……同意。闇ギルドの手伝い、行く？」

「エ、エヴァ、珍《めずら》しい……目が少し怖《こわ》いわ」

「ん、わたしだってイライラすることは、ある」

「そうね。わたしも同感よ。うさばらしってことね、いいかも。血文字で、ユイとカルードへ連絡をするわ」

エヴァとレベッカは、視線を鋭《するど》くさせて頷《うなず》く。レベッカは血を操作。人差し指から出血させる。宙に血文字でメッセージを作り〈筆頭従者長〉としての力を使用した。

『レベッカ、今、闇ギルドの【残骸《ざんがい》の月】の最高幹部のベネットさんと行動を共にしているから、来るなら、第三の円卓《えんたく》通りの南の大門前で待ち合わせね。そこから一緒にセーフハウスへと向かいましょう』

光魔ルシヴァル専用のユイの血文字メッセージが目の前に浮かぶ。

『了解、すぐに向かうわ』

レベッカは返事の血文字をユイへ送っていた。

「エヴァ、見ていたでしょ。行きましょ」

「ん、南の大門前」

〈筆頭従者長《選ばれし眷属》〉たちは吸血鬼《きゅうけつき》系の光魔ルシヴァルの力を証明するように充血《じゅうけつ》させる。目尻《めじり》から耳元にまでの皮膚の上には血管が浮かぶと波を打つ。エヴァはいつもと違う笑《え》みを作り、

「ふふ」

「あはは」

小悪魔《こあくま》の笑みで応《こた》えるレベッカ。

光魔ルシヴァルの選ばれし眷属として高らかに笑う彼女たち。


同時刻、倉庫街にて。大太刀《たち》の使い手が切っ先で宙に弧《こ》を描《えが》く。

キィンと金属音を立てつつ屋根を蹴《け》った大太刀使いはポルセンに近付いた。

そのまま剣《けん》の間合いから口髭《くちひげ》カールが特徴的《とくちょうてき》なポルセン目掛《めが》けて大太刀の刃を振《ふ》り降ろ

す。剣線の狙いは肩口《かたぐち》、否《いや》、胴抜《どうぬ》きに変わる軌道《きどう》を描く。

ポルセンは涼《すず》しげな表情のまま、片手が握る血塗《まみ》れた手斧《ておの》を掲《かか》げて、大太刀の軌道に対応。大太刀を斜めに手斧の刃で受けて、横に、その太刀の刃を流してから——左手に出現させた血塗れた杭《くい》を、その大太刀使いの胸を突き刺そうと伸ばす。

大太刀使いは軽《かろ》やかに体を捻《ひね》り、ポルセンの先端《せんたん》が尖《とが》る杭を紙一重《かみひとえ》で避けつつ壁《かべ》へと跳躍《ちょうやく》し、その壁を足の裏で蹴る。三角飛びでポルセンから距離《きょり》を取った。大太刀使いは、着地の際も隙《すき》はない。悔《くや》しげな表情を浮かべつつも、大太刀をその場で振るう。

——切っ先と峰《みね》でZの字を宙に描いた。

「——髭男爵《ひげだんしゃく》、やっぱりあんた強いな」

「あなたこそ、中々やりますね」

渋《しぶ》い口調で答えたポルセン。その刹那、彼《かれ》を狙う一条《ひとすじ》の影《かげ》が迫《せま》る。

ポルセンは鋭い視線のまま、その影の刃をしっかりと捉《とら》えていた。

「——その不意打ちは喰らいませんよ」

ポルセンはそう語りつつ顔に迫った影刃《かげは》を血濡《ぬ》れた杭で受け持つ——。

そして、杭で、影の刃を巻くように、ぐるりと杭で円を描くと影刃を弾《はじ》く。

「そこっ——」

青髪《あおがみ》アンジェの気合い声だ。鈴《すず》のような音が鳴る切っ先を、ポルセンが弾いた影刃が退いた場所へと伸ばす。鈴の音を響かせた剣の切っ先が影に刺さったように見えた。

が、影は影。影に物理攻撃《こうげき》は効いていないのか——。

影は、にゅるりと、不気味な音を立てつつ蠢《うごめ》くと、路地の奥《おく》へとゆらりと移動。

その路地の奥から現れたのは、影を纏《まと》う女。

体から煙《けむり》のような黒い影を発している。ポルセンがその女を睨みつつ、

「刃物《はもの》は効きません」

「——パパ、またあいつ、影使いヨミ」

アンジェはポルセンの近くに走った。

「ふむ。あの時とは我々も違う」

ポルセンが含《ふく》みを持たせて話すと同時に、ルル＆ララが繰り出した絶妙《ぜつみょう》な剣技《けんわざ》が、影使いヨミの背後に決まった「——あらっ」影はそう呟いて、霧《きり》のように消えた。

「……見事な暗剣術《あんけんじゅつ》ね。わたしの影がまともに斬《き》られて消えたのは久々よ」

パチパチと小さい拍手を行いつつ、楽し気な口調で話す主は、影を纏う女。

路地ではなく……その真上にある屋根の端に座《すわ》った状態だった。

軒《のき》に長い足を垂らして、ポルセンとアンジェと惨殺《ざんさつ》姉妹の様子を眺《なが》めていた。

影使いの女は微笑《びしよう》を浮かべている。

自らの能力を示すように、体から奇妙《きみよう》な蠢く影を発していた。

女の髪は艶《つや》のある黒色でショート。額には小さい鴉《からす》の入《い》れ墨《ずみ》がある。

眉《まゆ》も細く、瞳の色彩《しきさい》も銀色に輝いていた。

唇も銀色という少し変わったアジア風の顔立ち。

「ララ、あの女、要注意。それと大太刀の男がこっちにくる」

「うん、ルル、でもさっき、絶剣流の『薙司《なぎつかさ》』がうまくきまった」

惨殺姉妹は互《たが》いに微笑みながら両手に持った刀剣《とうけん》をクロスさせる。

「うんうん、わたしよりも鋭い、ララは偉《えら》い」

「ううん、ルルの剣線の伸びは、わたしと同じだったよ」

二つの刀剣から微《かす》かな金属音を響かせると、嬉々《きき》として語る。

「女だろうが、構わずいくぜ——」

大太刀使いは、そう言葉を投げかけながら、その惨殺姉妹に向けて大太刀を振るった。

「やらせん」

両手剣使いのロバートだ。惨殺姉妹のララを守るように両手剣を掲げた。大太刀使いの大太刀の刃を両手剣を真横に掲げて防ぐ。両手剣と大太刀の衝突面《しようとつ》から火花が散った。

い《*》の形となる。

両手剣使いのロバートは両手剣を滑《なめ》らかに動かす。大太刀使いと力が拮抗《きっこう》。つばぜり合

「……構わん、今はこいつに集中しろ」

「ロバート、ありがと」

「顔といい言葉といい、イケメンだな」

大太刀使いも随分《ずいぶん》と整った平たい顔立ちだが、あえて話しかけているようだった。

そのタイミングでポルセンが片手斧を〈投擲〉。大太刀使いは、体が七色に光ると、対《たい》

峙《じ》していたロバートの両手剣を上方へ弾く。そして、独特の剣術歩法で素早く間合いを取

った。離《はな》れながらも隙を見せない大太刀使い――。

「チッ、追尾《ついび》かよ」

そう愚痴りながらも両手に持つ大太刀を振るった。

目の前に円を描くような軌道を描く大太刀。

〈投擲〉されてきた血塗れた片手斧を、その円軌道《えんきどう》の大太刀を衝突させて弾《はじ》き返す。

そのまま身体能力の高さを示すように飛び上がる。大太刀使いは屋根の上に着地。

「――髭男爵と青髪でさえ厄介《やっかい》なのに、イケメンな両手剣使いと変な姉妹も相手とはな。

ヨミ、こいつら全部を相手にできるか？」

その大太刀使いの声を聞いた影使いヨミ。立ち上がると、

「数が多いから厳しいかも、さっきので〈影体〉が完全に消えちゃったし……」

「お前がそう言うなら撤収《てっしゅう》だ。例の件は変な物を手に入れただけで良しとするか。ウヤムヤだが、ここらでずらかるぞ」

「うん」

その瞬間、青髪アンジェが軽々と跳躍し屋根上に着地。

「逃《に》がすかっ――」

素早く軒上を駆《か》けた。鈴のように音が鳴る水色の魔剣《まけん》リクフンフを影使いヨミへ振り下げる。ヨミは微動《びどう》だにしない。しかし、振り下げられるコンマ数秒の間に、ヨミは目の前に影の円を発生させた。

その影の円の縁から金床のような影の物体を出す。

影の金床を上方へと伸ばして、目の前に迫る水色の魔剣を包み込んでいた。

「なにっ」

アンジェは完全に取ったと思った一撃《いちげき》が防がれたことに驚《おどろ》く。

そして、影使いヨミは、その金床のような影の円を維持《いじ》した状態で――。

体から分身でも作るように驚くアンジェの背後へと瞬間的《しゅんかんてき》に移動。

「――えっ、消えた!?」

ヨミがアンジェの背後に回った瞬間に――。

揺らめく影の円から影刃のようなものが、アンジェの胸元《むなもと》から飛び出ていた。

「ぐあ――」

不意打ちを喰らったアンジェ。

自身の胸から血塗れた影刃が出ていることを凝視しながら路地の下へ落ちていく。

「アンジェッ」

ポルセンは落ちた〈従者〉のアンジェの下に駆け寄《よ》った。

「あー青髪おねぇちゃん刺された」

「でも、生きている」

「君はしぶといな」

ルル、ララ、ロバートも怪我《けが》を負ったアンジェへ近寄っていく。

「ふんっ、勝手に殺さないでよ、こっちは不死身なんだから」

アンジェは腹筋を活かすように、くるっと回転しながら起き上がる。

血塗れた服の胸には、円《まる》い穴が空いて肉体を覗《のぞ》かせていたが、傷は再生していた。

「アンジェがあっさりと不意を衝《つ》かれるとは……」

「パパ。ごめんなさい」

「いや、十分だ。それより上の奴《やつ》らにまた逃げられてしまった」

「うん、新総長に報告だね」

ルルが楽し気に話す。

「パパ……わたしがもっと強かったら……」

「そう気を落とすな。この分だと【大鳥の鼻】はこの辺りの縄張《なわば》りを荒《あ》らしただけの、ただの威力偵察《いりょくていさつ》だったのかも知れない。ルルの言う通りシュウヤ様に報告しなければ」

数時間後、迷宮《めいきゅう》都市ペルネーテの南の、とある家にて。

「闇ギルド【髑髏鬼《されこうべおに》】の幹部である血魔造のザブザと闇斬糸使いゼフが、この先にある店を拠点《きょてん》にしていることが確認《かくにん》された。【髑髏鬼】の一般《いっぱん》兵士たちもそれなりに連れてきている」

「その店って？」

「……娼館だよ」

ベネットは少し恥《は》ずかしそうにレベッカへ説明する。

「あ、そういうこと……」

「紅《くれない》のアサシンと吹雪《ふぶき》のゴダイの確認ができていないから、他にも拠点があるのかも知れない。此方側《こちら》の動きはある程度、把握《はあく》されていると思う」

ベネットの横で腕《うで》を組みながら説明をする【月の残骸】副総長のメル。

「……副総長、俺《おれ》は先に、血魔造ザブザと闇斬糸使いゼフを叩《たた》きたい」

「カズン、貴方《あなた》の因縁《いんねん》はよく知らないけど、焦《あせ》りは禁物よ」

「……あぁ、分かっている」

豹《ひょう》の獣《けもの》らしい牙《きば》を見せながら笑うカズン。カズンの恰好《かっこう》は普段《ふだん》のコック姿ではない。

メル、ベネット、ヴェロニカと似た黒色の革鎧《かわよろい》だ。それは黒色の革《かわ》を何重にも貼《は》り合《あ》わせて金系と銀糸で縫《ぬ》い合わせた【月の残骸】のオリジナルだ。

「総長様の眷属様たちも、今回の仕事を手伝ってくれるようですが、今、話したように、娼館に居座《いすわ》っている、敵の幹部たちの殲滅を行いたいと思いますが、宜《よろ》しいですか？」

副総長メルが、総長の眷属であるレベッカ、エヴァ、ユイ、カルードたちへ遠慮《えんりよ》気味に話すと、確認を促《うなが》す。

「巡回《じゆんかい》作戦とは違うようだから、素直に従うわ」

ユイは壁を背中に預けながら、副総長メルへ言葉を返す。

「ん、同じく」

「わたしも従う。あ、できれば蒼炎弾《そうえんだん》で狙いやすい場所がいいかな」

「娼館を拠点している敵の幹部が引き連れている兵士は、先ほど話した通り三十人ほどなのですね？」

ユイの隣《となり》に立っていたカルードが、逆に、質問を投《な》げ掛《か》けていた。

「ええ、そうよ」

「それでしたら、路地の手前にあるL字の角を利用し、左右上下から、待《ま》ち伏《ぶ》せて急襲《きゅうしゅう》しましょう。完全に、一人残さず根絶やしにできますよ」

カルードは流暢《りゅうちょう》に、献策《けんさく》した。彼の目元は充血し、口からは二本のヴァンパイアらしい牙が伸びていた。

「……さすがですね。総長が、褒《ほ》めるだけはあるようです」

メルはカルードの渋い顔を見て、素直に褒めていた。

「滅相《めっそう》もございませぬ。昔、戦場で戦っていた経験を買ってくれたのでしょう」

「父さんは【暗部の右手】でも、小隊を指揮していた頃《ころ》があったからね」

ユイは父が褒められて嬉《うれ》しいのか、照れるような仕草を取りながら話していた。

「ユイは指揮していなかったのか？」

「うん。三人で仕事に当たっていたけれど、指示は受ける側だったからね」

「そうだったのか」

「ユイさん、素晴らしいお父さんをお持ちですね。今の少しの情報だけで、カルードさんは、わたしの考えと同じ考えに達しましたよ。わたしも、丁度、L字のところへ誘《さそ》いこんで、上下左右から急襲し一網打尽《いちもうだじん》にしようと考えていたところなのです」

副総長メルは深い知性を感じさせる笑みを作り、カルードへ尊敬の眼差《まなざ》しを送る。

「父さんは、やはり父さんね」

「……メルさん。貴女《あなた》も切れ者ですな。きっと、偉大《いだい》なるマイロードも、貴女を選ばれし眷属、〈筆頭従者長〉、或《あ》いは〈従者長〉の一人にしようと考えておられるはず……」

「えっ、ちょっと！」

少女の声が響《ひび》く。背丈《せたけ》の高い椅子《いす》に座っていたヴェロニカの声だ。

ヴェロニカは血が入ったゴブレットを乱暴に置くと、

「──それは聞いてないんだけど、メルッ？」

「わたしだって知らないわよ。カルードさんがそう思っただけでしょ？」

「ええ、はい、その通りです」

カルードは、礼儀正《れいぎただ》しく頭を下げている。

「なぁんだ、良かった。わたしだって総長、シュウヤの〈従者〉になりたいんだからね……でも、なれないし……」

ヴェロニカは泣きそうな表情を浮《う》かべて〈筆頭従者長〉たちを羨《うらや》ましそうに睨む。

「……そんな視線を向けられても、困っちゃうわ」

レベッカは気まずそうに顔を背《そむ》けた。すると、一連の流れを傍で見ていたエヴァが、紫の瞳をキラキラ輝かせつつ、

「ん、ヴェロニカ先輩《せんぱい》。目が怖いけど、綺麗《きれい》……」

と喋《しゃべ》ると、微笑を讃《たた》える。ヴェロニカはエヴァに褒められて機嫌《きげん》を直すと、

「ありがと。エヴァさんも綺麗な紫の瞳。吸い込まれそう……」

うっとりとしながらエヴァの紫の瞳を凝視。

「それじゃ、カズンも待ちきれないと言った顔だし、作戦を述べるわよ。最初の誘い役、ようするに待ち伏せ役は、わたしとカズンが行います。続いて、ヴェロニカ、ベネット、総長様の眷属様たちが上下左右から敵の幹部と兵士たちへと急襲をお願いします。これでいいわね？」

「ふぬ！　いいぞ！」

カズンは鼻息を荒《あら》くして、承諾《しょうだく》。

「いいわ〜」

ヴェロニカは体から血を放出させつつ自らの黒色の鎧《よろい》の胸元に、血で薔薇《ばら》のマークを描

く。続いて横回転。細い腰《こし》を活かすように、くるりくるりと回ってダンスを行う。

「あたいは構わないよ」

そう語るベネットはヴェロニカの楽しそうなダンスを見て笑顔を見せていた。

「ん、わたしたちも了承《りょうしょう》」

エヴァは気合いを示すように魔導車椅子《まどうくるまいす》ごと浮いて、車輪をキュルキュル回転させる。

体に纏う紫色の魔力量もいつもより多い。〈筆頭従者長〉を代表したつもりなのだろう。

レベッカ、ユイ、カルードは黙《だま》って頷いた。【月の残骸】の副長メルは、

「それじゃ、行きましょう」

そうして【月の残骸】の集団と光魔ルシヴァルの〈筆頭従者長〉たちは闇に乗じて娼館のある路地へ向かう。煌々《こうこう》とした二つの月明かりが、皆の背中を祝福するかのように照らしていた。そうして、L字の路地に多数の足音が響く。

雲から覗く月明かりが、足音の主たちを照らす。

その主たちは【月の残骸】のメンバーではない。

角が二つ付いた【髑髏鬼】の仮面を頭にかぶった特異なる集団だった。

先頭は髑髏鬼の仮面をかぶった小柄《こがら》なドワーフ。

赤色の革鎧に、襟《えり》には白毛のファーが付いた黒色のマントを羽織る。

腰ベルトにはぶら下がる魔造書が目立つ。血塗れた装丁本《そうてい》を何冊もぶら下げていた。

そのドワーフの隣に立つのは大柄《おおがら》の人物。

同じく、紅色の髑髏鬼の仮面をかぶっている。

白髪《しらが》で、闇色の紐《ひも》のようなモノを体に巻き付けて鎧を構成していた。

そして、両手から太い闇色の糸を垂らしている。

そのドワーフと大柄の人物の背後には、紅色の髑髏鬼の仮面を被《かぶ》る集団がいた。

その集団たちは通路の角を曲がる。集団の目的は娼館だろう。すると、それらの集団を待ち伏せしていた存在が角の陰からぬっと現れた。それは豹獣人《セバーカ》のカズン。【月の残骸】の幹部だ。続いて、そのカズンの背後から閃脚《せんきゃく》のメルが現れた。

【月の残骸】副長である。カズンはメルと目配せしてから、

「血魔造ザブザ、闇斬糸使いゼフ、ひさしぶりだな」

髑髏鬼仮面をかぶる集団は動きを止める。

先頭のドワーフが一歩前に出ると、声を発した。

「なんだ？　その獣顔は、豹獣人《セバーカ》の、まさか、カズンか？」

「はっ、生きていたとはな」

ドワーフの背後にいた大柄の男も鼻で笑うように喋る。

そして、腕先から出した闇の糸を上下に伸縮《しんしゅく》させていた。

「あぁ、お陰様《かげさま》でな、元気だ」

【月の残骸】のカズンは皮肉たっぷりに笑う。口から豹獣人《セバーカ》らしく牙を覗かせていた。副長のメルも、

「仲良く再会を果たして会話をしたいでしょうけれど、邪魔するわよ。短小さんとのっぽさんと、その背後の貴方たちは、この都市に何の用で来たのかしら？」

副長のメルの言葉には弛《たる》みがなく芯《しん》のある声だ。

冷徹《れいてつ》な表情には【月の残骸】の元総長としての経験を経た独特の威厳《いげん》があった。

その威厳ある女の声、【月の残骸】副長メルの言葉を聞いた仮面をかぶるドワーフはジロリと魔力を目に溜《た》めて観察を強めた。

「その口調に、これほどの〈魔闘術〉……【月の残骸】の幹部か？　カズンはここに拾われていたのか」

「情報通り【梟の牙《ふくろうのきば》】は全滅《ぜんめつ》したらしいな。ザブザ、この女は俺がもらうぜ？」

仲間の言葉を聞いたドワーフのザブザは、血塗れた本を掲げるように構えて、

「はっ、女好きめが――お前たち、戦争準備だ」

背後にいた仲間たちへ指示を出す。刹那《せつな》、ザブザのドワーフとしての背後が蒼《あお》く光る。

――蒼い光はレベッカの蒼炎弾だ。ザブザたち【髑髏鬼】の兵士たちが、レベッカの繰り出《だ》す強烈《きょうれつ》な蒼炎弾を次々に浴びて体が爆発《ばくはつ》するように散っていく。【髑髏鬼】の一部の兵士は逃げ始めた。

そこに黒い矢が、闇糸を全身から発していた人物の足に突《つ》き刺《さ》さる。

「な、なんだと」

「――ぐおっ、待ち伏せか」

黒い矢が足に刺さった男の名は闇斬糸使いゼフ。

そのゼフは、足に刺さった黒い矢に自身の能力である闇の糸を絡《から》ませた。

一瞬で黒い矢を足から引《ひ》き抜《ぬ》くと、練度の高い魔力を全身から放出。

魔力を帯びた闇の糸を体に纏うと闇の糸は黒色の鎧に変化した。

黒色の鎧のゼフは爪先で跳躍を連続的に行う。

そのまま独特のリズムでアウトボクサーのようなフットワークを見せ始めた。

ドワーフのザブザは、持っていた血塗れた本を使い片腕《かたうで》を上げて、

「仲間たちが総長に連絡を！　ぐあぁ」

そう叫《さけ》んで上げていた片腕に、血が滴《したた》る鋭い剣が突き抜けていた。

「そんな連絡なんて、させるわけがないでしょ？」

綺麗な声を発したのは、小柄のヴァンパイアの少女のヴェロニカだ。

そう、ザブザの血が滴る剣を攻撃したのはヴェロニカだ。

ヴェロニカは、両腕《りょううで》から放出した血を細い剣に変化させて、無数の血の剣を周囲に漂《ただよ》わせていた。血の剣は、別個に意識があるかのように動いている。

ヴェロニカは、その血の剣とダンスを行うように髑髏鬼仮面をかぶるザブザにゆっくりと近付いた。その間に、ユイとカルードが前進。蒼炎弾の攻撃を免《まぬが》れていた【髑髏鬼】の兵士の生き残りに魔刀《まとう》と魔剣を持つユイとカルードが向かった。

ユイが魔刀を偃月刀《えんげつとう》の如く振るうと、【髑髏鬼】の兵士の体に血の線が走る。

【髑髏鬼】の兵士は悲鳴のような微かな呻《うめ》き声《ごえ》を発して、崩《くず》れ落《お》ちた。

カルードは【髑髏鬼】の兵士の剣を魔剣で柔《やわ》らかく受ける。そのままSの字の軌道を描くように魔剣を振るいつつ前進するカルード。【髑髏鬼】の兵士がカルードを攻撃した剣は湾曲《わんきょく》したように跳《は》ねた。次の瞬間《しゅんかん》、その【髑髏鬼】の兵士の首が飛ぶ。

髑髏鬼の兵士の頭部が路地に舞《ま》い、地面に転がると仮面が外れて素顔《すがお》を晒《さら》した。

それは人族ではない。額に赤い特殊《とくしゅ》な三角模様が刻まれた怪物《かいぶつ》の頭部であった。

「こいつら、人族ではないのね」

「そのようだ。ゴブリン、オーガ系か」

ユイとカルードはあまり驚いていない。

血塗れた魔刀で怪物の頭部を突きつつ感想を述べる。すると、ドワーフのザブザが、

「……一瞬《いっしゅん》の間に……俺たちの兵士たちが……」

そう語りつつじりじりと後退した。壁に背中を当てて動きを止める。

すると、レベッカが屋根の上の軒先《のきさき》から、

「あれ、もう終わり？」

そう指摘《してき》。

「ん、まだ、幹部がいる」

エヴァがヴァロニカの反対側からそう指摘した。

その光魔ルシヴァルの〈筆頭従者長《選ばれし眷属》〉のレベッカとエヴァが、ドワーフのザブザの【髑髏鬼】の幹部たちに近寄っていく。

その二人とは違う方向から、複数の黒い矢が、大柄の闇《やみ》糸使いゼフに向かった。

大柄の闇糸使いのゼフは黒い矢を察知。華麗《かれい》に身を翻《ひるがえ》すと、魔力《まりよく》を帯びた闇の糸を体から発した。その闇の糸は複数の黒い矢を捕《と》らえると鏃《やじり》から垂直に両断した。

「……闇斬糸使いと名乗るだけあって、もう急襲は、効かないか」

弓を仕舞《しま》いつつそう語って現れたのはベネット。代わりに短剣《たんけん》をいつでも投げられる体

勢でエヴァの背後に降り立った。そのベネットを見た大柄の闇糸使いゼフは、

「影弓か。見知らぬ奴らも交じってやがる——」

「ん、闇の糸の全部を貫《つらぬ》く！」

エヴァは自身の力を示すように緑色の金属の刃《は》の群を出現させる。

緑色の金属の刃の群れの一つ一つの金属の刃は、しっかりと紫の魔力の〈念動力〉が縁《ふち》取《ど》っている。その金属の刃は通路の壁を覆《おお》うほどの量で膨大《ぼうだい》だ。

光魔ルシヴァルと【月の残骸】の仲間たちが知る質ではない。

エヴァの〈念動力〉、金属を扱《あつか》う特異なる力は確実に成長を遂《と》げていた。

「はは、なんだありゃ、ザブザ、こんなのがいるとは聞いてねぇぞ」

「……わしだって知らんぞ」

「戦い慣れした幹部が、よそ見とはね、血をまき散らして死になさい」

そう発言したは【月の残骸】のヴェロニカだ。

緑の金属刃の群に動揺《どうよう》した【髑髏鬼】の幹部ザブザとゼフの左方から、そのヴェロニカの血の剣の群れによる遠隔攻撃《えんかくこうげき》が始まった。その一つの血の剣が、ザブザの被る髑髏鬼の仮面を斬る。仮面が割れたように地面に落ちた。

——焦燥《しょうそう》顔を晒したドワーフのザブザ。壁際《かべぎわ》で、ヴェロニカが操作する血の剣を避《さ》けよ

うとしたが血の剣の数は多い。躍《おど》るような剣線の軌道に反応が遅《おく》れたザブザは、全身に切り傷を負う。ザブザは覚悟《かくご》を決めたように視線を鋭くさせると、

「いいようにやられはせぬ！」

強きに叫ぶ。が、そのザブザの首にヴェロニカの血の剣が通った。

首から鮮血《せんけつ》が迸《ほとばし》る。首を斬られたザブザだったが、まだ生きている。

ザブザは、首から血を流しつつも血塗れた本を開いた。その開いた本に、ザブザは自らの首から迸る血を送るように頭部を傾《かたむ》ける。

血を吸い込んだ血濡れた本は、血に溢《あふ》れると自動的に頁《ページ》が捲《めく》られて止まった。

その頁の文字の群が煌《きら》びやかに血色に光った瞬間――頁から巨大《きょだい》な手がぬっと出現。

血濡れた本の頁から這《は》い出《で》るように出現したのは身《み》の丈《たけ》三メートルはある赤黒い巨人《きょじん》であった。巨人の肌《はだ》には薄《うす》い銀色の膜《まく》が筋の如く這う。それは筋ではない。

銀魔ノ蟲祟《むしたた》りという名の魔界《まかい》の寄生虫の一種だ。

そんな寄生虫を宿した赤黒い巨人は、腕を振るうと、腕から寄生虫の卵を擁《よう》した銀色の膜が拡《ひろ》がってドワーフの周囲に展開。ドワーフを守る銀魔ノ蟲祟りとなった。

ヴェロニカが操作していた血の剣は、その銀色の膜の銀魔ノ蟲祟りと衝突を繰《く》り返《かえ》す。

血と銀の激烈《げきれつ》な火花が散る。その火花は銀魔ノ蟲祟りの防御《ぼうぎょ》能力の高さの現れでもあっ

た。

「グボァアアァァァァ」

「……インディウス、あいつらを処分しろ」

銀魔ノ蟲祟りの防御を得たザブザは壁を背にしながら、赤黒い巨人に指示を出す。

ザブザの首の傷はポーションにより回復していた。

そのザブザと赤黒い巨人を見た【月の残骸】の副長メルが、

「あの本、禁書ね……」

そう呟《つぶや》いた。すると、【月の残骸】のカズンが背中の毛を膨《ふく》らませて、

「出たか！　俺が対処しよう」

そう宣言。変異体の豹獣人《セバーカ》と化したカズンは、

「我は【月の残骸】のカズン！　ザブザと巨人！　いつぞやの恨《うら》み晴らさせてもらうぞ！

ぬぉぉぉぉぉぉ――」

赤黒い巨人に対して吶喊《とっかん》。カズンの両手の拳《こぶし》からスパイク状の鉤爪《かぎつめ》が伸《の》びた。

赤黒い巨人も「グボァアァ」とカズンに向けて突進《とっしん》。

赤黒い巨人とカズンは殴《なぐ》り合う。

すると、エヴァが「ん！」と微かな声を発して紫色《むらさきいろ》の魔力の〈念動力〉を強めた。

紫色の魔力が一つ一つの緑の金属刃を囲う、その緑の金属刃を擁したエヴァは早い。

闇斬糸使いゼフにそれらの金属の刃が向かう——。

「——ザブザ、この刃の量だ。フォローはできねぇぞ」

そう語るゼフは焦燥感を出している。

ドワーフのザブザは、そのゼフの横顔を見ながら「分かっている」と短く語る。

闇斬糸使いゼフは全身から出した闇の糸を操作。

闇の糸を、鴉の羽の如く羽ばたかせながら緑の金属刃の群れへと差し向けた。しかし、エヴァの緑の金属刃の群れは、あっさりと、そのゼフの闇の糸の群れを切《き》り裂《さ》いた。

「——何だと⁉　鋼鉄さえ切り裂く闇斬糸が！」

その言葉が闇斬糸使いゼフの最後の言葉となった。

【髑髏鬼】の幹部ゼフの体は複数人で遊ぶ投擲《とうてき》ゲームの的にでもなったかのように、緑の金属刃の群れによって無残に埋《う》め尽《つ》くされた。

闇斬糸使いゼフは絶句したまま地面に倒《たお》れる。

ゼフの鎧を構成していた闇の糸は力を失ったように縮れて塵《ちり》になって消えた。

カズンと取っ組み合う赤黒い巨人は気にしない。だが、その赤黒い巨人の背後にいる小さいザブザは仲間が倒されてショックを受けていた。

「幹部のゼフが一瞬で……」

「エヴァ、やるぅ！　蒼炎拳《そうえんけん》を繰り出そうと思っていたけど、必要なかった！」

「ん、モンスターのが歯ごたえある」

美しい微笑で語るエヴァ。

それは、かつて敵対した冒険者《ぼうけんしゃ》たちから死神と呼ばれていた片鱗《へんりん》を思わせる。

「それもそうねぇ、邪獣《じゃじゅう》のほうが強かった。でも、赤黒い巨人は歯ごたえがありそう」

至極《しごく》当然といった様子で楽しげに語る〈筆頭従者長〉の彼女《かのじょ》たち。この時、傍で見ていた【月の残骸】の副長メルは……。

〝総長より怖い〟

〝この方々と絶対に敵対してはならない〟

「……メル、総長の家族とは、これからも末永くよい関係を築くべきだと思う」

「ベネット、わたしもそう思うわ……さ、そんなことより、あの禁書から出た怪物退治が残っている。カズンのフォローをして頂戴《ちょうだい》」

「了解《りょうかい》」

【月の残骸】の最高幹部ベネットはスキルだと思われる動きで跳躍。

影の中へ消えたように見えた瞬間、その影の中から、ベネットが放った黒い矢が出現。

その黒い矢が、カズンと決闘《けっとう》でも行うように殴り合っている赤黒い巨人に向かう。

黒い矢が、頭部と胴体《どうたい》と足に突き刺さった。

しかし、赤黒い巨人には、そのベネットが放った黒い矢は効いていない。

「十層地獄《じごく》の兵士インディウス！　セバーカの変異体なぞ、潰《つぶ》してしまえっ」

ザブザは、虎《とら》の威《い》を借りる狐《きつね》のように赤黒い巨人の背後に隠《かく》れながら、その赤黒い巨人の十層地獄の兵士インディウスに指示を出していた。ザブザが操《あやつ》る血が垂れている禁書の魔造書から魔力が十層地獄の兵士インディウスと繋《つな》がっている。

「うごおおお――」

赤黒い巨人の十層地獄の兵士インディウスが咆哮《ほうこう》。

そこにカズンの右フックから回《まわ》し蹴《げ》りが、十層地獄の兵士インディウスの鳩尾《みぞおち》にクリーンヒット。しかし、十層地獄の兵士インディウスは微動だにせず、

「良い蹴りであった――」

十層地獄の兵士インディウスは低い音声で渋く語ると素早《すばや》く両手を眼前で組む。

その組んだ両腕を振り上《あ》げて――その両手の拳を振り下《お》ろす――。

カズンの豹頭へと両手の拳を喰《く》らわせた。

ハンマーが頭部に衝突したかのように頭部を揺《ゆ》らすカズン。

「――ぐあっ」

カズンはガクッと膝《ひざ》が折れたように膝頭《ひざがしら》で地面を突く。

更《さら》に、十層地獄の兵士インディウスは拳を突き出した。

空間を削《そ》ぎ取《と》るようなパワーナックルが、カズンの胸元に直撃《ちょくげき》。

「がぁぁ――」

豹獣人《セバーカ》のカズンは獣人としての毛を散らしつつ、通路の奥へと錐揉《きりも》み回転しながら吹《ふ》き飛《と》んでしまう。

「カズンッ」

ヴェロニカが急いで倒れたカズンに近寄ってはポーションをかけた。

「苦戦しているようね」

そう語るのはユイ。壁の上をゆっくりと歩きながら……。

獲物《えもの》を仕留める前の猟犬《りょうけん》のような鋭《するど》い相貌《そうぼう》を作る。

彼女特有の力の〈ベイカラの瞳《ひとみ》〉を発動させていた。

十層地獄の兵士インディウスを暗殺ターゲットに加えるべく十層地獄の兵士インディウスの体を赤く縁取った。そのユイは右手にアゼロス、左手にヴァサージを握《にぎ》る。

魔刀のアゼロス&ヴァサージは、サーマリア王国伝承の魔剣だ。

ユイが壁の上を歩くたびに、その二振《ふ》りの魔刀がゆらりゆらりと揺れる。

周囲からは、魔刀の刃が血を求めているように見えることだろう。

そのユイをフォローするかのように壁の下の通路を歩くカルードの姿もあった。そのカルードが「二、二、六」と壁上を歩くユイに向けて、独自の暗号文で指示を出した。

「うん。了解――」

ユイが先に十層地獄の兵士インディウスの赤黒い巨人に飛び掛かった。

魔刀ヴァサージのブレた、迅速《じんそく》な剣筋《けんすじ》。

十層地獄の兵士インディウスの右の脇腹《わきばら》が切断された。

続いて通路を歩くカルードも前に出ると十層地獄の兵士インディウスの左側に向かう。

否、跳躍しつつ魔剣を振るった。

カルードの魔剣が十層地獄の兵士インディウスの左脇腹を切り裂いた。

そのカルードは、ユイと反対の位置に着地するや、制動もなく流動しつつ返す刀で、また、十層地獄の兵士インディウス・赤黒い巨人の右足を斬る。

続けて〈ベイカラの瞳〉を再発動させたユイがカルードと交差――。

魔刀アゼロスを振るった。ユイの魔刀アゼロスが十層地獄の兵士インディウスの左足の膝の裏を斬った。ユイとカルードの、父と娘《むすめ》の剣術が冴《さ》える。

瞬《またた》く間《ま》に、十層地獄の兵士インディウスはくるぶしと膝の表と裏をざっくりと斬られた。

十層地獄の兵士インディウスは片足の膝で地面を突いた。

その魔界の巨人でもある十層地獄の兵士インディウスは、太い腕を振り回して、連携剣《れんけいけん》術《じゅつ》を魅《み》せるユイとカルードを大きな掌《てのひら》で捕《つか》まえようとした。

だが、ユイとカルードは、もう普《ふ》通《つう》の種族ではない。

光魔ルシヴァルの血を受《う》け継《つ》ぐ〈筆頭従者長〉と〈従者長〉の二人。

元暗殺者親子の剣舞《けんぶ》大会を止めることはできない。

十層地獄の兵士インディウスは延々と下半身を切り刻まれ続けて両足が完全に消失。

「ぐぉおぉおぉお……」

十層地獄の兵士インディウスは大木のような足を失うと、初めて痛みの声を上げた。

その十層地獄の兵士インディウス・赤黒い巨人は、唸《うな》るような声を発して、

「魔界騎士《まかいきし》、死海騎士《きし》のような奴らよ……」

と、発言。その死海騎士とは、暴虐《ぼうぎゃく》の王ボシアドの配下たちの名だ。魔界諸侯《まかいしょこう》たちも羨む有名な魔界騎士の渾名《あだな》でもあった。

赤黒い巨人・十層地獄の兵士インディウスは、まだ無事な頭部を守るように、両腕で頭部を覆う。防御を優先させた。ザブザは十層地獄の兵士インディウスの初めての姿を見て

焦る。魔界の……禁忌《きんき》でもある魔造書から召喚《しょうかん》した巨人兵士を……と考えて、

「ひぃぃ……インディウスがぁぁ」

「ザブザ、隙《すき》ありよ――」

【月の残骸《ざんがい》】の副長メルがそう低い声で発言しつつ、疾風迅雷《しっぷうじんらい》の速さで前進――。

メルは、十層地獄の兵士インディウスの背後に隠れようとしたザブザと間合いを詰《つ》めた。

そして、メルの片足がブレる。メルのすらりと伸びた片足のトレースキックがザブザの首に決まった。「ぐお！」ザブザは背を壁《かべ》につけた。

メルは踵《かかと》でザブザの首を刺すように片足を上げた。

「ふふ――」

片足を上げたまま嗤《わら》うメル。衣装がはだけて太股《ふともも》が露出《ろしゅつ》。ガーターベルトが少し見えていた。メルは、ザブザの首の奥《おく》を深く突くように長い足を上げた。

「……ぐあぁ、離せっ」

ザブザは、喉《のど》に嵌《は》まったメルの足を手で叩いて退《ど》かそうとする。

メルは見よかし顔。が、すぐに視線を鋭くさせる。

「ここまでね――」

冷たく言い放ったメル。ザブザの首を押《お》さえていた足の踝《くるぶし》から黒い魔力の翼《つばさ》を生み出す。

刹那、メルは、黒い閃光《せんこう》と呼ぶべき一回転蹴《サマーソルト》りを見せた。

ザブザの頭部と首は、その黒い魔力の翼によって縦に両断。

両断されたザブザの死体から、大量の血が血濡《ぬ》れた本に降りかかるが、不思議と血塗《まみ》れた本はザブザの血を受け付けない。元の血塗れた本の状態を保つ。

一方で、まだザブザの魂《たましい》と繋がっていると推測できる十層地獄の兵士インディウス・赤黒い巨人は、まだ存在した。頭部を守る両腕で防御体勢を取っている。

「その硬《かた》い防御はわたしの蒼炎《そうえん》弾が崩す！」

レベッカの気合い溢れる声が響くや否《いな》や、十層地獄の兵士インディウスの頭部を守る両腕に強烈な蒼炎弾が直撃した。十層地獄の兵士インディウスの両腕は大きく弾《はじ》かれて両腕を弛緩《しかん》させた。その両腕は蒼炎で燃えていた。更に、皮膚《ひふ》が爛《ただ》れて両腕の血肉が沸騰《ふっとう》したような音を立てている。その防御が崩れた十層地獄の兵士インディウスの首に二つの剣線が通る。ユイとカルードの剣術技《けんじゅつわざ》だ。刹那、十層地獄の兵士インディウスの頭部はシュッと音を立てゆっくりと地面に落ちた。

すると、おどろおどろしい音が響く。地面に不可思議な裂け目《め》が誕生――。

裂け目の間から無数の歪《いびつ》な手が出現。

転がった十層地獄の兵士インディウスの頭部にそれらの歪な手が伸びた。

無数の歪な手は十層地獄の兵士インディウスの頭部を潰すように掴《つか》む。

更に、十層地獄の兵士インディウスの大きな胴体をも掴む。

と、赤黒い巨人だった十層地獄の兵士インディウスの頭部と胴体をへし折りながら圧縮でもするように――ただの血が滴る肉の塊《かたまり》にしながら地面の割れ目に無数の手と共に巨人の残骸のすべてが吸い込まれた。裂け目は自動的に塞《ふさ》がる。普通の道となった。

切れ目なんて最初からなかったように元通り。その場に【月の残骸】のメンバーが集まってくる。

続いて、光魔ルシヴァルの眷属《けんぞく》たちも尋常《じんじょう》ではない速度で集結。

カズンは頭部を振りながらヴェロニカに支えられて、【月の残骸】の副長メルの下に向かう。レベッカが、

「先ほどの地面から出ていた無数の手は、なに？」

「魔界セブドラの亡者《もうじゃ》？」

「どうだろうか……」

「ん、化け物の手が沢山《たくさん》いた……」

選ばれし眷属たちが、不思議な裂け目について感想を述べていると、

「……皆様《みなさま》、おつかれさまです。幹部二名含《ふく》め、兵士の抹殺《まっさつ》に成功しました」

【月の残骸】副長メルが皆《みな》へ向けて、挨拶《あいさつ》、報告を行い出した。

「あいつらは死んだのか……俺が、仇《あだ》を討《う》ちたかったが……まぁいい」

カズンは嬉しそうに微笑《ほほえ》みながら語る。

「カズン、いい笑顔《えがお》ではないか、そんな笑顔を見せられるのなら、もっと前から見せて欲《ほ》しかったね」

ベネットが思い入れのある言葉を放った。

「そうだな」

カズンは想いが零《こぼ》れるように微笑む。

「カズン、頭を殴られたから笑顔を取り戻《もど》した？」

側にいたヴェロニカも笑いながら話しかけている。

「ひどい言い方だな。だが、今は気分がいい……」

カズンは遠くを見る。その瞳にかつての自分と仲間への想《おも》いが籠《こ》もっている。

【月の残骸】のメンバーたちもカズンの気持ちは理解できていた。

第百八十一章「独立地下火山都市デビルズマウンテン」

多数の大型蟻《あり》と蜘蛛《くも》モンスターを倒しつつ山を貫くような険しい大洞穴《ほらあな》を二つほど抜けると、壁の色合いが鉄紺《てつこん》に変化。地面は棕櫚《しゅろ》毛のような葉柄《ようへい》染みた繊維質《せんいしつ》となった。

そんな繊維質の地面を足場にしたドワーフかノームの種族の戦士たちが、骸骨《がいこつ》の戦士モンスターと戦っている。鞭毛《べんもう》を擁した大腸菌《だいちょうきん》を巨大化《きょだいか》させたようなモンスターも遠くに見えた。が、その大きな気色悪いモンスターは地面の中に消えると気配がなくなった。

しかし、謎《なぞ》の石碑《せきひ》が多い。天井《てんじょう》と連なる半透明《はんとうめい》なモノもあった。

中に水が通っているのか、煌びやかで巨大な魚が水の中を昇《のぼ》っていた。

半透明なモノは水族館にあるような水のトンネルらしい。

不思議な水のトンネルにノームたちは触《ふ》れようとしない。

針鼠《はりねずみ》の彫像《ちょうぞう》が脇《わき》に並ぶ街道《かいどう》も増えてきた。

戦士も、商人の格好のドワーフやノームたちが多い。

ここは比《ひ》較的《かくてき》安全な場所らしい。針鼠の彫像へと深々と額《ぬか》ずくノームたち。

神の祭壇《さいだん》か、守り神的なものなのだろうか。

黒き環《わ》ザララープは……この地下世界の近くには、ないようだ。

話には聞いていたが……地下も地上と同じく比較的、安全な地下街道があるんだと強く実感した。モンスターの数が極端《きょくたん》に少なくなった理由はドワーフ＆ノーム戦士団たちのお陰《かげ》だろう。今も快活そうな表情を浮かべているノームの兵が通った。

地下特有の鞍《くら》付き魔獣《まじゅう》に乗った豪奢《ごうしゃ》な鎧を着こむノーム。

闇虎《ドーレ》を連れたランタンを持つドワーフたち。

巨大な背嚢《はいのう》を揺らして、ノシノシと、歩いていく。

「闇虎《ドーレ》を連れた行商人たちですね」

「ペットか」

「はい、凄腕《すごうで》の魔物《まもの》使いの行商人たちでしょう【地下都市リンド】へ向かう一行かと思われます」

彼女の説明をちゃんと聞いていたが、黒猫《ロロ》のことを思い出す。すげぇ寂《さび》しい……会いたい……。

〈筆頭従者長《選ばれし眷属》〉にも会いたいが……。黒猫《ロロ》の存在が俺の中でかなり大きな存在なのだと、今回の地下を巡《めぐ》る跋渉《ばっしょう》の旅で身に染《し》みた……都市で報酬《ほうしゅう》を得て少し休んでから黒猫《ロロ》の下に帰ろう……あの小鼻ちゃんに、指でツンツクして、黒毛ちゃんの温《ぬく》もりを……。それにしても、ここは暑い。

「ヘルメ、大丈夫《だいじょうぶ》か？　目に入ってもいいんだぞ」

「大丈夫です。選ばれし眷属たちの代わりに御側《おそば》で動きます。それに、今は閣下の大切な相棒様のロロ様もいませんので」

そう笑顔を見せるヘルメだが……。

暑さが増すにつれ顔色が悪くなっている。

すると、火山を利用した地下都市と分かる光景が目に入ってきた。

巨大な岩盤《がんばん》から造られた高壁が延々と続いている。

その壁に一定の間隔《かんかく》で溝《みぞ》があった。その溝穴から溶岩《ようがん》が流れ落ちる。

落ちた溶岩か……城の外堀《そとぼり》の溝を真っ赤に染めつつグツグツと音が聞こえるように溶岩が流れ進む光景は、煉獄《れんごく》を思わせた。

あの岩壁《がんぺき》の中が【独立地下火山都市デビルズマウンテン】だろう。

地下に住むだけあって掘削《くっさく》技術は高い。

そんな壁下の溝を隔《へだ》て、俺《おれ》たちの手前側にある地下街道は明るい。

魔《ま》法《ほう》の光源が旅人や隊商を照らす。

「どうりで暑い訳だ」

「はい」

肺腑《はいふ》に熱された独特の臭気《しゅうき》が鼻を刺激《しげき》しつつ入り込んでくる。

地下都市独特な気候を味わいながら、その明るい街道を他《ほか》のノームにドワーフたちと共に進んだ。すると、スフィンクスと似た巨大な彫像が挟《はさ》む巨大な門が見えてきた。

左右の巨大な彫像は岩壁から彫《ほ》られたものだろう。

圧倒的《あっとうてき》な存在感だ。地底神とか？　大地神ガイアの眷属神の一柱とか？

その彫像から独特なプレッシャーを感じながらハフマリダ教団と一緒《いっしょ》に巨大な門の前まで歩く。門の前の通りにはノームと武者顔のドワーフが多い。

そのノームとドワーフたちは俺とヘルメの顔を見て、ぎょっとした表情を浮かべていた。

捩《ねじ》り鉢巻《はちま》きを装着したノームの表情は面白《おもしろ》い。

『なんじゃこいつはぁ』

『げぇ、マグルだぁ』

『うへぇあぁ』

と、いった声が聞こえてくるような感じだ。

そんなことを考えながら歩いていると、アムの声が響《ひび》く。

「ここが地下火山都市デビルズマウンテンの入り口の門。下界都市を通り上界都市へ向かいます」

アムが小さい腕《うで》を上方へ伸ばし、話している。そして、俺の顔を見ては、

「下界の市場では奔命《ほんめい》、寧日《ねいじつ》がない日々でして騒《さわ》がしくなると思いますが、我慢《がまん》してついてきてください。旅の疲《つか》れもあるでしょうが、まずは我々の上界にある神殿《しんでん》まで来て下さい。専用の宿もご用意させて頂きますので」

小柄なアムは笑顔を見せて語る。眉《まゆ》に汚《よご》れが見えたが、透《す》き通《とお》るような青い瞳は美しい。

マスクで見えにくいから、あの綺麗な唇《くちびる》をもう一度見たい。

しかし、ハフマリダ教団の戦士たちは黒布を口に巻いている。

今はあきらめるしかないだろう。

「……分かった、ついていくよ」

ハフマリダ教団と共に、俺とヘルメは巨大門を潜《もぐ》る。

地下都市デビルズマウンテンの中へ足を踏《ふ》み入《い》れた。

目の前には特殊な鉱物が溶《と》けた素材で造ったであろう大きな石畳《いしだたみ》が広がる円広場がある。

その広場を越《こ》えた都市の奥には……。

市庁舎のような小さい城らしき建物が見えた。周りには光《ひか》り輝《かがや》く梢《こずえ》を伸ばした列柱《コロネード》のよ

うな天井と繋がる巨大石柱がある。それは、エンタブラチュアとして巨大な空洞《くうどう》の天井を支えるのと同時に巨大な地下都市を照らす光源となっていた。

人工太陽的だ。近未来、ＬＥＤを超《こ》える以上の明るさだ。物凄《ものすご》いな……。

その城の先、都市の奥には悪魔《あくま》の形をしたような巨大な山もある。

その山の天辺《てっぺん》から溶岩が溢れて下方へ流れていた。

その流れ出る溶岩の左右には、魔石らしきモノが設置されている。

巨大魔法陣《きょだいまほうじん》が溶岩と重なり浮《う》いて漂う。溶岩からは閃光を伴《ともな》う無数の魔線が、その浮いている巨大魔法陣と繋がっていた。溶岩と魔法の力で、何かしらの地熱エネルギーを、この都市のインフラに利用しているのだろうか。

アムが先頭に立ち、ハフマリダ教団を引き連れて広場を進む。

俺は都市の見学を続けながらアムたちに付いていく。

周囲は平幕の屋根だけでなく、木材の家々が並ぶ市場が形成されている。

小間物屋では、風物詩が記された皮、歳暮《せいぼ》風の箱、ウィスタリアの花飾《かざ》り、絵、櫛《くし》、石鹸《せっけん》、カーキ色の瓶《びん》、酒、ポーション類の瓶、茸《きのこ》類、肉類、巨大なマンモス肉、蛤《はまぐり》の剥《む》き身、種芋《たねいも》、香辛料《こうしんりょう》、トカゲ類、皮布、鞣《なめ》し革《がわ》、剛毛《ごうもう》の束、縄《なわ》、などの様々な物が売られていた。

マンモス肉は名作ゲーム『太陽の尻尾《しっぽ》』を思い出す。ん？　他にもなぜか蛤と白化した珊《さん》瑚《ご》が売られていた。

この惑星《わくせい》は大陸がプレート構造なんだろうか。

金貨と銀貨の値札が大きい貝殻だ。珊瑚《さんご》といい元々は海と通じていた？　巨大地底湖アドバーンの名はヴィーネから聞いたことがある。他にも大きな地底湖が地下世界にあるようだ。資源となるから他の種族と争いがあるとも。地下都市ゴレアなどの名と地下沼の存在も聞いた。

ダークエルフのヴィーネの顔を思い出していると、商人と客が駁《ばく》するように話し合い硬《こう》貨《か》を交換《こうかん》する。

その硬貨には金、銀、銅、鉄がある。軒端《のきば》では、鍛冶《かじ》の煙《けむり》が立ち昇り、染み抜き屋、蝋《ろう》燭《そく》屋、油屋、床屋《とこや》、歯医者の掛《か》け声も響く。

武器防具も、鋏《はさみ》、包丁、ククリ剣、短槍《たんそう》、小型斧《おの》、小型盾《たて》、鱗鎧《うろこよろい》、ガーターベルト系のナイフを納める防具、半長靴、などが売られていた。

市場は賑々《にぎにぎ》しくざわめきが激しい。布告場のような場所はないようだ。

公示人の情報を叫んでいるノーム、ドワーフの姿は見かけない。

そんな市場を進む。すると、雌《めす》のチャボみたいな小柄《こがら》のノーム市民たちが集まってくる。

俺とヘルメに対する視線が、他の白眼視とは、また少し違《ちが》う……好奇《こうき》な視線だ。

「マグルだ――」

「おぉぉ、本当だ」

「教団が捕まえたのか？」

「大きいんだな、マグルとは」

「色が白い、黄色いか？　もう一人はマグルと似ているが、葉っぱのような皮膚に見たことのない質感の綺麗《きれい》な服を着ている！　もっと近くで見てみようぜ」

「おうっ」

「ダークエルフと背格好は似ている！　男のほうは、見たことのない不思議な鎧《よろい》服を着ているし、謎だ」

「オリークの旦那《だんな》にしらせろっ」

市場の広場から住宅街と商館が立ち並ぶところを通る。

それに伴い、ノーム、ドワーフの野次馬《やじうま》たちが、背後からぞろぞろとついてきた。

そして、怪《あや》しい宗教団的となった俺たちは、石の家が両脇《りょうわき》に並ぶ坂道に出た。

木の家屋も見かけたが極僅《ごくわず》かしかない。坂はなだらかなに曲線を描《えが》きながら上に続く。

坂は都市の入り口から見えたデビルズマウンテンへと向かう形となっている。

住宅街の奥地《おくち》に存在する城らしきところには向かわなかった。

ハフマリダ教団とは国ではないらしい。坂の脇に並ぶ家の形は丸い石の家が多い。玄関《げんかん》は丸い木材の扉《とびら》。こぢんまりとした石の家ばかりで、乾燥《かんそう》した植物と茸が軒《のき》にぶら下がる。屋根付近に、漆塗《うるしぬ》りのような芸術が施《ほどこ》された剣の柄《つか》が浮彫《うきぼり》加工されている。

家ごとに剣、盾、竜《りゅう》、杖《つえ》、など意匠《いしょう》が異なる。ノームの家紋《かもん》かな。そんな石の家は凄《すご》く可愛《かわい》い建物でもあるから親近感を覚えた。

そして、わくわくしながら坂の通りを行《い》き交《か》う様子を見ていたが……。

やはり人族の姿は見かけなかった。ノームと薄着《うすぎ》のドワーフたちばかり。

背の低い種族たち。溶岩の熱を永いこと体に浴びているからか、焦《こ》げたような肌が多い。中には色白のノームとドワーフもいた。人族のマグルと似たアムのようなノームは少ないが、ちらほらといる。だが、身長の高い人族のマグルの姿は皆無《かいむ》だ。

ま、アタリマエーか。鹿島《かしま》アントラーズの元サッカー選手『アルシンド』を思い出す。

坂道をあがる度に傾斜《けいしゃ》が高くなった。同時に、

「――マグルだ」

「マグルだ――」

と周囲からの声は高まった。野次馬が増えた。

「……アム、何か、ノームたちが増えているが……」

「ふふ、大丈夫ですよ。教団の施設《しせつ》に彼《かれ》らは入れませんから。下界都市に住む人々は、我々、ハフマリダ教団がマグルを捕まえたとでも思っていることでしょう」

「そうですか……」

少し不安を覚えるが、アムの言葉を信じることにした。

ハフマリダ教団と俺たちは多数の野次馬たちを連れて、勾配《こうばい》二十度はある急な坂道を進む。地下の岩盤を削《けず》った道だと思うが山の麓《ふもと》に向かうような坂道だ。

そうして、街並みを見渡《みわた》せる高台の位置に到着《とうちゃく》。この高台付近を上界と呼んで下を下界と呼ぶ理由が分かった。ここは岩肌をくり抜いて作られた崖の上で、展望台を備えた広間がある。

下を見下ろせる高台の反対側の奥には岩盤をくり抜《ぬ》いて作ったであろう神殿の出入り口らしい門がある。上界の都市内部に入る出入り口かな。

門の床《ゆか》付近は艶《つや》がいい鋼鉄が敷《し》き詰められていた。

その門の左右には、アムたちと同じ衣装を着た兵士たちが立つ。

右には門と同じく岩盤と地続きの兵士の駐屯《ちゅうとん》する場所もあった。

「アム隊長、任務ご苦労様です」

「アム隊長っ！」

アムに対して、教団兵士は礼儀《れいぎ》正《ただ》しく挨拶していた。

「はい、お久しぶりです。今入りますから、うしろの野次馬たちに注意してください」

「了解です」

「はいっ」

門を守るハフマリダ教団の兵士たちが前進。

俺たちを守るように門の前にある広場に躍《おど》り出た。

野次馬のノーム、ドワーフたちは兵士に阻《はば》まれて俺たちを追ってこられない。

「さ、シュウヤ、中へ行きましょう」

「おう」

アムを含めた旅をしてきた連中《教団》と共に、門を潜り神殿の中へ入っていく。神殿の中にはもう一つの街があった。

コロニーだ。中心は四角い家が集結しつつ螺旋状《らせんじょう》に上に伸びていた。

パッと見た印象だと、巨大な柱か、巨大な塔《とう》か。

そして、光源は独特。夕日の花が薄暮《はくぼ》の中に目立つような色合いだ。

涼《すず》しい風を体に感じた。ここが上界の空気か。

下界と繋がっているが、何かの仕組みで気圧が違うらしい。

温度が下がったからヘルメの顔色も元に戻った。

下界と同じように上界の周囲を見学しながら進む。周りの広さは……。

最低でも、三百メートルぐらいはある広い空間か？

空間の囲いは岩盤を丸く削った形。

急な傾斜だ。スタジアムを囲む客席のような位置に、無数の家々が立ち並ぶ。

そのスタジアム的な空間の中心にある大きな柱へとアムたちは歩いていく。

近くの傾斜がない石畳の広場には……色鮮《いろあざ》やかな洗濯物《せんたくもの》が干してある。

空きスペースでは何かの肉の干物《ひもの》もあった。

鯉《こい》のぼりではないが、教団の旗が揺らめき、左の広場には滾々《こんこん》と地下水が湧《わ》き出た場所もある。子供のノームたちは湧き出た水を浴びて楽しそうに遊ぶ。

ベイブレード的な玩具《おもちゃ》で遊ぶノームたちもいる。

他にも〝ケンケンパッ〟の遊びを行う子供たちもいた。アムたちはそんな広場に向かう。

大きな柱の手前には巨大な緑の玉髄《ぎょくずい》に挟まれた長方形の墓碑銘《ぼひめい》がある。

「この大きな柱がハフマリダ教団の本部となります」

アムは墓碑銘のことは語らず奥の本部を指摘《してき》。大きな柱と言うか、巨大な塔が本部の建物なのか。

その教団本部の外壁《がいへき》の一部には、彩色《さいしき》が剥落《はくらく》しそうなところがある。その塔の教団本部に向かう。石の玄関を潜った。巨大組織なのか、ハフマリダ教団とは。

「アム隊長、お帰りなさい」

「「お帰りなさいませ」」

神殿門の玄関口《げんかんぐち》にいた教団兵が挨拶を行う。

続けて奥の廊下《ろうか》からトーガ系の布衣服に身を包む老人が登場。

同じ衣服を着た侍女《じじょ》か召《め》し使《つか》いたちもいる。皆、アムに丁寧《ていねい》な挨拶をしていた。

「ウィザ、コモ、ただいまです。後ろの方はシュウヤさんと言います、わたしの、ハフマリダ教団の命の恩人です。そして、強者の槍使い。丁重《ていちょう》におもてなしを行うように」

「ははっ」

トーガ系衣服を着た老人と綺麗な侍女たちは頭を下げ了承《りょうしょう》していた。

彼女たちは、俺とヘルメの姿を視認《しにん》しては、ぎょっと驚《おどろ》いた表情を浮かべる。

が、すぐに体裁《ていさい》を保つ。

下界で騒いでいたノームたちのようにマグル、マグルと叫《さけ》ぶことはしなかった。

「シュウヤ、別の場で報酬を渡《わた》しますので、今は休んでください」

「ええ、はい」

「では後ほど」

小柄なアムは優《やさ》しい笑顔を見せてから踵を返す。後ろ姿に品がある彼女は複雑な模様入りの錬鉄廊下《れんてつろうか》を歩いて、バルコニー的な場所へ向かった。

「強者たるシュウヤ殿《どの》よ、楽しかったぞ。さらばだ」

「凄腕あんちゃんと別嬪魔導士《べっぴんまどう》、また何処《どこ》かでな」

「隊長があんな笑顔を見せるとは、嫉妬《しっと》するぜ！」

「ははは、チム、ドワーフ顔でいうじゃないか」

「ふん、さぁ行くぞ」

一緒に旅をしてきたハフマリダ教団の兵士たちは笑いながら通路の奥へ歩いていく。

「シュウヤ様、では、こちらへ」

トーガを着た老人に右にある通路へ案内される。手前にあった客間らしき大部屋へ通された。クリーム色と黒色のオニキスの柱でできた洒落《しゃれ》た部屋。

扉の手前に、傘《かさ》置き、もとい、針鼠の動物の彫像が置かれ、壁は教団のマークの刺繍《ししゅう》を施したタペストリーが彩《いろど》る。窓枠《まどわく》には、宝石が嵌まり込んだ凝《こ》った彫刻《ちょうこく》があった。

宝石は魔宝石《まほうせき》か？　魔道具か？　枠《わく》自体に魔力《まりょく》も内包しているし、結界的な癒《い》やし効果があるっぽい。サイリスタ機能がある魔道具でも壁の内部に仕込んであるのだろうか。

淡《あわ》い調光が部屋を柔《やわ》らかく照らす。枠にＬＥＤでも仕込んだって感じだ。象嵌《ぞうがん》入りの四角い机には透き通った不思議なテーブルクロスが掛かり、その上に、水差しの瓶と美味《おい》しそうな食材が盛られた大皿が並ぶ。左奥には、大きい寝台《しんだい》が壁に揃《そろ》う形で四つある。右隣《みぎどなり》には風呂《ふろ》と分かるタイルの床が敷き詰められた部屋が覗《のぞ》く。

「お客様、ご自由にこの部屋をお使いくださいませ。では」

トーガ服を着た老人は緊張《きんちょう》した様子で退出。

「ヘルメの水で掃除《そうじ》が可能だが、どうせなら専用の風呂がある。一緒に入ろうか」

「はい」

タイルの床へ足を踏みいれる。冷たい感触《かんしょく》。中心には大きな鋼鉄製と思われる風呂窯《ふろがま》がある。薄着の侍女たちが風呂釜《ふろがま》の準備を行っていたようだ。おっぱいが気になる彼女たちは、俺とヘルメが入ってきたのが分かると、急いで立ち上がり頭を下げてきた。

「お湯は沸《わ》いております。どうぞ」

透けた衣服から見えるおっぱい軍団が好《い》い彼女たちはそういうと、右扉から退出していく。確かに奥にある風呂釜からは湯気が立ち昇っていた。

よし、入るか。夏服バージョンの血鎖《ちぐさり》を解放して素《す》っ裸《ぱだか》になる。

ヘルメと共に風呂釜に続く小さい木製階段を上った。

地獄の釜《かま》ではないが、そんな形の湯舟《ゆぶね》へ足を浸《つ》ける。

底には板が敷き詰められてあるようだ。お湯の温度は程《ほど》よく……。

滑《なめ》らかで柔い感触を肌《はだ》に感じながら……。

ヘルメと一緒に肩《かた》まで浸かり、暫《しば》し……まったりとお湯の時間を楽しんだ。

「閣下、お掃除いたします」

「よろしく」

常闇《とこやみ》の水精霊《せいれい》ヘルメは俺の言葉を聞いて、すぐに体を液体化。

お湯と一体化したように消えてしまった。と思った瞬間《しゅんかん》、俺の皮膚が液体っぽい何かに包まれていく。瞬く間に、体が薄《うす》い水膜《すいまく》に覆《おお》われた。

目、口、耳も塞がるが、何処か温かい。液体のヘルメは、俺の体の掃除が終わったのか、最後に一物に水をぴゅっと当ててから、水飛沫《みずしぶき》を扇状《おうぎじょう》に宙へと発生させつつお湯に混じって消える。そして、俺を抱《だ》きながら姿を現す。

「閣下……」

ヘルメはキューティクルが保たれた長い睫毛《まつげ》がお湯に濡れてお湯を垂らしていた。

綺麗な蒼《あお》い双眸《そうぼう》を揺らしながら俺の目を見つめては、唇に視線を動かしている。

頬の葉が悩《なや》ましく揺れ、少し紅《あか》く染まっていた。

「分かっている……」

ヘルメの希望通りにさせた。ヘルメの蒼色に少し桃色《ももいろ》が混ざる唇を塞ぐ。

最初は優しく段々と唇の全部を撫《な》でるように深いキスを行った。

柔らかい唇から音を立てながら顔を離《はな》すと、ヘルメの口内から液体が糸を引く。

「……二人だけの時間は久しぶりだな」

「はい。嬉《うれ》しいです……」

もう一度唇《くちびる》を重ねた。ヘルメは舌から水飛沫を発して俺の口内を刺激する。

歯茎《はぐき》と歯を掃除するような勢いだったが愛を感じた。

そのまま、なよやかなヘルメを抱きしめる。ヘルメから、ほのかに漂《ただよ》う花の香《かお》りを鼻孔《びこう》に感じながら情事を楽しんだ。黒猫ロロディーヌがいたら呆《あき》れていただろう。

少し寝《ね》て起きてから、リビングに向かう。

針鼠の彫像にお祈《いの》りを実行。南無《なむ》、アーメン。

お祈りの仕方はそれぞれだろうが心で祈ることが大事だろう。

その針鼠の頭部を掌で撫でてぽんぽんと叩《たた》く。

そして、机の上のバナナと茸が合体したフルーツを食べた。

歯当たりの柔らかい感触が美味しいバナナ茸。ヘルメもリビングにくると、

「閣下、そのバナナ茸を気に入りましたか」

「おう、気に入った」

ヘルメとそんな会話をしてから〈筆頭従者長《選ばれし眷属》〉たちと血文字で連絡《れんらく》を取り合った。

闇《やみ》ギルドの争いに加勢しては、敵幹部を仕留めたのか。

ユイ、エヴァ、レベッカはその話題ばかりだった。

巨人《きょじん》の敵の魔造書はメルが回収したとか、闇斬糸使いは楽だったとか。

ヴィーネは怪しい商会の調査を続けていたが、俺のことが心配で家に長いこと待機してくれているらしい。ロロとバルミントと共に家で過ごすことが多いと言っていた。

ミスティは生徒たちの関係性で困っているとか。女の生徒から告白されそうになったとか。

更に、エヴァの骨の足に吸着可能な緑皇鋼《エメラルファイバー》の改良に成功したと重大な報告をしてきた。

エヴァの強化とかやりおる。まさか、大きいゴーレムの頭部とエヴァを合体させる気か？

俺の知識と合体ロボットに関する血文字情報はミスティに送り続けよう。

ミスティなりに理解して、凄いケミストリーを起こす可能性を秘《ひ》めている。

カルードにはユイ経由で聞いた闇ギルドの仕事ぶりを褒《ほ》めて伝えた。

一通り血文字の連絡を終えると、ヘルメが部屋の隅《すみ》で浮かんで瞑想《めいそう》を行っていた。

そこに、魔素《まそ》の気配。

「シュウヤ様、報酬の件でアム様がお呼びでございます。こちらへどうぞ」

トーガを着た老人だった。

「分かった。ヘルメは瞑想を続けていてくれ。俺はアムに会ってくる」

「はい、ではお言葉に甘《あま》えさせて頂きます」

「おう」

ヘルメと話すと頭を傾《かたむ》けて視線でこちらですと語るトーガ服を着た老人の後についていった。錬鉄《れんてつ》の床がある通路を通り、神像が置かれた玄室《げんしつ》らしきところへ案内される。

「シュウヤ、こちらです」

アムだ。金色の髪《かみ》を見せている。神像の隣《となり》にある椅子《いす》に座《すわ》っていたアムは、袋《ふくろ》を持ち立ち上がっていた。あの神像、アムが持っていた木彫《きぼ》りされた人形と同じだ。

アムは黒頭巾《ずきん》も口元を覆い隠《かく》す黒布も装着していないから、美しい顔がよく見えた。

胸元《むなもと》が開いた緑の上服が似合う。雪を欺《あざむ》くような白い肌に、鎖骨《さこつ》が綺麗だ。

だから黒色の革《かわ》のブラジャーが冴える。アムにしては大胆《だいたん》だ。

ほどよい大きさの乳房《ちぶさ》が魅力的《みりょくてき》。綺麗な腹筋を惜《お》しみなく披露《ひろう》している。

完全な臍《へそ》出しルック。緑色の短パンに、膝《ひざ》まである黒色の鱗《うろこ》が目立つブーツを履《は》いていた。プライベートな格好かな。

「……アム、綺麗だな」

「あぅ……シュウヤ。ありがとう」

アムは俺のエロい視線に気付いたらしい。頬が朱色《しゆいろ》に染まっていた。

恥《は》ずかしそうに顔を背《そむ》けてから横目でお礼を言っていた。

あまり容姿を褒められたことがないようだ。

「シュウヤも、モンスターを屠《ほふ》る英雄的《えいゆうてき》な強さは素晴《すば》らしかったですよ。そして、約束していた報酬です」

彼女《かのじょ》は大きな巾着袋《きんちやくぶくろ》を渡してくる。中を確認《かくにん》すると、赤色と銀色が混ざったような粉末に、狐色《きつねいろ》の繊維質の中に埋《う》め込まれた形で丸い眼球のような水晶体《すいしようたい》が入っていた。

「鳳凰《ほうおう》角の粉末、ベルバキュのコアです」

俺にはこのアイテムの価値が分からない。帰ったらミスティか、皆へ見せるか。

アイテムボックスの中へ放《ほう》り込む。

「……ありがとう、頂くよ」

「はい。あ、この間話していたドワーフの友人が、丁度、この隣の錬金部屋にいるのですが、会っていきますか？」

「そうだった。頼《たの》む」

「では、行きましょう、こちらです」

小柄なアムは元気よく走るから付いていった。

案内されたところは、物置小屋か？　アイテムで埋め尽《つ》くされた部屋だった。

「――ロア、いますか？」

んお？　ロアだと!?　まさかな。

「なんだ？　また珍《めずら》しいアイテムでも見つけてきたのか？」

まじか？　この声、特徴《とくちょう》ある野太いガラガラ声……忘れもしない。

俺がこの世界で初めてコミュニケーションを取った。あのドワーフの声、あのロアだ!!

「違います。姿が見えないので、こちらに来てください。きっとロアもびっくりすると思いますよ、ふふっ、放浪《ほうろう》好きのロアもきっと見たことがないと思いますし」

「アムがそんなことをわしに言うとは珍しいな。よし、今、ここを片付けて、向かう」

ロアが本や背嚢の塊を退《ど》かして、姿を現す。

ロアは、一日、見て、口を震《ふる》わせた。驚天動地《きょうてんどうち》といった感のある表情を浮かべる。

「ま、ま、まさか！　あぁぁ、マ、マグルのシュウヤか？　シュウヤなのか？」

「あら？」

アムもロアの反応は予想外だったらしい。

「そうだよ、俺も驚いたが、あのロアだな……」

髭《ひげ》のもじゃもじゃが増えた気がするが、確実にロアだ。

「おぉ、その声は！　偶然《ぐうぜん》とはいえ何という、しかし、よく生きていた……」

ドワーフのロアは近寄ってくると、俺の足から頭部を、まじまじといった表情で見上げてくる。

「ええ、あれから色々とありまして」

「ふむ。だろうな……しかし、パドック様の導きなのだろうか……」

ロアは小さい両手の人差し指を立て、天蓋《てんがい》を見てから、胸《むな》もとで指をクロスさせた。

「知り合いだったのですね。びっくりさせようとしたのに、わたしが驚かされましたよ」

アムは両手を動かすジェスチャーを取りながら話していた。

「がはは、アムよ、わしとて、もの凄く驚いた。地下で放浪《ほうろう》していた時に遭遇《そうぐう》したマグルのシュウヤと再会とは、よもや、おもわなんだ」

「ロア、俺もだよ。だが、てっきりドワーフの都市へと返《かえ》り咲《ざ》いたと思っていた。どうしてまた、この都市へ？」

ロアは、ばつが悪そうに、

「あぁ、それはだな、最初は順調に黒寿草《こくじゅそう》を用いてのリリウム生産は軌道《きどう》に乗っていたのだ。莫大《ばくだい》な富も得ることができた。しかし、【副王会】の手先に嵌《は》められた」

そこから、ロアは悲しみの表情を浮かべつつ、根回しが足りず、強欲《ごうよく》な【副王会】に黒寿草の権益を根こそぎ奪《うば》われたのだと話す。長老会議の最大派閥《はばつ》、【副王会】の首領パドロオロにしてやられたのだぁ……と、長らく説明してくれた。

「……そうだったか」

「うむ。シュウヤも色々と言っていたが、まさかずっと、地下を放浪していたのか？」

「放浪というか、暫《しばら》く同じ地下の場所で生活をしていた。が、このままではまずいと思い、決心をしてから骨海、グランバの領域に出て、地下を巡る旅を開始したんだ。そこでグランバに襲《おそ》われた。が、退治して黒猫《ロロ》と出会い、神具台を用いることができる角付きの種族に助けられて地上へ戻った。それから、助けられた方を師匠《ししょう》と呼び、その一家の方々と地上で暫く過ごしてから、地上世界を放浪。そして、この地下世界を探検する【特殊《とくしゅ》探検団ムツゴロウマル】を率いて、新たに、地下世界の探求へ出ていたところだった」

「はい、わたしたちハフマリダ教団はそこで、シュウヤに命を救われたのです」

話を黙《だま》って聞いていたアムが話を付け加える。

「今、さりげなくグランバを退治したと言っていたが、本当なのだな？」

「はい、倒《たお》しましたよ、白鎧を装着した。腕が伸《の》びる怪物《かいぶつ》で知性がある」

「まさしく、その怪物がグランバだろう」

ロアはアムに視線を移しながら語る。

「シュウヤなら確実に倒せるでしょう。このデビルズマウンテンに戻ってくる間の戦いには、キュイズナーなど数々のモンスターがいましたが、シュウヤとヘルメさんがいることで、楽に殲滅《せんめつ》できましたから」

「なんと、あの魔《ま》神帝国《じんていこく》のキュイズナーをか」

「はい、あっさりと倒していましたよ。シュウヤは英雄的な強さを持ちます」

「英雄《えいゆう》とは、しらなんだ……あの時、シュウヤを連れていれば、わしの未来も変わっていたかもしれぬな……」

顔色を悪くするロア。

「そんな顔をするなよ。ひさびさに会えたんだ。ヂヂではないが、一緒に酒か食い物でも食べながら話すか？」

「ガハハッハッ、ヂヂか……懐《なつ》かしい。良いだろう」

「あ、わたしが奢《おご》ります」

「おっ、アムがそんなことをするとは珍しい……」

ロアはアムの顔をじろじろ見ている。

「も、もう、ロア、顔を近づけないでくださいっ」

「あぁ……そういうことか」

ロアはニヤリと知ったような表情を浮かべては、俺とアムの顔を交互《こうご》に見ている。

「ささ、こちらですよ、来てください――」

アムは恥ずかし気《げ》に語ると、顔をロアから遠ざけた。扉まで足早に移動。

小さい手で取っ手口を掴《つか》むと、素早《すばや》く開けている。

「シュウヤ、隅におけんな！」

笑うロアに俺は尻《しり》を叩かれた。

常闇の水精霊ヘルメがここにいたら、ロアの命はなかったかも知れない。

冗談《じょうだん》はさておき、ということは、アムは俺に気があるということか？

その、にこやかなアムに案内されたのは縦長の食堂だった。

ノームとドワーフの背丈《せたけ》に合う机と椅子が並ぶ。壁《かべ》にはアルコーブと角灯と皿に載《の》った大きな根菜類。根菜類の周りには、蝋燭がある。地下の神様とか根菜の精霊様？

カウンターでは何か料理を行っているノームのコックが見えた。

「座ってください」

「了解《りょうかい》」

「わしは、高級な極酒《ごくしゅ》、六魚《ろくぎょ》と茸の煮物《にもの》がいい」

アムは酒の名前のところで、一瞬《いっしゅん》ロアを睨《にら》む。

「……高級、はい、今回だけですからね」

「おう、さすが、アムだ」

ロアは、しめたしめたという顔を浮かべる。

「――シュウヤ、食事の希望はありますか？」

アムは、気にせずに俺へ顔を向け訊《き》いてくる。

「どんなのがあるのか分からないから、アムが好きなのでいいよ」

「分かりました」

アムはカウンターがあるところまで、走る。

調理をしていたコックへ語り掛けているようだ。

「しかし、アムがすっかり女の顔になるとはな。シュウヤは余程活躍《よほどかつやく》したらしい」

「そうはいうが、普通《ふつう》に対処しただけだ」

「ふっ、その普通が普通ではないのは、聞いただけでも分かるぞ」

「そうかな？　ま、槍には自信がある」

「お、シュウヤは槍使いなのか、パドック様も槍を使っていたそうだ。偶然とはいえ、今回の再会といい、パドック様が導いてくださったのかもしれぬな」

「そうだな。偶然かも知れないが、何か、縁《えん》があったということだ」

ロアは俺の言葉を聞いて、少し考えるように顎《あご》に手を当てていた。

「そういえば、先ほど、気になることを言っていたな。神具台を用いた角付き種族と」

「あぁ、ゴルディーバ族だよ」

そこに、アムと一緒に食材を持ったノームたちがきた。

机の上に魚とマッシュルームの煮物、酒が並べられていく。

赤い野菜と肉系の炒《いた》め物《もの》も並べられた。

「さ、運んできましたよ、一緒に食べましょう」

「ゴルディーバ族……知らぬ名だ。水棲《すいせい》のピュル族ではないのだな」

知らぬか。ピュル族ってのは何だろうか。人魚の親戚《しんせき》かな。

「ロア、何をぶつぶつ言っているの。さ、高い酒も用意したのですから」

「あ、すまん。頂くとしよう」

なみなみと満たされてある杯《さかずき》を豪快《ごうかい》に飲むロア。

こうして、アム、ロアと共に、食事、長話、団欒《だんらん》タイムとなった。

「魔神帝国は脅威《きょうい》なのだ。この間もアムの活躍《かつやく》で追い返したが」

「何とか追い返しましたが墓碑銘には、また複数の兵士たちの名が刻まれました」

そこから魔神帝国との戦争話に発展。

各独立都市で都市同盟を組んで抵抗《ていこう》しようと試みている最中と、アムはそのために、【独立地下都市ファーザン・ドウム】のお偉《えら》いさんと会談を行ったようだ。

続いて、行商人が持ち込む茸類の流通話、火山の熱を利用した特殊茸《とくしゆきのこ》の栽培《さいばい》話、ドワーフとノームが喧嘩《けんか》をして火山に落ちたアホ話から、そこで二人の幽霊《ゆうれい》が出るようになった話、恋人《こいびと》が戦争で死んで追《お》い掛けるように火山へ身投げした話、パドック様が愛用していた聖槍《せいそう》ソラーが地底湖に眠《ねむ》っている伝説の話、赤ら顔のロアが、もう一度神具台について聞いてきたり、地上の生活の質問に答えたりと、多岐《たき》にわたる。

長らく話し込んだし、そろそろ帰るかなと思い始めた時、

「シュウヤはこれからも地底の探検を行うのですか？」

頬が赤くなっているアムから尋《たず》ねられた。

彼女も酒を飲んでいるので、酔《よ》っているかも知れない。

「あぁ、そうだ。こうしてロアとは久々に再会し、アムとは酒を飲む仲となったから名残《なごり》惜《お》しいが……お別れとなる」

「別れだとぉ」

「そうですか……」

「おい、シュウヤ、アムが悲しんでいるじゃないか！」

赤ら顔のロアが怒《おこ》りだす。

「ロア、いいのです。シュウヤは探検が仕事なのですから」

「悪いな」

「ふん、つまらん。アムよ、いいのか？　シュウヤはここを去る気だぞ」

「……はい」

「お前さんはいつもそうやって遠慮《えんりょ》する。好きな男ができたなら、もっと懐《ふところ》に飛び込まないと、まったく――」

ロアは上から目線で恋愛《れんあい》を語ると、酒をぐいっと飲む。

第百八十二章「帰還」

「そうですね……正直に言います。シュウヤ、旅をしている間、ずっと貴方《あなた》を見ていました。ヘルメさんという恋人であり従者でもある人がいるのは知っています。ですが、わたしは離れたくないです」

「おぉぉ、よく言った、ホレッ」

ロアは酒をアムのゴブレットへ注いでいく。

「はい――」

アムは告白っぽい言葉で勢いがついたのか、注がれた酒を一気に飲んだ。

「がはははっ、いい飲みっぷりだ！　わしは先に帰る。後は二人で楽しめ。アム、がんばるのだ――」

「きゃっ」

ロアは豪快に笑いながら、アムの背中を二、三回叩くと食堂から退出していく。

酔っているとは思うが、足取りはしっかりしているので、まだまだ本人が語るように序の口だったのだろう。気を利《き》かせたつもりらしいが。

「もう、ロア……帰ってしまいましたね……」

「あぁ」

アムはそういうが、嬉しそうに語る。ゴブレットの丸い縁を、小指ほどの指で持ちつつ小さい口へ運ぶ。ちょびちょびと酒を飲むと、上目遣《うわめづか》いで俺《おれ》を見つめてきた。

視線を合わせてやると、青い瞳《ひとみ》を揺《ゆ》らして逸《そ》らすアム。うぶらしい。緊張しているのが伝わってきた。

彼女の気持ちは嬉しいが……俺には戻《もど》る場所がある。

「どこだ、アムッ!」

と、突然《とつぜん》、背後から野太い声が響《ひび》く。

振《ふ》り返ると、渋《しぶ》い面頬《めんぽお》を装着した武者ドワーフの姿があった。

プレートアーマーか。両肩《りょうかた》に特殊な金具で留《と》める黒マントを羽織っている。

マントには魔《ま》法《ほう》の文字が刺繍があるから特殊な物だろう。

腰《こし》ベルトと連結された剣帯《けんたい》には灰色の魔力を帯びた二つの鉄棒か?

柄が少し長く峰《みね》が分厚いメイスのような武器が納まる。

古代中国の武器でたとえるなら『双錘《そうすい》』か。ま、メイスの武器だな。

「……オリーク、上界に来ていたのですか」

「そこにいたのかっ。むっ、こいつが……」

オリークは面頬を外し俺の姿を確認しながら睨みつけてくる。

彼の顎には立派な鬚《ひげ》が蓄《たくわ》えられていた。

「どうも」

無難に挨拶《あいさつ》。

「アムッ、マグルと二人だけで飲むとは！　それに隊員から聞いたぞ！　ベルバキュのコアが報酬《ほうしゅう》だと」

「はい、もうお渡ししました」

「なんだとおお、よりにもよって汚《けが》らわしいマグルに、俺が欲《ほ》しかったものを！」

オリークは唾《つば》を飛ばすように怒鳴《どな》る。筋肉質な腕《うで》を動かし武器の柄を手で握《にぎ》った。

「そんなことは知りません。汚らわしいのはどちらですか？」

「マグルにきまっておろうがっ！」

「シュウヤに対して失礼です。彼は最高の戦士であり、わたしの命の恩人なのですから」

アムは冷たい眼差《まなざ》しでオリークを睨んでいた。

「……今はシュウヤと二人だけにしてくださいますか？」

アムは目許《めもと》が綻《ほころ》ぶ。優しい雰囲気《ふんいき》を醸《かも》し出《だ》す。が、その優しい表情が、オリークの嫉妬という燃える感情へと更《さら》なるガソリンを注いでしまったらしい。

ドワーフのオリークは、一気に険しい表情となった。

「……納得《なっとく》するもんか、そこのマグル、俺と勝負だ」

オリークは興奮しているのか少し目がイっちまっている。

「オリーク！　何を」

「アムは黙れっ、このマグルと勝負するっ」

「なんの勝負ですか？」

引きそうにもないので彼に尋ねた。

「マグルとて得物があろう、それで勝負だ」

「シュウヤ、オリークの話を真に受けずとも……」

「アムは見ていればいい。どちらがお前に相応《ふさわ》しい男か、分かるだろう」

「オリークさんよ。勝負というが、その結果命がなくなってもいいんだな？」

「当たり前だ」

「シュウヤ、オリークは少し頭がおかしくなっているだけです。殺さないであげてくださいね……」

アムは俺の戦いを間近で見ているせいか勝敗が見えている。彼女に同意しながら、

「あぁ、〝それなりに〟手加減はしてやるさ」

「小童《こわっぱ》マグルが生意気な！」

小童か。それじゃ小童なりにがんばるか。

「……それで、どこでやるんだ」

「表の広場だっ、来い！」

オリークは勢いよく腕を振り上《あ》げ、踵《きびす》を返す。

「すみません、シュウヤ」

「気にするな」

アムが謝《あやま》ってきたが、無難な表情で応《こた》えてから、オリークのあとを付いていく。

玄関口から外に出た。

「さぁ、俺の準備はできている。お前も得物を出せ」

オリークは短い鉄棒メイスを両手に持つ。言われた通《とお》り魔《ま》槍杖《そうづえ》バルドークを右手に出現させた。

「……ふん、マジックウェポンか」

オリークの言葉は無視。左腕《ひだりうで》をそのオリークに向けつつ――。

右手が握る魔槍杖バルドークを回した。

脇《わき》と右腕《みぎうで》で魔槍杖バルドークを挟《はさ》みつつ構えた。

左手の指先を掌《てのひら》側へと、ちょんちょんと引いた。誘《さそ》う動きをしつつ、

「――御託《ごたく》はいいから、さっさと済ませよう」

「雰囲気はあるな。教団と同じ武術の気配もある。が！　俺にも男としての意地がある！後悔《こうかい》させてやる！」

ドワーフは〈魔闘術〉をマスターしているようだ。

魔力を溜《た》めた足で地面を強く蹴《け》りながら前進してくる。

間合いを詰《つ》めつつスキルを発動した？　――メイスが分裂《ぶんれつ》。

メイスが分裂とか摩訶不思議《まかふしぎ》。そのメイスは鉄の部分が如意棒《にょいぼう》のように伸びた――。

二つ三つのメイスの残像が見えた。俺も〈魔闘術〉を意識。

魔力を足に集中させつつ退く。ぎりぎりの鼻先で初撃のメイスを避《さ》けた。

続けて、残像メイスの攻撃《こうげき》を喰《く》らう前に――半円を描《えが》くように振った魔槍杖バルドークの後端《こうたん》をオリークのプレートアーマーの腹にぶち当てた「ぎゃっ――」鈍《にぶ》い音が響いた。

竜魔石《りゅうませき》の威力《いりょく》が勝つ。――オリークは体をくの字にさせると吹き飛《と》んだ。

プレートアーマーの胸甲《きょうこう》が竜魔石の形に凹《くぼ》んでいた。

オリークは地面に何回か頭を打ちながら転がって止まる。

オリークは起き上がれないが、気を失うぐらいで済んだはず。

彼《かれ》の仲間だと思われるドワーフたちが介抱《かいほう》していた。

「シュウヤ、手加減をありがとう。オリークも少しはこれで懲《こ》りるでしょう」

「知り合いを倒してしまったから悪い気がしてきたよ」

「そんなことないです。シュウヤは立派な戦士ですよ……カッコイイです……」

綺麗《きれい》な女に真顔で言われると、少し照れる……。

アムは頬だけでなく顔が全体的に赤い。酒が入っているから気のせいかも知れないが。

「……はは、少し照れる」

「ふふ、本当に素敵《すてき》なシュウヤですね」

う、微妙《びみょう》にほめ殺しは苦手だ。話を切《き》り替《か》えよう。

アムと別れる前にゆっくり話しながら短いデートでもするか。

「……さて、酒の続きとはいかないが、アム、別れる前に少し散歩するか？　良かったら適当に案内して欲しい」

「あ、はいっ」

笑顔《えがお》で話すと、アムも笑顔で答える。

「いいところがあります、こちらです」

教団本部の施設《しせつ》を歩き始めた。麝香《じやこう》の香りがする通路を抜《ぬ》ける。

鏡張りの階段を幾《いく》つか上がった先で、

「シュウヤ、こちらに――ここからの眺《なが》めは最高です」

アムが小さい腕を可愛《かわい》らしく振る。小走りに近寄った。

アムの腕の先は出窓。たしかに出窓から見える景色は良さそう。

だが、ノームとドワーフの背格好に合わせて作られてある。

俺は屈《かが》まないと――何も言わず、屈んで、その枠の外を見た。

「……確かに眺めがいい」

眼下に広がるのは円形の広場。子供たちが走り回っている。

大人のノームたちがロープを引いている。大きな荷物を地下から運び出していた。

ここの地下にも都市は続いているのか。視線を上げた。

斜面《しやめん》に建つ石の家々からノームの親子が歩いて階段を下りている。

石の家の中ではドワーフの夫婦《ふうふ》と見られる男と女がハッスル的なイヤーンなことを一生《いつしよう》懸命《けんめい》がんばっている様子が見て取れた。昼間からエロドワーフだな。

それとも昼ドラ的な、いけないメロドラマのような展開なのだろうか。

「……ふふ、ここはわたしのお気に入りの場所なんです」

アムは風で揺れて靡《なび》いた金髪《きんぱつ》の巻き毛を押《お》さえている。

勿論《もちろん》、エロドワーフたちのハッスル行動には気付いていない。

「分かる……ここは袋小路《ふくろこうじ》のような形だが、心地《ここち》いい風が通っているんだな」

「はい、斜面になっている住宅街ですが、穴があちこちにあり通風孔《つうふうこう》になっているのですよ。火山の熱を利用した冷える機構が整えられているのです」

「へぇ……」

ふと、出入り口付近を覗こうと身を乗り出す。

「あっ、危険です」

アムは俺の足を押さえるように抱き着《つ》いてきた。

これは明らかに寓意《ぐうい》か。抱擁《ほうよう》のつもりもあるだろう。

「アム、大丈夫《だいじょうぶ》」

「いいえ、危険ですっ、シュウヤは危険ですっ」

彼女は俺の足に必死に抱き着きながら語る。まぁ、危険なのは確実だな。

血鎖によって全身で一本槍《いっぽんやり》の嵐《あらし》を起こす男なぞ、この世のどこにもいないだろう。

と、アムが抱き着いてきたから、思考が脱線《だっせん》した。アムの背中に手を回す。

アムの背中をさすり、

「アム……」

「ごめんなさい、シュウヤの気持ちは分かっています。けど、今は離ればなれになる前に抱きしめさせてください！」

アムは涙《なみだ》を流していた。綺麗な女にここまでされちゃぁな……少しは応えてやるか。

「あぁ――」

アムに返事をしながら抱き寄《よ》せる。「あぅ」小柄《こがら》な体を持ち上げた。朽《く》ち木《き》さながらに軽い体。アムは俺を凝視《ぎょうし》して目を瞑《つぶ》ると、唇《くちびる》を突《つ》き出す。

そのアムの望みに応えよう。アムの小さい唇に唇を重ねた。

優《やさ》しくロングなキス。唇でアムの唇をマッサージ。そして、唇を離した。

丁寧《ていねい》に床《ゆか》に降ろす。

「シュウヤ……優しいキス……」

アムは自らの小さい唇に指を当ててキスの感触を確かめていた。

そして、俺を見上げて、潤《うる》ませている瞳を揺らしながら、

「……シュウヤ」

熱を込めた呟《つぶや》きだ。

「アム……泣《な》き止《や》んだな」

「はい、わたしの気持ちを汲《く》んでくれて、ありがとう。優しいキスをくれて……」

本当に嬉しそうに語る。可愛い……が、ここでお別れだ。

「アム。去る前に俺が休んでいた部屋に鏡を土産《みやげ》に残していくから、できたらそのままにしておいてくれるとありがたい」

「鏡ですか？　何か秘密があるのですね。分かりました。あの部屋はシュウヤの部屋にします。大切に鏡を扱《あつか》いますから！」

アムは切ない表情だが、必死に声を強めていた。

「よろしく。では、去らばだ。ロアにもよろしくな。また縁があれば会えるだろう」

「……はぃ」

アムは顔を曇《くも》らせる……済まん。踵を返した。階段を下りてヘルメが〈瞑想〉している部屋に戻った。パレデスの鏡を置くのは隅っこだな。

アイテムボックスから五面のパレデスの鏡を出して、その鏡を隅に設置した。

「ヘルメ、都市の外へ普通に出てから帰還する」

水飛沫《みずしぶき》を発生させて〈瞑想〉していたヘルメに指示を出した。

「はい」

ヘルメは水飛沫を止めて浮《う》いていた足を床につける。

そのまま、ヘルメを連れて教団本部の通路を進み、玄関口《げんかんぐち》から外へ出た。

緑の玉髄《ぎょくずい》に挟まれた長方形の墓碑銘《ぼひめい》が視界に入る。魔神帝国との戦争により亡《な》くなった方々の名前らしいが、その墓碑銘に興味が出たが見ずに広場を歩き、ノームの教団兵士たちが見守る出入り口の彫刻《ちょうこく》が綺麗な門を潜《くぐ》って上界を脱《だっ》した。

下界が見渡《みわた》せる高台に出た。高台から下界を見つつ、この教団本部に向かうため上がってきた傾斜《けいしゃ》の坂道を降り始める。そうして降りてすぐの市場に戻ってきた。

その市場で、またマグル、マグルと市民たちから騒《さわ》がれたが、その度《たび》にヘルメが水飛沫を発生させ野次馬《やじうま》たちを退散させていた。その間に、お土産でも見ようか――。

売られている商品を見た……どれもパッとしない。

トカゲ肉のような物を買っても仕方がない。

意外に美味《おい》しいかも知れないが。鉱石類も覗《のぞ》いた。が、魔力《まりょく》を帯びた物はない。

結局白い珊瑚《さんご》のネックレスと髪飾《かみかざ》りを〈筆頭従者長《選ばれし眷属》〉たちのお土産に買うことにした。

カルードにはないが別にいいだろうと硬貨《こうか》を提出。すると、ノームの商人は、不思議そうな表情を浮かべて硬貨を調べた。が、すぐに満足そうな表情のノームは頷《うなず》いて、取り引きは無事に終了《しゅうりょう》。買い物を済ませて巨大《きょだい》な門に向かった。

短い間だったが、この【独立地下火山都市デビルズマウンテン】の体験は一先《ひとま》ず終了だ。

パレデスの鏡はこの都市に残したから、いつでも訪問は可能。

今回の目的は、あくまでもパレデスの鏡の回収だったが……。

地下の拠点《きよてん》用に一つぐらい残しておいてもいいだろう。

他《ほか》のパレデスの鏡が地下深くに埋まっている可能性もある。

そこで、アムの悲しげな表情を思い出した。アムには詳《くわ》しくパレデスの鏡の話をしていないが……ま、もう一度会った時のサプライズとなるだろう。

そんなことを考えながら、スフィンクスらしき巨大な彫像《ちようぞう》がある巨大な門から都市の外に出た。さらば、【独立地下火山都市デビルズマウンテン】。

「誰《だれ》もいないところに行こうか。ペルネーテの自宅に戻るぞ」

「はい」

ヘルメに語りかけながら、魔法の光源に照らされて明るい地下街道《かいどう》を避けて進む。

旅人、商人、兵士がいない脇道《わきみち》を見つけた。二人で脇道の奥《おく》を歩いた。

そして……周りに誰もいないことを確認。

「閣下、周りには誰もいません」

「ああ」

頷《うなず》きながら、その場で二十四面体《トラペゾヘドロン》を取り出す。

ペルネーテの寝室《しんしつ》にあるパレデスの鏡の番号をなぞって、ゲートを起動した。

パレデスの鏡の先には黒猫《ロロ》とヴィーネの顔がドアップで映る。

驚《おどろ》いたが二人の気持ちはよく分かる。会いたかった黒猫《ロロ》とヴィーネ！

「皆《みな》のところへ戻りましょう」

「おう」

ゲートを潜った。

「にゃぁぁぁぁぁあああああああぁぁぁぁぁぁ」

「ご主人さまぁぁぁぁぁあああ」

黒猫《ロロ》とヴィーネが抱《だ》き着いてきた。

「にゃあああん、にゃぁぁぁにゃぁぁあああぁぁぁぁぁおおおお」

黒猫《ロロ》は興奮しているのか、自然と黒豹《くろひょう》と化した。

——ヴィーネを弾《はじ》き飛ばし、俺を押し倒してきた。

相棒は、俺の顔や手を食べるように、ぺろぺろぺろぺろと澎湃《ほうはい》とした舌の勢いで激しく舐《な》めてくる。更に黒豹《ロロ》は嬉《うれ》しすぎたのか、朦朧《もうろう》の酔眼《すいがん》的に瞳が変化した。赤系の虹彩《こうさい》にある黒い瞳が揺れに揺れて、全身が震えて腰を抜かす。

尻尾《しっぽ》も震えていた。

「ははは、ロロ、くすぐったいぞ。だが……俺も凄《すご》く寂《さび》しかった」

「にゃおおぉぉん」

大きい黒豹《ロロ》を両手で抱きしめてやった。

獣《けもの》の懐かしい匂《にお》いが鼻孔《びこう》を通る。相棒の腹に顔を埋めた。

——柔《やわ》らかい黒毛布団《ぶとん》はたまらない。

やべぇ、心が温まる……ぎゅっと抱きしめてやると黒豹《ロロ》は満足したようだ。

顎と頬をペロッと舐めてから黒猫の姿へ戻った。

可愛い黒猫《ロロ》を抱きしめつつ立ち上がってから床に降ろしてあげた。

黒猫《ロロ》は、まだ甘《あま》えたいのか、脛《すね》に頭を何回も擦《す》りつけてくる。

そこに鏡から外れた二十四面体《トラペゾヘドロン》が、いつものように俺の頭上を回り出した。それを掴みアイテムボックスの中へ放り込む。

「ご主人様……」

横に弾き飛ばされたヴィーネが悩《なや》ましい体勢で悲しげな声を出していた。

泣きそうな顔だ。

「ヴィーネ、来い」

「はいっ――」

飛ぶように抱きついてきた。ヴィーネ特有のバニラ系のいい香《かお》りが漂《ただよ》う。

その香りを鼻孔から深く吸い込み肺を満たすと、心までもが癒《い》やされる気持ちとなった。

ヴィーネの柔らかい巨乳が俺の胸に押し潰《つぶ》されている。

「ご主人様、寂しかった……わたしは寂しかったぞ……」

愁《うれ》いの想《おも》いが籠《こ》もった瞳と声色《こわいろ》だ。

銀仮面越《ご》しだがヴィーネの感情がよく伝わってきた。

少し素の言葉が漏《も》れていることが拍車《はくしゃ》をかけて、ヴィーネの溢《あふ》れる想いが俺の心を温め
快美感に包まれる。優美なヴィーネの頬には涙が伝っていた。

「済まん。待たせたな」

指で涙を拭《ぬぐ》う。

「はい……」

そこでヴィーネが着ている服が気になった。アイテムボックスの報酬で入手した黒い光《こう》
沢《たく》が美しい外套《がいとう》系のアイテムだ。カーボンナノチューブ系の近未来的な軍服の外套。

その外套を羽織るヴィーネの姿はかっこいい。

「ヴィーネ、その服、俺のだよね？」

「あああっ……すみません。あまりにも寂しくて辛《つら》くて、ご主人様の服を……慰《なぐさ》めに……使ってしまいました……」

ヴィーネは顔を真っ赤に染めていた。肌《はだ》は青白いから分かりやすい。

しかし、慰めだとぉ……一人で楽しんでいたのか、けしからんっ、けしからんぞっ。

俺の服を利用して、可愛すぎる！

「ヴィーネ、偉いぞ――」

額にキスをしてあげた。

「――あっ、ありがとうございます」

「閣下、わたしは向こうにいっていますね」

ヘルメは気を利かせて部屋から出た。優しい常闇《とこやみ》の水精霊《せいれい》ヘルメ。

「精霊様……」

ヴィーネは銀色の瞳を揺らし涙を溜めていた。数日離《はな》れていただけだったが、光魔《こうま》ルシヴァルの血の作用のせいか、俺と離れるとそれだけ寂しさも倍増するんだろうか。

「にゃおん」

黒猫《ロロ》がヴィーネに対してなんか鳴いている。

「キュキュッ、ガォォ――」

そこに黒猫《ロロ》の声に反応したのか分からないが、バルミントの声が廊下《ろうか》から響《ひび》いてくる。廊下からドタドタ音を立てながら顔を見せたのは、やはり人族の子供の大きさへと成長を遂《と》げていたバルミントだった。数日でヒヨコの大きさから、ここまで育ったか。見た目はもう完全に小型ドラゴンだ。

「キュッキュ、キュォォォォン」

バルミントは俺を見るなり飛ぶように羽を小さく広げて走り寄ってくる。

俺の脛を胸元《むなもと》で抱いてくる。はは、可愛いバルミント！

バルミントを持ち上げた。「口をあーんと」「キュォォォ」と口を開けてくれた。

犬歯の辺りは立派なドラゴンの歯牙《しが》に進化している。

バルミントの口を観察していると、バルミントは、喉元《のどもと》から「キュッ」と音を立てつつ長い舌で俺の顔を舐めてくる。

「あはは、くすぐったいぞ。が、バルミント、大きくなったなー」

「キュキュァァァン」

バルミントをなでなでと可愛がった。さて、不満大王レベッカさんはどうしているかな？

エヴァは、たぶん怒らないで理解してくれるはずだ。胸に抱《かか》えていたバルミントを床に置く。

「それで、他の〈筆頭従者長《選ばれし眷属》〉たちはどこにいった？」

血文字でメッセージを送ればすぐだが、あえてヴィーネに聞く。

「ユイとカルードは【月の残骸《ざんがい》】の仕事を手伝っています。エヴァはペルネーテの東の店に一旦戻《いったんもど》り、買い物しながら戻ると言っていました。レベッカは解放市場街のベティさんのお店の仕事の手伝いです。ミスティは講師の仕事ですね」

「そっか」

ヴィーネとそんな会話をしながら、夏服バージョンの血鎖鎧《ちぐさりよろい》を着たままリビングへ向かう。メイドたちと久しぶりに話をしてから飲み物と食い物を用意してもらった。

そこで飲み食いしながら談笑《だんしょう》。ヘルメは椅子《いす》に座《すわ》っていたが、途中《とちゅう》でリビングの隅《すみ》っこへ移動。あれ？　そのヘルメが移動した隅を凝視。

そこにはヘルメ用のスポットが新しくできていた。

水の精霊をモチーフにした座れる彫像が木材の柱に嵌《は》まり込むようにできている。

特殊《とくしゅ》な〈瞑想《めいそう》〉空間へと変貌《へんぼう》を遂げていた。ヘルメは、にこやかな顔だ。体から水飛沫を発生させつつ、その新しいスポットの席に座ると〈瞑想〉を始めていた。

「イザベル、あそこは……」

「はい、精霊様用に新しく作らせました。知り合いの伝手《つて》を使いましたから、ご主人様の御金《おかね》にはまったく手をつけておりません」

別に金はたんまりとあるから自由に使って構わんが。そのうち、新興宗教の『ヘルメ教団』ができてしまいそうだな。教義は『お尻ちゃんを大事に』かな。

「ご主人様が気に入らないのであれば、すぐにでも撤去《てっきょ》いたします」

「いや、あのままでいい、ヘルメも気に入っているようだ」

「分かりました」

その後はヴィーネとバルミントのことを語り合った。

今はどこで寝《ね》ているとか、食い物は何を食べているとか、そんなことを話しながら腿《もも》に乗った黒猫《ロロ》の背中を撫《な》で撫でしながら、一緒《いっしょ》にまったりとリラクゼーションを楽しんだ。

そこに、

「ただいまー」

「ん、あっ、シュウヤッ――」

買《か》い物袋《ものぶくろ》を抱えた二人。途中で合流して買い物でもしていたのか？

レベッカとエヴァが帰ってきた。

「あーーーっ、シュウヤッ！　いつ帰ってきたのよーーーー！」

「先ほどだ、お帰り」

「あ、ただいま、じゃないわよっ、お帰りはわたしたちのセリフでしょー、もう――」

レベッカは持っていた袋《ふくろ》を床へ投げ捨てると、椅子を動かして振り向《む》いている俺に飛びついてきた。微《かす》かなシトラス系の香りが漂う。レベッカの香りだ。

「――寂しかったっ、無事に帰ってきてくれてありがとう……」

不満大王は何処《どこ》？　レベッカも涙を流していた。

きつくきつく抱きしめてくる。微かに柔らかいおっぱいの感触《かんしょく》が感じられた。

しかし……レベッカの身体能力は倍増しているので少し痛い。

とは言わずに、レベッカの背中に両腕《りょううで》を回してハグを優しく返してあげた。

相変わらず細い体……少し筋肉が増えたか？　ま、気のせいか。

「ん、レベッカ、退いてっ」

すぐ後ろで我慢《がまん》していたエヴァが紫色《むらさきいろ》の瞳を揺らしながら大声を出す。

「あ、うん」

レベッカはエヴァの声を聞くとビクッと背中を動かしてすぐに横へ退いている。

「シュウヤッ」

エヴァは魔導車椅子《まどうくるまいす》をペダル付きの変形金属の足にチェンジ。

続いて初号機モード、もといい、踝《くるぶし》の両側に車輪が付いた金属の足を瞬《またた》く間《ま》に変化させると――俺に飛びついてきた。文字通り飛んだ。勢いよく抱きついてくる。

――うおぉっ、おっぱいが柔らかい。

素晴《すば》らしい張りと弛《たる》みのある巨乳さんの感触を得る。

エヴァは人の気持ちを悟《さと》れるエスパーさんだが、俺のおっぱい研究会たる業《ごう》の深さまでは分からないだろう。一瞬《いっしゅん》で柔いおっぱいぷりんさんの形が脳裏《のうり》に浮かぶ。

血鎖で構成する鎧服《よろいふく》は矛《ほこ》を仕舞《しま》っている薄《うす》い夏服バージョン。

地肌《じはだ》に近いし、巨乳の柔らかい輪郭《りんかく》を想像してしまうのは仕方がないのだ。

「……エヴァ、ただいま」

「ん」

一瞬、愁いの顔で俺を見てから胸に顔を埋《う》めてくるエヴァ。

「寂しかった、シュウヤの匂い」

「すまんな」

心がほっこりしたので、お返しに軽くハグを返す。

「ん、無事でよかった」

エヴァは優しい表情を浮かべて、そう語ると上目遣いを寄越《よこ》す。

エヴァの前髪《まえがみ》の黒髪《くろかみ》が垂れて紫色の瞳《み》が見え隠《かく》れしていたから、横に前髪を梳《す》くようにずらしてあげると「ん、シュウヤ、優しい」と微笑《ほほえ》んでくれた。

「髪《かみ》の毛《け》に触《さわ》ってごめんな」

「ううん、嬉しい」

そう言うと、エヴァは離れた。そして、体から〈念動力〉を発して金属の足を変化させる。両踝の車輪を大きくさせた。魔導車椅子の車輪と似た両輪を活《い》かすように金属の足を華麗《かれい》に回転させる。車輪の角度を自動的に変えられるようだ。ジャイロスコープ的な機能もある？　面白《おもしろ》い。そして、正面をむき直したエヴァは、潤んでいる紫色の瞳で俺を見つめてくると、

「ん……シュウヤ、【独立地下火山都市デビルズマウンテン】のお話を聞かせて」

エヴァの金属の足には色々な種類があると改めて理解。

そのエヴァに「おう」と頷いた。

「あ、わたしもちゃんと生で聞きたい」

「ご主人様、わたしもです」

「にゃお」

三人の美女と一匹《ぴき》の美猫《びねこ》から迫《せま》られちゃ語るしかない。

アムとの一件をオブラートに包みながら説明してやった。

「へぇー、上界、下界、溶岩《ようがん》が流れている地下……そして、巨大な岩をくり抜いた地下都

市が【独立地下火山都市デビルズマウンテン】……凄い」

「ん、ノームが多い都市は想像がつかない」

「そのノームたちの【独立地下火山都市デビルズマウンテン】と敵対している魔神帝国《まじんていこく》ですか」

「にゃにゃぁ」

ヴィーネはさすがに地下世界に詳しい。魔神帝国を知っているようだ。

黒猫《ロロ》はレベッカの白魚のような手に尻尾を乗せて遊んでいる。

レベッカはその黒猫《ロロ》の尻尾を掌で握り、離す。

すると、黒猫《ロロ》は尻尾を動かしてレベッカの手から離すが、もう一度レベッカの掌の上に尻尾を乗せて、わざと彼女《かのじょ》に尻尾を握らせている。

面白いコミュニケーションの遊びだ。そんな遊びを見ながら、ヴィーネに顔を向ける。

「……ヴィーネ、ダークエルフのお前が独立地下火山都市デビルズマウンテンにいたらどうなっていた？」

「戦いになっていた可能性はあります。ダークエルフは魔導貴族《まどう》がバラバラに動いている。他の共同体と戦争をしているところも多いのです。ノームやドワーフが住む地下都市と同盟を結び貿易協定を結んでいる魔導貴族もいますが……」

纏《まと》まっているようでバラバラか。

「ヴィーネは魔神帝国と呟いていたが……」

「はい、【地下都市ダウメザラン】でもその名は轟《とどろ》いていました。獄《ごく》界ゴドローンの地底神を信奉《しんぽう》する魔神帝国の連中。その連中と長らく戦争を続けている魔導貴族もあれば、中には魔神帝国の一部と協定を結びキュイズナーを借りているところもあると聞いたことがあります」

キュイズナーは洗脳できるから都合のいい兵士になるんだろうな。

「その魔神帝国とやらは、俺の場合、確実に敵となりそうだ」

「はい、戦うならば、次こそは、お傍《そば》で……」

ヴィーネは銀色の瞳で俺の内情を探《さぐ》るように見てきた。

「そうだな。地下のノームとドワーフの都市に鏡を置いてきたから、次行くとしたら、〈従者開発〉でヴィーネの肌の色合いを変えてから行くことになるだろう」

「わたしもだからね」

「ん、当然、わたしも」

レベッカとエヴァも頷き合って強気な表情を浮かべると俺を見てくる。

「あー、分かった分かった」

と、適当に返事をしてから、紅茶を飲む。

次は、闇《やみ》ギルドでの戦いの様子を聞いた。ヴィーネは闇ギルドの戦いに加わらず、調査の後は、ずっとここで俺を待っていたらしい。

……なんという健気《けなげ》で可愛い女。さすがは最初の〈筆頭従者長《選ばれし眷属》〉だ。

今度、また特別に可愛がって労《ねぎら》ってあげよう。そこに、

「ただいまー」

ミスティの声だ。

「あ、マスターッ」

ミスティは女性らしい腕を振りながら走り寄ってくる。遠慮《えんりょ》しているのか、抱き着いてくるということはなかった。まだ、個人的に抱いていないのもあると思うが。

「……よっ、ミスティ。お帰り」

「うん。マスターもお帰りなさい。声が聞けて安心した。凄く会いたかったわ……」

ミスティは安心したように眉尻《まゆじり》を下げる。そのまま黒斑《こくはん》のある焦《こ》げ茶色《ちゃいろ》の瞳を潤ませていた。ミスティも心配していたようだ。そこで、手に入れたアイテムを思い出す。

「……ミスティに見せたかった物がある」

「え？　何？」

アイテムボックスからアムからもらった袋を取り出し、ミスティへ手渡《てわた》す。

ミスティは袋を開け、確認《かくにん》。

「アムは鳳凰《ほうおう》角の粉末とベルバキュのコアと言っていた」

「……わぁ、これ凄いっ！　鳳凰角の粉末は鎧、外套、あらゆる部位の加工、金属加工にも使えるし、エンチャント用の材料にもなる。ベルバキュのコアは魔導人形《ウォーガノフ》のコアにも使われることが多い超高級《ちょうこうきゅう》アイテム。あまり出回らないのだけど、よく手に入れたわね！」

彼女は手を震《ふる》わせている。

「おぉ、使えそうか。これで皆の役に立つ道具作り、または魔導人形《ウォーガノフ》作りの役に立ててくれ」

ミスティは袋を握りしめてから大事そうにぎゅっと胸に押し当《あ》てた。

「……ありがとう」

そして、嬉しいのか黒斑のある焦げ茶色の瞳《ひとみ》から涙を流していた。

「いいなぁ、ミスティだけなの？　お土産……」

「ん、ミスティは優秀《ゆうしゅう》。しょうがない」

土産はあるんだが、ま、後で渡《わた》すか。

「ご主人様には、たっぷりと愛情を頂きましょう」

「さすがヴィーネ。賛成」

エヴァはヴィーネとレベッカへ向けて腕《うで》を出す。

「うん！　めちゃくちゃにたっぷりっと！」

興奮したレベッカは蒼炎《そうえん》を纏っている。吸血鬼《ヴァンパイア》的な雰囲気がありながら、小悪魔《こあくま》のような笑《え》みを浮かべてエヴァの手に重ねていた。

「はいっ」

ヴィーネも手を重ねていた。三人で手を合わせて頷き合っている。

これは、いつぞやに見た、紅茶の誓《ちか》いではないか！

今はえっちな誓いになっているが……秀才《しゅうさい》ミスティはポカンと口を少しあけて呆《あき》れている。やはりミスティにはメガネ系のアイテムが欲《ほ》しいとこだ。

今度、本格的に探すか。そこに、

「ただいまー」

「ただいま戻《もど》りました」

ユイとカルードだ。

「シュウヤッ！」

「おぉ、マイロードがお帰りになった！　闇ギルドの仕事の最中にユイが、『寂しくて死にそう、シュウヤに会いたい！』と何回も口ずさんで、不埒者《ふらち》を切り刻み、ストレスを発散――」

「もうっ――」

「ぐおあッ」

ユイが素早《すばや》く父親のカルードの鳩尾《みぞおち》に肘撃《ひじう》ちを喰らわせるや――。

キャットウーマンの如くしなやかに四肢《しし》を動かしつつミスティの前を横切って――。

飛び掛《か》かってくる。

「――しゅうや、しゅうや、シュウヤァッ」

子犬、いや、子猫《こねこ》のように全身で抱擁してくるユイ。

カルードは可哀想《かわいそう》に、玄関《げんかん》に入ったところでうなだれている……。

メイドたちに慰められていた。

「ユイ、俺《おれ》も会いたかったよ」

お返しに、ぎゅっとユイの体を抱きしめてあげた。

正面から駅弁スタイルになってしまっている。

ちょうど、掌に、ユイの尻《しり》がフィット中。もみもみと、お尻さんを揉《も》んだ。

「あんっ、もう、えろシュウヤねっ」

「すまん、位置的にな――」

そこにスコーンッとした乾《かわ》いた音を発生させるツッコミがきた。

決して、カリッとサクッと美味しいお菓子《スコーン》ではない。

「――何が位置的よっ、わたしにはやらなかったくせにっ！」

と、俺がレベッカを見ると、

「べ、べつに羨《うらや》ましくなんかないんだからね！　ふんっ」

素晴らしいツッコミセンスを持つ、頬を膨《ふく》らませたレベッカさんだ。

レベッカは瞳どころか全身に煌《きら》びやかな蒼炎を纏わせていた。

「仕方がないだろう。なぁ、ユイ？」

「うん」

「あぁぁぁ！　なに、見つめ合っているのよ！」

そんな調子で、この日は和気《わき》藹々《あいあい》と過ごしていく。

第百八十三章「闇ギルド【白鯨の血長耳】」

ここは【塔《とう》烈中立都市セナアプア】の空中都市。

【塔列都市セナアプア】とも呼ばれる。蒼穹《そうきゆう》を眺める高級部屋の一室だ。

その部屋の無垢《むく》材の椅子から立ち上がった大柄《おおがら》のエルフ女。

大柄のエルフ女は肩幅《かたはば》もある。そして、自らのプラチナブロンドの前髪を邪魔《じやま》だと言わんばかりに退《ど》かすや、速《すみ》やかに葉巻の魔《ま》煙草《タバコ》を口に咥《くわ》えた。そして、紅色が綺麗な唇元から「んぅ……」と色っぽい声を発しつつ——体を前に傾《かたむ》けた。口に咥えた魔煙草の先端《せんたん》を机に固定された魔銃《まじゆう》ゲサナハルトの銃口《じゆうこう》に寄せる。

その魔銃ゲサナハルトのリアサイトとハンマーのスイッチを指で押すと、銃口からライターとしての火が迸《ほとばし》った。大柄のエルフ女は、その迸る火を凝視しつつ口先の魔煙草に火を付けると空気でも吸うように魔煙草を吸いつつ健康にいい煙《けむり》を肺に取り込んだ。

煙を吸った大柄のエルフ女は清々《すがすが》しい表情を浮かべて、サーマリア経由の高級魔煙草だ。美味しい……と素《す》直《なお》に心で称賛《しようさん》。

魔煙草の先端の火力を強めるように煙を勢い良く吸った。

煙を味わう大柄のエルフ女は、背筋を伸《の》ばしつつ深呼吸でもするように、高まった魔力を全身へ行き渡らせた。リラックスした大柄のエルフ女。

その高まった魔力を銀色の魔力として体の外へと放出。

すると、恍惚《こうこつ》とした表情となった。それは仲間の組織員に見せたことのない女としての表情だ。そして、自らの服の表面を銀色に変化させるように、銀色の魔力を体に纏った。

更《さら》にその銀色の魔力を体内に戻すように吸収した。

それは銀色の魔力を自らの皮膚《ひふ》と筋肉に染《し》みこませるための特殊な魔力操作だ。

類《たぐ》い希《まれ》な魔力操作能力の一環《いっかん》。大柄のエルフ女は、そんな繊細《せんさい》な魔力操作を実行しつつ木枠《きわく》に納まる硝子《がらす》の出窓に向かった。常人の〈魔闘術〉を扱う者なら立っていられる状態ではない。が、大柄のエルフ女は自然体だ。

大柄のエルフ女は涼《すず》し気《げ》な表情のまま、白雲が棚引《たなび》く蒼《あお》い景色を眺める。

そして、自身の頰の傷を指の腹で触りつつ物思いに浸《ひた》った。

すると、背後に魔素《まそ》の反応。大柄のエルフ女は、その魔力に気付いている。

が、構わず、窓から見える蒼穹を眺め続けた。その背後の扉《とびら》が開くと、

「――総長、ヘカトレイル支部長代理クリドススが姿を見せました」

外の景色を見ていた大柄のエルフ女を総長と呼ぶ男。

総長のエルフ女は、プラチナブロンドの長髪《ちょうはつ》とマントを靡《なび》かせつつ振《ふ》り向いた。

大柄のエルフ男は敬礼で応《こた》える。その額には特徴的《とくちょうてき》な刀傷があった。

過去の戦争の傷と分かる。総長の大柄のエルフ女は、その大柄のエルフ男を鋭《するど》く睨《にら》んだ。

大柄のエルフ男は微動《びどう》だにしない。軍人然とした態度を崩《くず》さず。総長のエルフ女は、その大柄のエルフ男の態度を見て、満足気の表情を浮かべてから頷くと、軍隊式の敬礼で、そのエルフ男の挨拶《あいさつ》に応えた。部下の大柄のエルフ男。総長の大柄のエルフ女が手を下ろしたことを確認すると、敬礼を解いた。総長のエルフ女と大柄のエルフ男からは、ある種の風格を感じられた。その風格がある総長のエルフ女は、

「通せ」

と、指示を出した。

「はっ」

大柄のエルフ男は、再び、敬礼。手を胸に当てる。軍隊式の敬礼。先ほどの敬礼とは違《ちが》う。大柄のエルフ男は、その敬礼を解くと、踵《きびす》を返す。廊下に出た大柄のエルフ男。手前に待機させていた者に向けて「ここで止まれ」と指示を出していた。大柄のエルフ男は、部屋の中にいる総長に頭部を下げてから「――失礼します」。律儀《りちぎ》に発言。そそくさと歩

いて、総長の大柄エルフ女の背後へと移動した。大柄のエルフ男は、総長のプラチナブロンドの美しい髪を見てから、胸を張るように自身の背中へと両手を回す。前方の扉の外で待機していた者に向けて、

「入れ！」

と男らしい声で指示を出した。待機していた者も、

「——総長！　ただいま～」

部屋に入ってきたエルフ女の声は森林に木霊《こだま》する美しい鳥を思わせる。

その小柄のエルフ女は、踊《おど》るように部屋に入った。

総長の大柄エルフ女と大柄のエルフ男とは正反対な態度と声だ。

元気のいい小柄のエルフ女は、銀色と緑色のメッシュの短髪《たんぱつ》を揺《ゆ》らしつつステップダンスを実行しながら——総長の大柄エルフ女に近付いた。片方の口《くち》の端《はし》を上げた総長は、

「クリドスス、遠いところからの任務ご苦労様ね」

と語る。それは冷たい笑顔《えがお》と呼ぶべき表情と声だ。小柄のエルフ女のクリドススとは態度も声も違う。総長らしい声の質。独特な、ざらついた女性の声だ。

クリドススは、

「うん、頑張《がんば》ったよ。総長は元気？」

「元気よ——そんなことより報告を早くして頂戴《ちょうだい》」

総長の大柄エルフ女は椅子に座ると、両肘《りょうひじ》を机の上に置くように胸の前で両手を組んだ。

彼女の癖《くせ》の一つでもあるが、話を聞く態勢だ。

お道化《どけ》た様子を見せていたクリドススは一転して厳しい表情を顔に浮かべる。

小さい唇《くちびる》を動かした。

「……はい。【宵闇《よいやみ》の鈴《すず》】は崩壊《ほうかい》させましたが、斬殺《ざんさつ》のポルセン、氷鈴のアンジェ、そして、例の蘇《よみがえ》りのドワーフは取《と》り逃《に》がしてしまいました」

総長の大柄エルフ女は表情を歪《ゆが》めた。唇を噛《か》むような仕草から、

「チッ、そいつに同郷は何人殺された？」

「十人……雑魚《ざこ》を含《ふく》むと無数に殺されましたネ」

「失態だな。クリドスス、蘇りのドワーフはどこに消えたんだ？」

「ここ【塔烈中立都市セナアプア】か、【迷宮都市《めいきゅう》ペルネーテ】だと思います」

頷いた総長の大柄エルフ女は、肩幅が広いことを示すように両腕を広げつつ、

「——フンッ、過去の戦争がここでも付き纏うとはな。が、この都市に来るのなら……好都合だ。わたしが直接この手で屠《ほふ》ってやろう」

そう語ると、嗤《わら》っていた表情を崩し、

「それで、クリドスス、報告はそれだけではないのだろう？」

と、聞いていた。

「えぇ、はい。取り逃がした【宵闇の鈴】幹部の惨殺《ざんさつ》のポルセン、氷鈴のアンジェが迷宮都市ペルネーテの【月の残骸】に加入した事が確認されました。更に、迷宮都市ペルネーテと魔鋼都市ホルカーバムで最大勢力だった【梟《ふくろう》の牙《きば》】が崩壊すると、ペルネーテ内において闇ギルド同士の抗争《こうそう》が勃発《ぼっぱつ》。その抗争に勝利したのは【月の残骸】となりました。彼《かれ》らは現在、迷宮都市ペルネーテの最大勢力となっています」

報告を聞いた総長の大柄エルフ女は、隣《となり》の額に傷がある大柄エルフ男に視線を向ける。

「軍曹《ぐんそう》、その情報に間違《まち》いはないな？」

「はい。付け加えるならば、【槍《やり》使いと黒猫】、【紫《むらさき》の死神】、【魔槍《まそう》の鬼《おに》】と【血祭を歩む槍使い】と、噂《うわさ》に上っている人物の名が上がらない事ですかね」

クリドススも冷たい眼差《まなざ》しを軍曹と呼ばれた額に傷がある大柄のエルフ男に向けた。

「──メリチェグ、詳しいんだネ」

「クリドスス、お前と仲がいいオセベリアの犬だが、他とも繋《つな》がりがあるんだよ」

「フランですか。さすがは総長、血長耳ではなくて地獄耳《じごくみみ》ですネ」

クリドススは皮肉を込めた言葉を吐《は》きながら、視線をメリチェグから女エルフの総長へと戻していた。

「そう粋《いき》がるなクリドスス。保険はどこにでもあるものだ」

「知っているなら、なぜ、ワタシを？」

「お前はあの槍使いと接触《せっしょく》していたからな。直接様子を聞いてみたくなった」

エルフ女の総長は、蒼い目の片方を醜《みにく》くぎょろりと動かし微笑む。

その恐怖《きょうふ》を感じさせる顔色に、クリドススは怯《おび》えた表情を一瞬《いっしゅん》浮かべ、

「そ、そうですか。接触した当初は敵対するそぶりは見せませんでした。彼は、〝俺に【茨《いばら》の尻尾】がちょっかいを出したら潰す〟と、豪語《ごうご》していました。そして、本当にその【茨の尻尾】が潰れまして……表向きは【影翼旅団《かげつばさ》】のメンバーが潰したらしいですが、ワタシは、彼が原因かと推測しています。因《ちな》みに、ワタシたちのギルドへと彼を誘《さそ》いましたが断られたので、闇ギルドに関《かか》わりたくないように見えましたネ」

「……それが今では【月の残骸】のトップか」

総長は乾いた笑い声と共に、口の端を上げながら呟《つぶや》く。

「ええ、はい」

クリドススは苦虫を喰《く》ったような表情を浮《う》かべる。

全部、自分が話した事を、総長が既《すで》に知っていたからだ。

「……【茨の尻尾】、魔竜王《まりゅうおう》退治に参加、【梟の牙】、槍使いが進むところのすべて……が血祭りとなっています」

メリチェグが総長へ情報を付けたす。

「面白い。どの程度か、直接対じしてみたいものだ」

「総長、蘇《よみがえ》りのドワーフの件といい、冗談《じょうだん》が過ぎますよ」

「ふっ、軍曹……血祭りだぞ、昔を思い出さないか？」

総長は視線を窓ガラスの向こうに映る空の景色へ向けながら過去を思い出す。

約千年前に祖国ベファリッツ大帝国《だいていこく》が、民族蜂起《ほうき》運動により各地で紛争《ふんそう》が勃発。

内戦は人族、ドワーフだけでなく、同じエルフ部族の軍閥《ぐんばつ》同士にまで発展し激化の一途《いっと》を辿《たど》る。更に、禁忌《きんき》の魔法《まほう》により皇都キシリアが完全に崩壊したのが、約八百年前。

そんな滅亡《めつぼう》に向かう内戦中にベファリッツ大帝国特殊部隊《だいていこくとくしゅ》【白鯨】たちが見守る前で、わたしは生まれた。【白鯨】を率いる隊長の名はガルファ・フォル・ロススタイン。

わたしの父だ。今は家業から少し身を退いて【塔烈中立都市セナアプア】の下界都市にあるホテルキシリアの世話人である。

父が率いる特殊部隊【白鯨】は各地を転戦していた歴戦の部隊。

【白鯨】がいる戦場は必ず勝利することで有名だった。

そんな戦場でわたしは父と皆《みな》と戦場に育てられた。

【白鯨】を率いた父と一緒に死《し》に物狂《ものぐる》いで転戦を繰《く》り返《かえ》す。

すると、ある地方で、司令官の父から指令を受けた。

「レザライサ大尉《たいい》、直属の第一分隊長、第二分隊長を指揮して、敵のドワーフと人族で構成された輸送隊の一隊を撃破《げきは》し攪乱《こうらん》してこい」

「分かりました。——メリチェグ、クリドスス。兵士を纏めて五分後、前線にあるグルマの街道《かいどう》沿いの森に集結だ」

「はい」

「わかりました」

五十名程度の別動隊を率いて、街道の両脇《りょうわき》にある森の中で待機した。

そこに黄金の兜《かぶと》をかぶるドワーフたちが率いる荷馬車を連れた輜重《しちょう》隊が街道を通る。

わたしは魔剣《まけん》ルギヌンフを掲《かか》げ、

「地の利は我らにある！　アレを一気に殲滅《せんめつ》、物資も奪《うば》え！　【白鯨】の出撃《しゅつげき》だ！」

大声で激励《げきれい》するように指示を出す。そして、銀の魔力《まりょく》を体から出した。

ドワーフと人族の混合輜重隊へと駆《か》けた。

「——大尉に続け」

「――大尉！　速い」

自ら先陣《せんじん》を切る。魔剣ルギヌンフで、ドワーフの数名を袈裟《けさ》斬《ぎ》りで切《き》り伏《ふ》せた。

隊長クラスのドワーフと対峙《たいじ》となった。両手槍を持つドワーフ。

――間は作らない。〈銀蹴《け》り〉で地面を強く蹴る。

――突貫《とっかん》だ。〈魔闘術〉の発展型の銀魔力で身体能力を強めたまま、ドワーフとの間合いを零《ぜろ》とした。銀魔力を魔剣ルギヌンフへと込めながら魔剣ルギヌンフを振り抜《ぬ》く。

同時に〈速剣《そっけん》・喰《く》い刃《ば》〉を発動――。

――胴《どう》抜《ぬ》きの魔剣ルギヌンフの幅広《はばひろ》の刃から喰い刃の化け物がにゅるりと出現した。

その喰い刃の化け物は獰猛《どうもう》さ極《きわ》まる鮫《さめ》の歯牙を擁《よう》した塊《かたまり》。

が内実は違う。様々に名のある幻獣《げんじゅう》と魔獣《まじゅう》と神獣《しんじゅう》の歯牙が合成された牙の塊だ――。

それが、わたしの持つ魔剣ルギヌンフが持つ〈速剣・喰い刃〉の能力。

その喰い刃の化け物が、黄金鎧を着るドワーフの胴体《どうたい》を喰らった。

ドワーフを平らげた喰い刃の化け物は、姿を収縮させつつ魔剣ルギヌンフの中へ納まった。魔剣ルギヌンヌはゲップのような銀色の魔力を放出――。

隊長のドワーフを倒《たお》した。その血塗《まみ》れた魔剣ルギヌンフを天に掲げて、

「――隊長の首を討《う》ち取ったぞ！」

と力強く宣言。我らの勝利が決定的となると、抵抗《ていこう》を続けていたドワーフと人族の兵士は投降してくる。

「さすがは大尉だ」

「大尉の素早さはクリドススを超《こ》えている」

「……負けは認めたくないものですネ」

こうした小規模ゲリラの戦いは暫《しばら》く続いた。どこに行こうと厳しい戦いの連続だ。

が、必ず我らは生き残る。勝利をもぎ取っていた。

しかし、帰る国がない我ら。どんな屈強《くっきょう》な兵士たちとて……。

死にやすくなるのは常……徐々《じょじょ》に同胞《どうほう》たちは戦場で散った。

我らの【白鯨の血長耳】たち。司令官の父の指揮の下……三百年近く、北マハハイムから南マハハイムの各地で転戦を繰り返す。屈辱《くつじょく》に紛《まぎ》れて犠牲《ぎせい》を払《はら》いつつも過酷《かこく》な逃亡戦《とうぼうせん》を生き抜くことができていた。そして、いつの間にか……戦場から帰ると長い耳が血で真っ赤に染まっていたことから【血長耳】と呼ばれるようになったのだ。

現在の通称《つうしょう》も【白鯨の血長耳】だ。

更に、リーダーは司令官から総長や盟主へと呼び名が変わる。

父から【白鯨の血長耳】を継承《けいしょう》し総長の座を受《う》け継《つ》いだ。

名前はレザライサ・フォル・ロススタイン。

そんなわたしを一番支えてくれているのは軍曹こと副長だ。

千歳超《さいご》えのエルフ男。名はメリチェグ。

無明《むみょう》の剣術《けんじゅつ》師と呼ばれる凄腕《すごうで》の剣士《けんし》である。

彼は父ガルファの下で、第一分隊を率いて戦場を生きた強者。

そんな強者の軍曹たちと分隊を率いていた皆で、南マハハイムの主戦場を戦い抜いた。

時が過ぎて、人族たちの国が乱立し、戦国乱世の時代に突入《とつにゅう》。その戦国乱世の時代になると、人員が更に死ぬことになった。父の方針もある。

古くからの同胞を大切にして、幹部候補をあまり増やしていないからだ。

そうした影響《えいきょう》で確実に【白鯨の血長耳】の最高幹部たちは数を減らしていったが、南マハハイムの有力な人族の豪族《ごうぞく》を利用しつつ情勢が比較的《ひかくてき》安定していた三角州《さんかくす》の【塔烈中立都市セナアプア】に辿り着《つ》くと状況《じょうきょう》が変わる。

我らは同胞を失うことが減った。だから、わたしは父の教えを受け継ぎながら、この【塔烈中立都市セナアプア】を新しい拠点《きょてん》とした。

表の人族の豪族たちと表裏一体《ひょうりいったい》の戦術を駆使《くし》しつつ裏から各地の戦争に加担。

表では評議宿を利用しつつ裏稼業《うらかぎょう》に専念するようになると闇ギルドの【白鯨の血長耳】

として発展を遂《と》げる。着実に勢力を広げた。我々は長年戦争をしてきたエルフたちだ。一兵卒も剣、弓、槍、といった武術に長《た》ける。誰《だれ》もが一級品の腕前《うでまえ》を持つ。

信号のやり取りも特別だ。貴重なベファリッツ特殊部隊で使われていた古い魔道具《まどうぐ》を中隊長と小隊長に持たせつつ遠くから連絡《れんらく》を取り合いながら迅速《じんそく》に作戦行動に移す方法。これも昔から変わらない。

一定の範囲内《はんいない》でしか使えないことが残念だが、日々改良は続けている。

そして、【白鯨の血長耳】の普段《ふだん》は、わたしが直接命令をしなければ、他《ほか》の闇ギルドと戦いには発展しない。が、同胞のメンバーが殺された場合は、別だ。その殺した相手を執《しつ》拗《よう》に追いかけ家族諸共《もろとも》、関係者のすべてを潰《つぶ》す。

我々【白鯨の血長耳】は、現在も昔と同じ方法で【塔烈中立都市セナアプア】の裏社会を生き抜いている。表の権力者の評議員共、大商人、魔族、冒険者《ぼうけんしゃ》、商人と繋がりのある闇ギルド、他、無数の欲にまみれた愛憎劇《あいぞう》を繰り返す、闇の坩堝《るつぼ》だからな。

そこで、だ。

我ら白鯨の人員を奪った、あの腐《くさ》れ蘇りドワーフは放っておいても……。

いずれは網《あみ》に掛かってくるとして……。

惨殺のポルセン、氷鈴のアンジェが【月の残骸】へのメンバー入りとなると話は違ってくる。彼らに全面戦争を仕掛《しか》けてもいい。が……場所が、場所だ……。

違う都市なら戦争も考えたのだがな。

オークションが毎年ある都市。我々が手を伸ばしていない都市でもある。

そして、聞いている通りの実力を持つ槍使いが、そのトップとなると……。

一筋縄《ひとすじなわ》ではいかないだろう。

「総長……思考中に申し訳ありませんが、アドリアンヌからの推薦状《すいせんじょう》にはサインをしますか？」

アドリアンヌか。彼女は帝国《ていこく》に巣くう闇ギルド【星の集《つど》い】の盟主。

見た目は人族だが、とうに数百年は生きている。

アドリアンヌの内実は、わたしと同じエルフか、若返りの秘薬をたっぷりと使ったのか、或《ある》いは……魑魅《ちみ》魍魎《もうりょう》か。

「……あぁ、もうサインはしてある。ここにあるから持っていけ」

わたしは机にある羊皮紙の書類へ視線を向けた。

そこには【月の残骸《ざんがい》】の盟主、シュウヤ・カガリを八頭輝《はっとうき》へ推薦《すいせん》すると記してある。

「はい、では失礼を」

軍曹ことメリチェグは、その書類を掴《つか》み確認してから部屋を去った。

「総長、王国の貴族たちと繋がりが深かった【梟の牙】も消えたし、もしかして迷宮都市へ乱入するの？」

クリドススは戦争がお望みか。

「……仲間の仇《あだ》はとことん追《お》い詰《つ》めることが【白鯨の血長耳】の筋。が、相手はあの槍使いだ。それに地下オークションは開催《かいさい》してもらわねば、我らも困る」

「あ、出品用の品をエセル界から手に入れたのですか？」

その通り。父と精鋭《せいえい》たちを連れての探検は、中々の暇《ひま》つぶしに使える。

この都市に連なる次元界、エセル界には未知なる物が多いからな。

こちらも気を付けねば、すぐに死ねるが……。

「そうだ。少し大きいがこの世界には、〝いないモノ〟を手に入れた。高値が付くだろう」

「ふふ、総長は準備が速いですネ。そして、エセル界に行くことが可能の大扉の間の研究は……捗《はかど》っているのですか？」

クリドススは笑いながら話す。

「専門の研究家には大金を払っている。文字の翻訳《ほんやく》も順調だ。ただ、彼は強くないので、直接、中には連れていけないのがな？　本人も凄《すご》く残念がってはいたが……」

「なるほど、またワタシもエセル界へ連れて行って欲しいです」

ふむ。連れていってもいいが……。

最近、我らの縄張《なわば》りに顔を出しているあいつらの事を聞いていない。

「……連れていってもいいが、お前に任せてあるヘカトレイルで動きを示していた【影翼《えいよく》旅団】はどうなっている？」

「今は大人しいですよ。【鉱山都市タンダール】では暴れていますけれどね。ガイガルの影《かげ》を潰し、【大鳥の鼻】と【魔神《まじん》の拳《こぶし》】と戦争中です」

この間の一見以来、我らからは手を引いたのか？

「……セナアプアにある【影翼旅団】の支部はこの間の事件以来、動きはなしか」

「ええ、はい。ここの都市にいたのは総長が対処したのでしょう？」

「そうだ、【ロゼンの戒《かい》】にオセベリアの女狐《めぎつね》からの情報も役に立ったからな。実際に戦ったのはわたしだが」

猫獣人《アンムル》の妖刀持ちの女剣士と特殊《とくしゅ》な魔鋼使い。

「わたしに傷をつけた二人か。魔鋼使いの方はパルダと名乗っていた。全身に特異なる黒色の鎧を装着した者も太々《ふてぶて》しい態度で、わたしの速剣にも対応してきた強者だったよ」

「総長に傷をですか……強者ですが、許せないですネッ、ワタシがオシオキをしてやる」

確かにクリドススならば……だが、確実に勝てるのは一対一の状況下だろうな。

女剣士も魔鋼使いも特異なスキル持ちで攻防力《こうぼう》が巧《たく》みであった。

わたしは〈速剣・喰い刃〉でバランスを崩せたが。クリドススとは違い、軍曹なら二対一だろうとわたしと同じように対処は可能と予想ができる。

「……ふん、笑わせるな、お前なら片方が相手ならば勝てると思うが、二人同時だと互角《ごかく》か負ける可能性もあるだろう……」

「ワタシだって、成長はしているのですから、戦えば分かりません」

クリドススはわたしに対して不敵な笑みを浮かべる。まぁ【白鯨】の第二分隊長だった女だ。言うだけの成長はしているのだろう。

「分かった。もし【影翼旅団】と戦う事になったら期待しているぞ」

「はいっ」

「そして、ペルネーテの【月の残骸】はまだ様子見という事にする。少なくともオークションが行われる前までは、槍使いに、八頭輝としてがんばってもらおうじゃないか」

わたしが笑みを浮かべると、クリドススが冷《ひ》や汗《あせ》を浮かべていた……失礼な奴《やつ》だ。

「……総長、ここに来る時に耳にしたのですが、【梟の牙】の元女幹部が生きてこの都市に戻ったと知らせを聞きましたが……」

「あぁ、弓の暗殺者か……」

傷が疼《うず》く。

「それなら聞いたが、こちらもこちらで忙《いそが》しくてな。今話していたように【影翼旅団】と評議員絡《がら》みの戦闘《せんとう》に、オセベリアの戦争、サーマリアではあの、切れ者の侯爵《こうしゃく》が一夜にして姿を消し組織が全滅《ぜんめつ》したとの怪情報《かいじょうほう》が行き交《か》ったからな……お陰《かげ》でサーマリアの工作員の炙《あぶ》り出《だ》しに成功し、始末はできたが……」

「サーマリアのは、巨大竜《きょだいりゅう》の仕《し》業《わざ》と聞きましたよ?」

クリドススは顎《あご》に指を当て、斜《はす》に顔を傾けながら疑問を投げかけてきた。

「どうだろうか。バルドーク山にいた古代竜は討伐《とうばつ》されたと聞いていたのだがな……ピンポイントに侯爵を狙《ねら》い殺す巨大竜がいると思うか?」

「オセベリアの大騎士《きし》、或いは、皇太子自ら古代竜を操《あやつ》り……ないですネ」

彼女は笑いながら喋《しゃべ》る途中《とちゅう》で、わたしの鋭い視線を感じて、冗談を途中で止めていた。

「ないな……しかも戦争中だぞ」

「はい、分かってますって……一々、怖《こわ》い顔を向けないでください」

「これは生まれつきだ……」

こいつとは……古い付き合いだが、性格が悪いのは変わらない。

「すみません、悪気があって言いました。テヘ、総長、それでその戦争ですが、最近の西方による戦いでオセベリアは負けたらしいですネ。オークションが行われるペルネーテが戦場になる前に対処はしたのですか？」

盟約を結んだオセベリアが潰れても一向に構わんのだが、ペルネーテの場合となると話が違う。昔から地下オークションの場であり、我々闇ギルドの一時的な中立の場になるところだ。

「……一応は盟約通り活動はしている。乱剣のキューレル、後爪《つめ》のベリ、魔笛《まてき》のイラボエが率いる一隊が、間延びした戦線の補給路を断っているはずだ。今頃《いまごろ》は帝国も攪乱しているはず。オセベリアも大騎士が率いた援軍《えんぐん》が行くと決まったからな。太湖都市ルルザック辺りで持ちこたえるだろう」

「なるほど！　我らの隊長クラスが三人も……なら余裕《よゆう》ですネ。ですが、たかが陽動に三人も必要でしたので？」

「あぁ、アドリアンヌから、気がかりな情報があったからな」

「どんなことです？」

クリドススは興味を持ったらしい。

「特陸戦旅団だけでなく、数は少ないが極めて優秀な一団が存在しているとな。だから、念のためだ」

本来ならば、キューレル一人だけで事が済むが……。

オセベリアがこうも連続で負け戦をする裏には何か理由があるのは確実。

「そんな奴らがいるのでしたら、オークション前ですが、例の槍使いと事前に接触し彼に戦争の一端《いったん》を握《にぎ》らせるように仕向け、その優秀な一団と戦うように仕向けたらどうです?」

「その槍使いはオセベリアに対して特別な盟約を結んでいるわけではない。戦場になっても構わない思考の持ち主かもしれん。それに彼の下には、仲間殺しがいるのだぞ?」

「仲間殺しは、オークションの後にでもゆっくりと暗殺すればいいじゃないですかァ。あ、でも、槍使いを怒《おこ》らせてしまいますネ。彼の戦う姿は見ていませんが、最低でも八槍神王位の上位クラスの実力なのは間違いないとして【梟の牙】を全滅させる手腕《しゅわん》と行動力。そして、あっさりと【月の残骸】の盟主に上《のぼ》り詰めたのは間違いないですから……更に上の総長並みの化け物クラスだったら、触《さわ》らぬ神に祟《たた》りなし状態かもしれません」

クリドススは、子細顔を作っては空を嘯《うそぶ》くように表情を変えつつの、コロコロと意見も変える。内実は飄々《ひょうひょう》とした憎《にく》たらしい女ではあるが、顔は一級品だ。

化け物クラスの槍使いも〝男〟だ。或いは……。

「……お前は槍使いと面識があったな。お前も黙《だま》っていればいい女には見える。彼を落とせる自信はあるのか?」

「ないです」

ニコッとした自信満面の顔で即答《そくとう》か。

「……なら、この話はこれで終わりだ」

「総長、そう言っていますが、何かを期待する顔ですネ?」

ふん、クリドススめ……いい笑顔だ。

彼女《かのじょ》はわたしの表情から考えを読み取るのが、いつも速く巧みだ。

戦場でもいつもそうであった。だが、彼女へわたしの考えを明かすのは、まだ先だな。

戦争の動向次第《しだい》といえよう……。

戦は水物、キューレルからの報告を聞いてからでも遅《おそ》くはあるまい。

第百八十四章「ミアの想い」

シュウヤさんと別れたあと……ある名前に変えて、乗合馬車に乗り蒼穹《そうきゅう》を仰《あお》ぎながらホルカーバムを出発した。

担道から街道の曲がり道を通る。ラド峠《とうげ》から砂漠《さばく》地方へ向かう冒険者、旅人、商隊とすれ違った。モンスターや盗賊《とうぞく》に襲《おそ》われることもなく、晴雨だけを繰り返して無事に迷宮都市ペルネーテの北側に到着《とうちゃく》した。大きな石門を通り都市に入ったところで乗合馬車の音が止まる。「ついたぞ」御者《ぎょしゃ》の声が響《ひび》いた。他の客たちと一緒《いっしょ》に馬車から降りて都市の様子を見ていった。北側は貴族街が近い。気品を持った王侯《おうこう》貴族のような衣服を着た人々が多い。前と流行が違うのかしら、都会だから流行の移り変わりが激しい。洗練された女性らしい衣装ばかりで少し憧《あこが》れちゃうな。あ、化粧《けしょう》の品質も変わったようね……冒険者の方々の装備品も品があるし魔力の質が高い。六大トップクランのメンバーもいるのかしら……。一軍、二軍、三軍の中規模や小規模のクランもいるようだからね。ホルカーバムとは何もかもが違う。あ、ここが貴族街だから？　さすがは迷宮都市。

あ、星の形をした小物と金具は見たことない！

お洒落《しゃれ》……ホルカーバムとは流行も違う。今も、周りから視線を集めるほどの美貌《びぼう》を持つ、深窓の令嬢《れいじょう》らしき人が隣を通った。憧れちゃうな。でも、わたしは、わたしの道がある。夢の続きをがんばる。この大都市で冒険者になるんだ。この気持ちにさせてくれたのは、ある人のお陰。けど、正直言えば、仇はまだ生きているので憎しみは溢《あふ》れてくる……。

でも、あの人との会話も同時に思い出す。赤心を吐露《とろ》してくれた数々の言葉は……。

憎しみに染まって……狂《くる》いそうなわたしの考えを、心を、悪に染まる前に洗い流してくれた。わたしを叱咤《しった》激励《げきれい》し、心を癒《い》やし前向きに生きることを教えてくれた人。

……ありがとう。もう一度、この言葉をあの人に言いたい。でも、わたしは強くない……。もっと強くなって冒険者として成功してから恩人に会いたいっ。

――だから、これからが大事。人生の再挑戦《ちょうせん》。

冒険者として頑張ろう。暫くして、昔の学友だったデイジーと再会することができた。

幸いデイジーもパーティを募集《ぼしゅう》中だった。

その剣士のデイジーと一緒に〝初心の酒場〟というクランとパーティが集う酒場に通うようになった。その数日後。最近日課のいいパーティメンバーが見つかりますように――。

『小さなジャスティス』！　とお祈《いの》りするように飾《かざ》り旗の青と緑の印を机に立ててから、

妙《みょう》な音色に乗った踊り子たちの様子を見ていると、

「わたしは、ネームス」

「今日もパーティは無理か」

「わ、たしは、ネームス」

「だよなぁ、ここじゃモガ族は少ない……」

「わたしはネームス……」

「いいんだよ。お前がいれば、大概《たいがい》の仕事は楽にこなせるしな」

隣から見たことのない種族の鋼木巨人《こうぼくきょじん》と小さい鳥種族の声が聞こえてきた。

あの巨人が心地《ここち》悪そうに座《すわ》る椅子《いす》……潰れそうだけど、大丈夫《だいじょうぶ》なの？

座ってても見たら分かる巨人さんは、珍《めずら》しい種族だと思うけど、彼らも冒険者なのかしら……巨人さん、無念無想の面持《おもも》ちだけど、双眸《そうぼう》にある眼《め》……不思議、水晶《すいしょう》の眼なのね。

その時、

「お嬢《じょう》さん方、パーティ募集か？」

わたしたちに野太い声の主から誘いの声が掛《か》かった。

「はい」

「よかったら一緒に組まないか？」

酒場で出されていた鯣《するめ》の匂《にお》いが口から漂《ただよ》ってきた。

「ぜひ、宜《よろ》しくお願いしますっ」

デイジーが先に返事をしていた。そこから、野太い声の主から、俺《おれ》たちのパーティメンバーだ。と、軽快に紹介《しょうかい》を受けて話し合う。

最初に声を掛けてくれた人の名は、ゴメスさん。パーティ名は【戦神《せんじん》の拳《こぶし》】。その【戦神の拳】の団長さんがゴメスさん。強そうなイメージ。大柄の男性で前衛戦士。

特別な杭《くい》の武器を腕《うで》に装着しているから、きっと強いと思う。

前衛は〝俺に任せろ〟と自慢《じまん》気に杭の刃を手元から伸ばして語っていた。印象的。

豪快《ごうかい》な性格なのかな？　仲間に対する態度が柔《やわ》らかい。

顔は厳《いか》ついけど、意外に思いやりがあるのかも知れない。

ドワーフ的な雰囲気《ふんいき》を持つといったほうがいいのかな。メンバーにはジオという軽戦士の男性と、シェイラという魔法使《まほうつか》いの女性もいた。隣で、

「誰も俺たちとは組みたがらねぇ。ま、昔から二人組だ。なぁ？　ネームスよっ。最強の二人組なんだからなァ」

「わたしは、ネームスッ」

と、騒《さわ》いでいる小さい鳥種族と鋼木巨人には悪いけど、【戦神の拳】のパーティメンバ

ーたちと、気付けば、スムーズに話し合いを終えていた。

わたしたちは正式に友と一緒に【戦神の拳】入りを果たす。

その日のうちに迷宮へ挑《いど》むことに。そして、いきなり結果を残した！

ふふ、この分ならシュウヤさんにいつか……。

最近は、【戦神の拳】と共に、迷宮への挑戦を繰り返している毎日。

当初の一人暮らしは想像以上に大変で生活不如意《ふにょい》だったけれど……。

【戦神の拳】と一緒に迷宮の三階層～五階層でのモンスター狩《か》りは順調に進むことだできた。魔石と素材の依頼《いらい》が大量にこなせるように。

順調にお金も貯《た》まるようになってきたから、嬉《うれ》しいな。

今日は迷宮から帰ってきてからのお休みの日。だから、お金も貯まったことだし……。

友人と一緒に魔法書の値段を調べようと学生の時によく通った魔法街へ向かうことにした。けど、デイジーから急な用事ができたの、と、言われて……。

一緒に出掛《でか》ける予定だったのに……トホホと、断られてしまう。

彼氏《かれし》がいるとは聞いていないのだけど……わたしだけで行くことになった。

少し愚痴《ぐち》的なことを考えながら魔法街に到着し、どの店に入ろうかと悩《なや》んでいると、

『アイラ、アイラ、会いたい、アイラ』

突然《とつぜん》、魔法街の通りを歩いている最中、そんな声が、頭の中に響く。

……『どういうこと？』わたしは混乱。

何かの精神攻撃《こうげき》を受けたと思ったから――。

辺りを急いで見回したけど……通りのエルフの魔術師《まじゅつし》の方は何もしていない。

近くの鱗人《カラムニアン》の魔《ま》剣士《けんし》らしい方も、わたしの顔を見ただけで素通《すどお》り。

行き交う人々の誰にも魔法を放った気配はない……。

気のせい？　一歩、二歩と足を進めた。そして、ある店の前を通ると、また、

『アイラ、アイラ、会いたい、アイラ』

先ほどよりも強い声が頭に響く。ううう……この店から？

わたし、オカシクなっちゃったの？　心に訴《うった》えるような声に導かれて、白骨が集められて建立《こんりゅう》されたような特殊な屋根を持つ魔道具店に入ってみることに……。

扉《とびら》を押《お》して店内に入ると、また、声が聞こえてきた。

これは……偶然《ぐうぜん》ではない。頭がオカシクなった訳でもない。

何かが語りかけてきている。不思議な声に導かれて、摩訶不思議《まかふしぎ》な物が売られている店内を探索《たんさく》。その店の隅《すみ》っこで、頭に響いていた声が止まった。

その場で売られている棚《たな》に陳列《ちんれつ》された商品を凝視《ぎょうし》。

この売られているアイテムのどれかから声が？

怪《あや》しい品があった。埃塗《ほこりまみ》れな状態で、折れた半分の杖《つえ》。

折れた杖は、壺《つぼ》の中に化粧用の魔法の筆と一緒に売られていた。

魔法の筆と一緒に売られている呪《のろ》われた商品？　でも、そんな商品を普《ふ》通《つう》に売るわけがないわよね……。

頭に響く声に影響されたのか分からないけど、魔法筆を左右に退《ど》かして、自然と折れた杖を手に取り、店の主人の下に運んでいた。

店主は変なお爺《じい》さんだった。嗄《か》れた鳥声のフンピッピーとかいう変な喋《しゃべ》り方《かた》。

少し驚《おどろ》いたけど、その可笑《おか》しな店主のお爺さんは、折れた魔《ま》杖《つえ》だったからか、

「安くしてやるぞい〜」

と、顎から滝《たき》のように伸《の》びている白い御《お》髭《ひげ》を細い手で伸ばしながら語り、凄く安い値段で売ってくれた。一応、その際に火属性の魔法書も調べていく。

火属性の上級魔法書炎熱波《エンファルヒート》は高かった……。

稼《かせ》げるようになったけど、まだまだ、今の稼ぎでは買えない。

強さと同じ、地道にコツコツ努力して貯金しないとね。

結局、魔法書は買わず不思議な折れた杖を買った。でも、この折れた杖……。

わたしの新しい名前に反応するなんて、どう考えてもおかしい。調べたほうがいい……最近パーティの活動を終えると、何回か図書館には通っていたので、アイラに関することなら何冊かあったのは覚えている。

あまり知られていないが、学園の図書館は一般《いっぱん》向けに無料で開放されているから便利。学校へ向かう通りを歩いていく。

この通りを通ると学生だった頃《ころ》を思い出す……そんな並木道を通り、灰色の背の高い壁《かべ》に囲われた魔法学院ロンベルジュに出た。

壁には何か魔法が掛かった訳ではないけれど、その分厚い壁はいつ見ても迫力《はくりょく》がある。生徒の誰かが刻んだ落書きが虚勢《きょせい》を張っているようにも見えた。

大きな門を潜《もぐ》り、図書館へお邪魔《じゃま》する。寂寞《せきばく》と似た静かな雰囲気は嫌《きら》いじゃない。わたしの背丈《せたけ》の倍はある背の高い本棚《ほんだな》が並ぶところで、服を着た学生たちに交ざって本を探していった。

……身の毛もよだつ旧神アウロンゾ、アブラナム系神話、荒神《こうじん》の大乱、呪神デ・ガと簫《しょう》然《ぜん》たる荒野《こうや》に住む怪物《かいぶつ》八足デ・ガとの関連性、冒険者ケイティ・ロンバートの改魔《かいま》眼《がん》、伝説の十四階層踏破《とうは》者たち【クラブ・アイス】の行方《ゆくえ》不明事件、異端《いたん》者《しゃ》ガルモデウス、シャファの思想、職の神レフォトの愛、猖獗《しょうけつ》たる隣人《りんじん》、狭間《ヴェイル》の魔穴、ロード・オブ・ウィンドを封《ふう》じた老人パイセル、神界の使徒ル・ジェンガ・ブーの一族、大洋を渡《わた》る航海術、砂漠の巨大怪物《きょだいかいぶつ》、措辞《そじ》の匠《たくみ》、高級戦闘奴隷《せんとうどれい》の運用、闘技奴隷《とうぎどれい》から黄昏騎士《たそがれきし》へ成ったホヘイトス、砂漠都市ゴザートの地下水研究論文、魔《ま》界《かい》へ繋がる傷場、ベンラック闘鶏《とうけい》大会名簿《めいぼ》、黒犬傭兵《ようへい》団、素《す》寒貧《かんぴん》のトッド、魔穴に棲《す》む魔犬ミンゴゥ、闘鶏に強いトンラ鳥の育て方、彼女の寡聞《かぶん》、草莽の中に鄙《ひな》びる無名の士、善人にも悪人にも雨が降る、慈《いつく》しむディーラ、魔軍夜行と食、ライメスの琺瑯《ほうろう》、霊薬《れいやく》液の作り方、魔人千年帝国ハザーンの野望、紺碧《こんぺき》の百魔族……。


　色々興味深いタイトルの本がある。

　褪色《たいしょく》が著《いちじる》しい本もあるけど、先人から教えを祖述するためにある大切な本たち。いつもこの段階で迷ってしまう。でも、今日探しているのは違《ちが》う本。あ、よく知っている本を見つけた。

『鬼神《きじん》な強さを誇《ほこ》る優《やさ》しき虎《とら》』と『狭間《ヴェイル》に捕《と》らわれた魔人騎士ヴェルゼイとアイラの恋《こい》』

この二冊は本当に大好《よ》き。指でタイトルをなぞった。

これは探している本ではないけれど……幼い時から何回も読んで本。

当時の友も思い出す。大切な思い出の本たち。

本の色合いも好き、いつも視界に入ると動きを止めて見つめてしまう。

わたしの過去と共に焼けてしまった本たち……でも、同時に、わたしに新しい息吹《いぶき》を与《あた》えてくれた大切な本たちでもある。と、勝手に偉《えら》そうなことを考えているけど、焼けてしまった記憶《きおく》に蓋《ふた》をするように、勝手に魔女《まじょ》アイラの名前を名乗っているだけ……。

アイラは不思議と好きな名前でもあった。伝説の魔女の名前でもあるけど、気に入っている。

そんなことを考えながら目的の本を探す。

アイラの真実、魔女アイラ、ヴェルゼイを救いに魔界へ入ったアイラ、等々……。

あった！『魔杖ビラールと使い魔グウの物語』。分厚い本。手を伸ばして取った。

――重い。でも、今日の目的は、この重い本。脇《わき》に重い本を抱《かか》えて、机と椅子がある場所へ向かう。泰然《たいぜん》と、空いた席に座る。分厚い装丁《そうてい》された本を机の上に置いて、ドキドキしながら本を開いた。

臍下《せいか》丹田《たんでん》に力を入れるような気持ちで、アイラの使った魔杖ビラールと使い魔グウの物語を読んでいく……。使い魔グウは、魔界に住む巨人。

使い魔グウの巨人が、召喚《しょうかん》したアイラの指示に従わず天邪鬼《あまのじゃく》な巨人だったと記述がある。

わたし、知らなかった。他の本には書いてなかったわ……。

アイラはそんな使い魔グウを可愛《かわい》く感じて永らく一緒に使い続けた。

人族、魔族、種族、関係なく、友を作りながらアイラと使い魔のグウは、各地へと旅を続けていた。この辺りの物語はよく知っている。

ヴェルゼイとアイラの出会いは、そんな旅を続けたアイラが魔人帝国の兵士たちに追われたところからなのよね。追われていたアイラを救った存在がヴェルゼイ。

そこから自然とヴェルゼイとアイラは恋仲《こいなか》になる。

……だけど、幸せはずっとは続かない。

魔の血を受け継ぐヴェルゼイが魔界の神々に気に入られてしまい……使徒から勧誘《かんゆう》されて魔界セブドラに引き寄せられてしまう。その魔界セブドラと関《かか》わるヴェルゼイは神界の戦士と争うことになり、その神界の戦士の撃退《げきたい》に成功した。

そんなヴェルゼイに、魔人帝国の魔術師クンダが奇襲攻撃《きしゆうこうげき》をしかけた。

神界の戦士との戦いで弱っていたヴェルゼイは、クンダから未知の魔法《まほう》を浴びた。その影響で、次元の狭間《ヴェイル》に捕らわれてしまった。

ヴェイルとは魔界セブドラとの境界。

神界セウロスの境界でもあると聞いたことがある次元の狭間《ヴェイル》。

狭間《ヴェイル》には、【幻瞑暗黒回廊《げんめいあんこくかいろう》】のようなモノもあるようね。

その狭間《ヴェイル》に捕らわれたヴェルゼイを救うために、アイラは魔法の杖を使用した。アイラは、その魔法の杖から召喚した使い魔グウの力で魔界セブドラの傷場から、その狭間《ヴェイル》側へと侵入《しんにゅう》ができた。凄いと思う。しかし、魔法の杖の力を使い果たした……使い魔の源だった、その魔杖ビラールが折れてしまう。その瞬間《しゅんかん》、使い魔グウは消えてしまったけど、お陰でアイラは狭間《ヴェイル》でヴェルゼイと会えた。ヴェルゼイの救出に成功した。ここまでのお伽《とぎ》噺《ばなし》は感動的……。


でも、アイラはヴェルゼイを救った影響なのか、何かの衝撃《しょうげき》で、折れた半分の杖と一緒に狭間《ヴェイル》から魔界セブドラ側へと弾《はじ》かれた。狭間《ヴェイル》に残ったままのヴェルゼイ。

折れた半分の魔杖ビラールは地上側に放《ほう》り出されたと書かれている。

ヴェルゼイとアイラの悲しいお伽噺。

そして、わたしがこの間……偶然、手に入れた、この折れた魔杖。先に小さい丸い頭部のような形があるし、精緻《せいち》な描写《びょうしゃ》ではないけど……。

記述にそっくり。今も魔杖に魔力《まりょく》を込めると、アイラ、アイラと語りかけてくる。

『アイラ、アイラ、おいらのことを調べているのかい?』

そんな風に心? 精神に、直接語り掛けてくる……。

図書館の皆《みな》には、この不思議な声は、誰にも聞こえていない。

わたしだけに聞こえる特別な声なのかも知れない。

この折れた魔杖のことは……今所属している【戦神の拳】のパーティメンバーの気がいいゴメス団長と友人にも話していない……突然、頭の中に声が聞こえて、お伽噺《とぎばなし》の使い魔が話しかけてくるなんて、気が触《ふ》れたと思われるのが必定。誰にもいえない。新しいマジックアイテムで使い魔とかなら可能性はあるけど。折れた魔杖だし……そこに、

「エルッ、ミレイたちは勝《か》ち抜けた。レイたちは負けた。わたしたちの模擬戦《もぎせん》は五日後。どうするの、作戦とか」

「ミア、落ち着いて、大丈夫《だいじょうぶ》。他山の石作戦は練ってある。見る?」

「うん」

あの子の名前、ミアなんだ……昔のわたしと同じ名前。

蓋をしていたつもりだったけど……あっさり破られた。

記憶の底の深い溝《みぞ》に埋《う》もれていた……名前が、鮮明《せんめい》に脳裏《のうり》に浮《う》かぶ。

興味が出たので、二人の生徒の顔を観察。二人とも顔が小さい。高級磁器のような皮膚《ひふ》を持つ美人さん。どうやら、チーム戦と個人戦の武闘《ぶとう》会に出るようね。

卒業はしなかったけど、わたしも経験がある。いつもの行事。

「あら、あなたたちもここに来ていたのね」

鳶《とび》色の瞳《ひとみ》を持つ女性もきた。

頭にお洒落なバンダナが巻かれている。細身で綺麗《きれい》な人……。

「あ、ミスティ先生～」

「先生、この間、引《ひ》っ越《こ》しとか話していたけど、もう作業は終わったの？」

「もうとっくに終わってるわよ」

先生なんだ。ミスティが名前なのね。

「それより貴女《あなた》たちだけなの？　他のパーティメンバーは？」

「まずは、パーティの頭脳であるエルが作戦を練ってから、皆に話そうって、ね？」

「うん、勝つために」

ミアとエルは互《たが》いに頷《うなず》いている。パーティの中心メンバーなのかも。

「そ、作戦は重要よね。エルなら正鵠《せいこく》を射るように、いい考えも浮かぶでしょう」

「うん、先生と組んでいた時もエルは秀才《しゅうさい》ぶりを発揮していたので、期待できますよ～」

「あの時ねぇ……ミアも優秀《ゆうしゅう》な魔法の腕を持つけど、エルはそれ以上だった」

「先生、地味に気にしていることをハッキリいうんだから……」

ミア、清新な雰囲気だし、昔のわたしと同じ名前だから少し親近感を覚えちゃう。

魔法が得意なのね。

「あら、ミアも優秀よ？　迷宮《めいきゅう》で結果を残す学生は少ないんだから。それに切磋《せっさ》琢磨《たくま》して頑張《がんば》っているのは、わたしがよーく知っているからね」

「やったァ、嬉しぃー。あ、そうだ。先生ぃ～パーティを組んでいたよしみで採点を高くしてくれるぅ？」

「……そんなことをする訳ないでしょ。作戦が上手《うま》くいくよう願っているだけ。わたしは魔導人形《ウォーガノフ》の資料があるとこに行くからね……」

あの先生、名残惜《なごりお》しい表情を浮かべているけど、掣肘《せいちゅう》を加えるような先生じゃないと分かる。若いし新人の講師の方かしら。魔導人形《ウォーガノフ》の研究者だとすると、頭も良さそう。

「……マスター、シュウヤのために」

え？　その去り際の小さい声の一言に、思わず座っていた椅子を後ろに倒《たお》し立ち上がっていた。ミアさんとエルさんを含《ふく》めた読書をしていた方々から視線が集まり、目立ってしまう。ミスティ先生は、わたしが起こした音は気にせず、本棚が並ぶ奥《おく》の方に向かう。もしかして……あの綺麗な女性先生ミスティさんは、シュウヤさんと知り合い？

恩人であるシュウヤさんが闇《やみ》ギルド【梟《ふくろう》の牙《きば》】を潰したのは知っている……。

冒険者生活をしながら情報を集めているうちに、槍《やり》使いと黒猫《くろねこ》の名は聳動《しょうどう》しながら聞いていた。シュウヤさんに会いたい。

会って、家族、【ガイアの天秤《てんびん》】の仲間たちの仇を取ってくれたお礼を言いたい……。

ありがとうございます。と、ちゃんと……顔を見て……。

けど、わたしは、まだ……独り立ちできるほど、強くなっていない。

たゆまず努力してパーティでそれなりに火球魔法、火炎魔法《かえんまほう》で役に立っていると自負はしているけど……アイラに関する折れた魔杖を持っているだけで、寸毫《すんごう》も変化していない。

だから、はっきりと強くなったと胸を張って言えるようになってから会いに行きたい。〝小さなジャスティス〟に懸《か》けて捜《さが》すと偉そうに宣言したけど、まだ、シュウヤさんのジャスティスには追い付けないよ……。

僅《わず》かな寂寥《せきりょう》感を胸の中に抱《いだ》きながら図書館をあとにする。

眷属《けんぞく》と【月の残骸《ざんがい》】の幹部たちと会議中。

「鋼鉄のように硬《かた》い闇の糸を扱《あつか》う者は、エヴァの金属が倒していた。凄かった。一瞬《いっしゅん》、わたしも、えええ！　金属の刃《やいば》の豪雨《ごうう》?!　と、驚いたもん」

「ん、新しい緑皇鋼《エメラルファイバー》のお陰。ミスティが使いやすい金属にしてくれた」

エヴァは謙虚《けんきょ》に、今はこの場にいないミスティを褒《ほ》めていた。

「あたいもあれには驚いたさ。小さい金属刃？　通路を埋めるぐらいの量だったろう？」

「そうね。思わず二度見したわ」

ベネットとメルは戦闘の時を思い出しているようだ。顔色は少し青い。

戦闘の様子は前に聞いていたが……エヴァの〈念動力〉のエクストラスキルに、魔力と精神力は着実に成長を遂《と》げているようだ。そして、

「【髑髏鬼《どくろおに》】の幹部、ドワーフを倒し禁書は回収したようだが？」

「禁書の魔造書《まぞうしょ》は売って運営資金に当てるか、幹部の勧誘用にとっておくか、迷い中です」

「分かった。ありがとう。余計なことを聞いた」

「いえ」

「総長、メルに任せておけばいいのよ〜。わたしの角付き傀儡《かいらい》骨兵の素材も、なんだかんだいってメルが買い集めてくれたんだから」

「うん。わたしの弓もちゃんと有名なドワーフ職人が作った物を選んで買ってくれたし、本当、その辺はしっかりして周密さが凄《すご》いんだから、てか、元総長なので当たり前なんだけど」

ヴェロニカとベネットが笑《え》みを浮かべながら補足してきた。

メルは彼女たちの会話を聞きつつ窈窕《ようちょう》たる淑女《しゅくじょ》の顔色で微笑《ほほえ》む。

メルは元総長なだけじゃない。初対面の時にも嫣然《えんぜん》な雰囲気を醸《かも》し出していた。

足の細さも相俟《あいま》って、何かを、感じさせるんだよなぁ。いい女だし。

「……そうだな」

そこからポルセン、アンジェ、ロバート、ルル、ララから【大鳥の鼻】の凄腕《すごうで》たちとの戦闘に関する経緯《けいい》を軽く聞いていった。

「大太刀《たち》使いよりも、影《かげ》使いのが不気味だ……」

容姿を聞くと美人、額にマークあり、髪《かみ》が黒。

名前はヨミ……もしや元日本人？　黄泉《よみ》？　とかだったりして。

影を自在に操れる転生者or転移者だとしたら、かなりの強敵だ。

というか倒せる気がしないぞ……光属性が効くとか単純な相手ではないだろうし。

一度、槍をぶっ刺《さ》して通用するか見てみたい気もするが、影になって消えるとかやってきそうだ。そういえば邪神《じゃしん》も同じような力を持っていた……。

だが、さすがに結び付けるのは無理があるか。

んだが……余程《よほど》の美人さんだったら、会って話をしてみたい。

「素早《すばや》いアンジェが貫《つらぬ》かれましたからね。かなりの強さです」

「うん」

アンジェは静かに同意しながら、胸辺りに手を置いた。

貫かれたことを覚えているらしい。

「……彼《かれ》らは縄張《なわば》りから撤収《てっしゅう》したんだな」

「はい、撤収が確認《かくにん》されました。倉庫街は【月の残骸】の縄張りです。敵は戦いの途中で〝有耶無耶《うやむや》〟と語り、何かを手に入れたと話していましたが……敵の幹部は二名のみ。【大鳥の鼻】による威力偵察《いりょくていさつ》だったのは間違《まちが》いないでしょう。【梟の牙】を潰《つぶ》した我々の力を盗賊ギルド経由ではなく、直接相対し調べる目的であったと推測します」

カールした髭《ひげ》を触りながらポルセンが語る。

パクス繋《つな》がりだから蟲系《むしけい》かと思ったら、まったく関係ないのかも知れない。

「……パクスと戦った時に【大鳥の鼻】と争いをしていたようなことを言っていたから、何かしら因縁《いんねん》があったのだろう。【大鳥の鼻】のメンバーはパクスと決着、暗殺をするつもりで来たが、パクスが居ないので、有耶無耶と言ったのかも知れない。そのついでに、俺たちの力を試《ため》した可能性が高い」

「なるほど……辻褄《つじつま》が合いますな」

ポルセンが頷く。

「ということで、ポルセンとアンジェは普段《ふだん》通りの仕事をがんばってくれ」

「はっ」

「分かりました」

青髪アンジェも大人しく従った。

「総長、わたしたちの仕事は？」

「ララも仕事をするっ」

ポルセンは惨殺《ざんさつ》姉妹の言葉を聞いて、子守《こも》りが苦手なのか、顔色を悪くした。

アンジェがいるからかな？　分かりやすい渋顔《しぶがお》を作る。

惨殺姉妹には歓楽街《かんらくがい》を任せたロバートの補佐《ほさ》をしてもらおう。

「ルルとララはロバートの補佐に回り、ママさんたちを守るんだ。ロバートもそれでいいな？」

「承知した」

ロバートは了承《りょうしょう》。

「分かった」

「うん、ロバートはこの間守ってくれたから、手伝う」

ルル、ララも了承し、その後は副長のメルから、

「総長、この間、敵対した【髑髏鬼《どくろおに》】ですが、他《ほか》の幹部は一部を除き【鉄角都市ララーブイン】に戻《もど》ったことが確認されました」

「彼らは〈筆頭従者長《選ばれし眷属》〉たちに喧嘩《けんか》を売った。今度その都市へ乗り込んで、根元から断《た》つか？」

軽い冗談《じょうだん》のつもりで言ったが、アルカイックな笑い顔を意識した。メルは如才《じょさい》ない笑顔《えがお》を作る。すぐに元闇ギルド総長としての、メルなりの心象を顔に出しつつ、

「総長……怖《こわ》い笑顔ですね。あえて乗りますが、総長自ら髑髏鬼の潰しを行うのでしたら、同行したいところです」

と、語る。冗談に少し乗ってきた。

「冗談だ。仮に落としたとしても、一つの都市を任せられるほどの人材がな……」

「マイロード。ご指示があれば、ララーブインとやらへ手勢を引き連れ向かいますが」

傍《そば》で控《ひか》えていたカルードが軍隊式のポーズを取りながら進言してくる。

「お前は、俺がいない場合の保険でもある。だから、ここに残しておきたい」

「お任せを。顧問《こもん》として仕事を全《まっと》うする思いですぞ」

「シュウヤ、ヴィーネではなく父さんの名前が一番に出てくるってことは、闇の仕事に関してはは相当父さんのことを信頼《しんらい》してくれているのね」

ユイの笑顔には誇りがある。俺がカルードの腕を買っていることが凄く嬉しいようだ。

当然だろう。カルードさんと呼ぶべき存在。しみじみと述懐《じゅつかい》しつつ、

「そうだ。ユイの父、ユイを生み出した男、戦場を知り闇世界を生きた男だ。部下である前に一人の男として尊敬している」

「ご主人様が尊敬を……」

秀麗《しゅうれい》なヴィーネの声はいつもと違う。意外なのだろうか？　その銀色の虹彩《こうさい》が揺《ゆ》れるヴィーネも鍵《かぎ》開けの技術も含めて色々と聡明《そうめい》で尊敬している。

そして、皆それぞれ尊敬している。他にもカズンさんも渋い声でカッコイイ。

「マイロード、ありがたき幸せ……感無量ですぞ。このカルードッ、マイロードのためならば命散ることも構いませぬ！　一兵士の刀として、精一杯《せいいっぱい》働く所存であります」

カルードは吸血鬼《ヴァンパイア》らしく目を充血《じゅうけつ》させる。興奮していた。

「おうよ。選ばれし眷属を含め、ここにいる全員を尊敬しているぞ」

「そんけいってなにー？」

惨殺姉妹の片方が挙手していた。

「あ、ララッ」

「ルルとララのように、ママさんたちを守ろうとする優しい心は偉いぞ。ということだ」

「わーい、総長もわかんないけど、そんけいするー」

「……」

そこに、

「……総長、ありがとうございます」

メルの渋い声が響き、一呼吸、空いてから、

「それで、話を戻しますが、確かに【髑髏鬼】を潰せたとしても、ララーブインに支部を一から作るとなると、少し手間が掛かります。今は役人共へ渡す賄賂《わいろ》も含めてペルネーテの地盤《じばん》をしっかり固めたいところです。特に、港と繋がる倉庫街辺りは船乗りとチンピラ

も多く……船商会も津々浦々《つつうらうら》。まだまだ手付かずの部分も多いですから……」

ペルネーテも大きいからな、大変だろう。

「分かった。で、撤退《てったい》せず一部残った、もの好きな【髑髏鬼】の幹部とやらは、いったいどんな連中なんだ？」

「紅のアサシン。飛剣《ひけん》流と絶剣流を使い、神王位の上位の実力があると言われている二剣使いです。わたしを含めて誰《だれ》も相対していませんから、実力は未知数ですが」

神王位の上位か。この間のレーヴェと同クラス。

強敵だとして、その行動原理は……闇ギルドという感じを受けないが。

「……へぇ。闇ギルドというより一匹《いっぴき》オオカミ的に、個人で活動しているのか」

「そのようで……魔人ザープと何度か個人的に衝突《しょうとつ》している間柄《あいだがら》のようです」

気まずそうに視線を泳がせるメル。メルは自分の父を魔人ザープと考えているんだっけ。

「そっか。メル、お前には被害《ひがい》はないんだな？」

「はい、勝手に父だと思っているだけなので……」

「なら放っておけ。メルが魔人ザープと関わりたいなら、協力してやってもいいが」

「本当ですか?!」

副長メルが蜂蜜《はちみつ》色の髪を揺らして顔を突《つ》き出《だ》してくる。珍しく喰《く》いついてきた。

「……期待させて悪いがまったく伝《つて》もないし、作戦もないぞ」

「あ、そうですよね……」

「どういった形で関わりたいんだ？」

「……分かりません。ただ、わたしの本当の父か……話がしたいのです」

「難しそうだ。事件を起こすような魔人だから、神出鬼没《しんしゅつきぼつ》なんだろ？」

「はい、足に翼《つばさ》があるので素早いらしいです」

飛ぶように去るんだろうな。

「……もし、見かけたら捕《つか》まえる努力をしてみよう」

「充分《じゅうぶん》です。鋭敏《えいびん》な総長がそう言ってくれるだけで、嬉しい」

彼女《かのじょ》は茶色の瞳を僅かに揺らし、綺麗な笑顔を浮かべていた。

女将《おかみ》、元闇ギルド総長の顔ではなく、父に憧《あこが》れる少女らしき顔だ。

「総長、次の議題～」

少女繋がりというように、ヴェロニカの声が響《ひび》く。

「何だ？」

「最近、ヴァルマスク家の烏《からす》たちが活発なんだけど、総長の家の周りはどう？」

「見かけない」

迷宮の宿り月に泊《と》まっていた頃は、時々、鴉《からす》を見かけたが。

「ふーん」

「武術街なのもあると思う。元から闇ギルドの支配を撥《は》ねつけている武芸者たち、闘技場《とうぎじょう》で活躍《かつやく》している連中が住んでいるところだからな」

「そう……わたしだけをマークしているということね」

ヴェロニカは表情を暗くした。なにか他にも不安があるのか。

「……不安なら俺の家に来るか？」

そう誘《さそ》うと、ヴェロニカはしたり顔で、ペロッと舌を唇《くちびる》から出し、

「うん♪」

と、笑顔の花が咲く。

「総長――ヴェロニカを甘《あま》やかさないでください。わざと不安気な表情を作って喋《しゃべ》っているだけですから。今まで何人も遊ぶようにヴァルマスク家の追っ手を始末しているので、心配は要《い》らないです」

メルは鋭《するど》い視線でヴェロニカを見ながら話していた。

「あっ、もう～。メルのいじわる！　シュウヤ、総長なら引っ掛かると思ったのに～」

はは、見事に掛かった。

だが、ここでノリに乗ってふざけるのもいいが、真面目《まじめ》な顔は崩《くず》さない。

「ヴェロニカ、次、ヴァルマスク家の追っ手が仕掛《しか》けてきたら、俺、或《ある》いは、選ばれし眷属たちに知らせろ。お前はもう仲間なのだから、今までの【月の残骸】ではないと分からせてやろうじゃないか」

「……うん。ありがと。総長の真面目な顔も素敵《すてき》ね。少し痺《しび》れちゃった……だから、ベッドの上で、もっと語り掛けて欲《ほ》しいなァ……ふふ」

ヴェロニカは惚《ぼ》けるように俺を見つめてくる。

「それは魅力的《みりょくてき》な誘いだが、無理だ」

〈筆頭従者長《選ばれし眷属》〉たちはヴェロニカがそんなことを言っても黙《だま》って聞いていた。嫉妬《しっと》の空気に包まれると思ったが……別段、気にしていないようだ。

ま、皆とのデート中で色々と約束させられたからなぁ……。

そこに、ルルとララがコソコソと、

「うしろにいる精霊《せいれい》様は、何でこっちにこないの～？」

「……植木を手に持って、話しているようだけど……」

「水をぴゅーっと出すのみたい！」

「今はだめよ、会議中なんだから……」

ヘルメは祭壇《さいだん》場所から離《はな》れている。床几《しょうぎ》に座《すわ》り、千年植物と何かを話し合っていた。

さて、会議を終わらすか。

「……ゴホンッ、では各自仕事に励《はげ》んでくれ、会議はこれで終了《しゅうりょう》。解散」

「では――」

メルを筆頭に即座《そくざ》に撤収する【残骸の月】の幹部たち。すると、幹部と入《い》れ替《か》わるように高級戦闘奴隷のママニたちが迷宮から帰還《きかん》。ママニたちから魔石を回収。

仕事を終えたママニたちには休んでもらった。

そうして数日間。皆と一緒《いっしょ》にまったりと過ごす。

「シュウヤ、買い物にいこー」

「ん、美味《おい》しいところ案内する」

可愛い彼女たちの買い物に付き合った。そのデートの間に、忘れていたお土産《みやげ》をプレゼント。皆との約束通り〝色々〟とサービスを行った。

〈筆頭従者長《選ばれし眷属》〉と楽しく過ごす。が、パレデス鏡の話題は不自然なほどに出てこない……俺《おれ》と離れるのが嫌《いや》なんだろうな。今は彼女たちと過ごしているが……いずれは鏡の探索もする。

それに血のメッセージが使えるんだ。永遠に別れるわけではない。

だから、彼女たちをここに残し、ベンラック村とか……見知らぬ地方に旅に出るのもいいかも知れない。そして、土に埋まっていないパレデス鏡の探索なら一緒にいける。旅をせず皆と共に、この迷宮に潜り続けることもあるかも知れない。

今日は黒猫《ロロ》にサービスかな。猫《ねこ》じゃらしで遊んだり、家でかくれんぼをしたり、肉球のマッサージをしてあげたり、ブラシで黒毛を伸ばしたりして、和《なご》んだ後、ペルネーテを離れて空を飛ぶ散歩に出た。

「――ロロ、楽しいなっ」

「――にゃおお」

巨大《きょだい》な神獣《しんじゅう》ロロディーヌは調子に乗って上昇《じょうしょう》を始める。

眼下に広がる光景が、あっという間に豆粒《まめつぶ》だらけに……ハイム川が小さい紐《ひも》に見えた。

今のロロディーヌを遠くから見たらドラゴンとグリフォンの大きさを超《こ》えているかも知れない。あそこがぎゅぃーんと竦《すく》むが、見上げた。斜《なな》め上《うえ》の空中を滑走《かっそう》――。

時間が遅《おそ》くなったようにさえ感じる速度だ。大きい雲へと突入《とつにゅう》――入道雲の層か？　視界が一気に灰色へと染まった。雪の毛布が覆《おお》いかぶさってくるような錯覚《さっかく》に陥《おちい》る。

ロロディーヌの黒毛たちがぶるぶると揺れる音が聞こえた。

湿《しめ》った空気が身を包むので少し寒くなる。が、神獣ロロディーヌが体から出した微量《びりょう》な魔力が周囲に展開中。だから震《ふる》えるほどの寒さはない。狭《せま》い有視界だから、右目の横のアタッチメントをタッチ。カレウドスコープを起動。アイテムボックスの表面を触《さわ》る。ディメンションスキャンも起動。立体的な簡易マップと三次元的なフレームが視界に加わった。より鮮明な視界となる。視力が倍増した感。

「ロロ、お前はこの視界でも平気なのか？」

「にゃおお」

『あそぶ』『たのしい』『かり』『あそこ』『とぶ』『たのしい』

相棒の触手《しょくしゅ》は俺の首の表面に貼《は》り付《つ》いて繋がっているから、相棒の気持ちが伝わってくる。まぁ相棒の視界は俺と同じではないか。そう考えてから、ヒャッハーッ、アフターバーナー的な加速を行う――暫《しばら》くして重層的な雲を突き抜《ぬ》けた。

太陽の明かりが眩《まぶ》しい。湿気《しっけ》が濃《こ》い雲層を抜けたが神獣ロロディーヌの黒い翼はあまり濡《ぬ》れていなかった。黒い翼に付着した水滴《すいてき》が陽に反射して虹色《にじいろ》に光りつつ宙に散っていた。防水加工の黒い翼なんだろうか。お、近くにクラゲの群れを発見。

更《さら》に、そこに鯨《くじら》が大きな口を広げて襲《おそ》い掛《か》かっていた。

この間も見たが、クラゲと鯨の戦いだ。一匹漂《ぴきただよ》うように逃《に》げている大クラゲを見つけた神獣ロロディーヌが滑空《かっくう》しながら、そのクラゲを追《お》い掛けた。そして、首下付近から触手ミサイルというように、一対《いっつい》のクラゲを前方に伸《の》ばす。触手の先端《せんたん》から出た骨剣でクラゲを突き刺してから、触手をクラゲの体に絡《から》ませている。まさか？　そのまさかだった。触手を収斂《しゅうれん》させてクラゲに近付いた。爪《つめ》を伸ばした大きな両前足でクラゲをがっちりと掴《つか》むと、「シンンン――」なんとも言えない声を発したロロディーヌは口を広げて、クラゲに噛《か》みつき「ガルゥゥ」と獣《けもの》の喉仏《のどぼとけ》を震わせながら、もしゃもしゃと音を立ててクラゲを食べていく。

「……それ、美味しいのか？」

「にゃおおおん」

『たのしい』『つかまえる』『かり』『かり』『かり』

もはや味とか、どうでもいいのかも知れない。咀嚼《そしゃく》中の神獣ロロディーヌの様子を見ていると……そのクラゲの味に興味が出てきたから、クラゲの端《はし》に〈鎖《くさり》〉を射出した。〈鎖〉の先端《ティアドロップ》を包丁代わり。上下に動かした〈鎖〉でクラゲの一部を切断。そのクラゲの透明《とうめい》な部位を〈鎖〉で刺してから〈鎖〉を収斂。クラゲの透明部位を手前に引き寄せて掴む。指から伝わる、その透明部位の感触《かんしょく》は、ぐにょぐにょのゼラチン質。コラーゲン繊《せん》維《い》とは違う。ゼリーを硬くしたような感じだが、と匂《にお》いを嗅《か》ぐ。熟柿臭《じゅくしくさ》くない。無機質、無臭《むしゅう》だ……試しに口へ含んでみた。さらりとした食感、味はない。コンニャクに近いのか？

これ、心太《ところてん》としてタレを付けて売りに出したら、意外に売れるかも知れない……エヴァに、コンニャクとして食材を提供しようかな。あ、この食材、俺とロロだから平気という可能性もある。〈真祖の力〉に吸収された中に〈腸超《ちょう》吸収〉があったからな。そんな感想を持っていると、ロロは食べるのに飽《あ》きたのか、途中《とちゅう》で、掴んでいたクラゲを投げ捨てていた。そのまま上昇。だんだんと空気が薄《うす》くなってきた。

成層圏《せいそうけん》か？　やべぇ。上に行くと確実に宇宙へ出ちゃうぞ……。

そんなことを考えていると、あっという間、須臾《しゅゆ》の間に、宇宙へ――無重力だ。うひゃあ――神獣ロロディーヌの黒毛のふさふさも少し浮く。

俺の体も浮くが、そのロロの触手が巻き付き押《お》さえてくれた。

えらいぞロロ！　左手で胴体《どうたい》を撫《な》でながら宇宙空間を見ていく。

宇宙、それは最後のフロンティア。

このまま宇宙のどこかを飛ぶエンタープライ○号と禿《は》げた艦長《かんちょう》を捜したり、耳が縦に長い哲学《てつがく》宇宙人を捜したり、太陽を囲うダイソンスフィアを捜したり、木星をブラックホール化した人型兵器を捜したり、宇宙線を浴びて生物の進化を促《うなが》したり、マバオンを捜しに、神秘たる宇宙の謎《なぞ》に挑《いど》みながらイデオ○探索《たんさく》の旅に……。

そんな旅には出ねぇよ。さて、一人で虚《むな》しくボケてツッコミをしても仕方がない。

が、宇宙だよな。太陽の明るさを感じるし、これは放射線……だ。

それ以外にも、超新星爆発《ちょうしんせいばくはつ》もあるだろうし、人体に有害な宇宙放射線も当然にあると思われるが……光魔ルシヴァルには効いていないと思われる。

そして、空気が無くても巨大神獣《きょだいしんじゅう》ロロディーヌは平気なようだ。

魔力粒子《まりょくりゅうし》で推力を得ているとか？　分からないが……特別な相棒で神獣だ。さすがは俺の血肉から作られただけはある。またまた神獣ロロディーヌの体を撫でてからケプラー望遠鏡の如く、ビームライフルで遠くの星、銀河を見ようかな……と思った時。

なんだ？　生命体が飛んでいる？　いや泳いでいる？

暗闇《くらやみ》の宇宙空間の遠くにエイリアンがいた。樹脂《じゅし》が白化したような独特の皮膚に、前部が潤色《じゅんしょく》し発光中のエイリアン型モンスターが泳いでいるのが見えた。

よく見ると、母体の周りに細かな小型エイリアンも蠢動《しゅんどう》中。

周回軌道《きどう》上に生息している泳ぐエイリアンたちか。

前方が煌《きら》びやかだから、実は宇宙トラック野郎《やろう》で海賊《かいぞく》と対決とか？

芸術品を賞翫《しょうがん》するように見ていたくなるが……確実に生物、強そうだ。

あれは戦いたくないなぁ……下にある違《ちが》う芸術を見よう。

巨大岩石惑星《わくせい》たる美しき星、セラ。スーパーアースとかいう部類なんだっけ。

マハハイム大陸も……広大だと分かる。

ところどころに海に面した部分があるが、西、北、東とずっと陸が続いていた。

『――ロロ、もう上がるのは止めだ、下がれ、ペルネーテ近郊《きんこう》へ戻るぞ』

神獣ロロディーヌは首を大きく縦に動かした。俺の気持ちを理解した証拠《しょうこ》だ。

そのまま大気圏突入《たいきけんとつにゅう》ではないが、途中から黒馬のような体格に変身。そして、普通《ふつう》の黒馬にはできないような柔《やわ》らかい機動で四肢《しし》を器用に畳《たた》む。

大気圏《たいきけん》の摩擦熱《まさつねつ》を抑《おさ》えるつもりなのか？

相棒は魔法粒子《まほうりゅうし》が出ているから大丈夫《だいじょうぶ》だとは思うが――。

このまま惑星セラの地表目掛《めが》けて急降下を楽しむとしよう――。

一気に雲を突き抜け――他の大陸も一瞬見えたような気がしたが――。

もう迷宮都市ペルネーテが見えた。

「相棒、武術街の屋敷《やしき》に帰ろうか」

「にゃお～」

あとがき

こんにちは、15巻を買ってくれた読者様、いつもありがとう！

今回、血鎖を使い地下世界を駆け抜けるシュウヤの表紙は、お気に入りです。ちなみに、〈血鎖の饗宴〉の血を活かした衣装はミクロ単位で自由自在な設定です。

また、口絵のキュイズナーと戦獄ウグラもいい！

そして、15巻の見所は地下世界を巡る旅。がんばってWEB版から色々と加筆しました。【独立地下火山都市デビルズマウンテン】に向かうまでに、魔神帝国のキュイズナー以外にも、魔界セブドラの魔族など新しい敵も登場します。そして、地下世界といえば1巻。シュウヤが転生&転移の結果出現した場所が、惑星セラの地下世界。そこでシュウヤは、異世界初の知的生命体であるドワーフのロアと出会いました。黒き環のザララープも発見して、レベッカと縁のある古の星白石（ネピュアハイシェント）もここで拾ったんですよね。そして、本作「槍使いと、黒猫。」のタイトルにもなっている黒猫ロロディーヌの前身「神獣ローゼス」との出会い、さらにアキレス師匠との出会いの場でもある。

まさに、この惑星セラの地下世界から「槍使いと、黒猫。」は始まったのです。

正直、1巻の書籍用原稿を書いていた頃は、ロアと再会できるシーンまで、本シリーズを続けられるとは考えていませんでした。だから、とても嬉しく思っています。そして、ロアの言葉にもありますが、あの時、ロアとシュウヤが行動を共にしていたら「槍使いと、黒猫。」は、果たしてどんな物語になっていたのか……著者の私も気になります（笑）

さて、続いては近況です。

つい先日、戦闘シーンの参考になるかと映画「ブラック・ウィドウ」を見に行きました。感想ですが、まず、スカーレット・ヨハンソンのアクションが素晴らしい。特に着地ポーズは好きです（笑）。レッド・ガーディアンのキャラを演じたデヴィッド・ハーバーも良かった。大柄な体を活かしたアクションができる偉大な役者さんですね。「槍猫」ならばハンカイ、カズン、ロゼバトフなどのキャラに合いそう……と長くなりそうなので、いったん映画の話はここまで。次は謝辞に移らせていただきますね。

担当様、市丸先生、関係者の方々、今回もお世話になりました。ありがとうございます。

勿論、書籍を買ってくれた読者様にも感謝しています。この槍猫世界は読者様がいるからこそ続いている。すべての事象と感謝すべき方々に、ラ・ケラーダ！

2021年7月　健康

小説第②巻は2021年9月発売！
少年マガジン公式アプリ
「マガポケ」にて
2021年5月25日（火）より
コミカライズ連載スタート!!
作画：大前 貴史
原作：明鏡シスイ キャラクター原案：tef

信じていた仲間達にダンジョン奥地で殺されかけたが
ギフト『無限ガチャ』で
レベル9999の仲間達を手に入れて
元パーティーメンバーと世界に復讐&
『ざまぁ!』します!
「小説家になろう」
四半期総合ランキング
第1位
(2020年7月9日時点)
レベル9999で
圧倒的無双!!!!!!
明鏡シスイ
イラスト/tef

コミカライズも連載中の
スナイパー英雄譚！
著／かたなかじ
イラスト／赤井てら
漫画：瀬菜モナコ
原作：かたなかじ　キャラクター原案：赤井てら
発売予定!!

魔眼と弾丸を使って
異世界をぶち抜く!
第12巻 2021年秋

HJ NOVELS
HJN21-15

槍使いと、黒猫。 15

2021年8月19日　初版発行

著者——健康

発行者—松下大介
発行所—株式会社ホビージャパン
〒151-0053
東京都渋谷区代々木2-15-8
電話　03(5304)7604（編集）
03(5304)9112（営業）

印刷所——大日本印刷株式会社

装丁——木村デザイン・ラボ／株式会社エストール

ISBN978-4-7986-2574-4　C0076

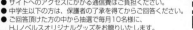

ファンレター、作品のご感想お待ちしております
〒151－0053　東京都渋谷区代々木2－15－8
(株)ホビージャパン HJノベルス編集部 気付
健康 先生／市丸きすけ 先生